ULTIME TENTATION

Meredith WILD

ULTIME TENTATION

La série « Hacker »
Acte 5

Traduit de l'anglais (États-Unis)
par Jacques Collin

Michel LAFON

Dans la même série

Dangereuses Affinités, Acte 1
Fatales Attractions, Acte 2
Vertiges charnels, Acte 3
Liens défendus, Acte 4
Ultime Tentation, Acte 5

Titre original
Hard Love (The Hacker Series, Book 5)

118, avenue Achille-Peretti
CS 70024 – 92521 Neuilly-sur-Seine
www.michel-lafon.com

Pour mes trois petits miracles…

Chapitre un

Dublin, Irlande
ERICA

Passé les portes peintes en noir du Widow, c'était une plongée dans l'énergie du pub. Des rires fusaient au-dessus des murmures ambiants des clients, massés dans des box adossés au mur. Serrant la main de Blake dans la mienne, je l'entraînai plus loin dans la salle autour du vieux bar carré, pièce maîtresse de cet endroit festif.

Dans l'angle tout au bout, un visage s'illumina d'un sourire à ma vue.

– Professeur !

Je lâchai la main de Blake et me frayai un chemin vers l'homme qui avait été pour moi, durant toutes ces années à Harvard, le professeur Brendan Quinlan. Il se leva et m'accueillit d'une étreinte chaleureuse. La texture de son sweat vert était rêche sous ma main, sa barbe poivre et sel chatouilla ma joue.

– Erica ! Quel plaisir de te voir ! Quelles sont les nouvelles ?

Son accent irlandais avait repris de la vigueur depuis notre dernière rencontre. Et comment résumer tout ce que la vie m'avait réservé depuis la fin de mes études, quelques mois plus tôt ? En tout cas, en cet instant…

– Tout va bien.

Je lui adressai un large sourire et sentis la chaleur de Blake derrière moi, puis sa main se poser au creux de mon dos.

Je relevai les yeux vers l'homme qui s'était emparé de mon cœur depuis la dernière fois que j'avais vu Brendan. Blake avait fait couper ses cheveux châtain foncé pour notre mariage. Si son torse lisse et musclé était masqué par un pull fin, son jean dessinait juste comme il faut les contours de ses cuisses. J'étais peut-être une jeune mariée follement éprise, mais je n'étais pas la seule à l'admirer. Blake faisait tourner les têtes, même depuis notre entrée au pub quelques minutes auparavant. Mais comme il était à moi, je ne m'inquiétais plus de qui le regardait.

– Vous devez être l'heureux élu, dit le professeur en lui tendant la main.

Blake hocha la tête, ses yeux noisette se plissant sous l'effet de son sourire.

– Oui, en effet. Très heureux de vous rencontrer. Erica m'a dit beaucoup de bien de vous.

– Et elle de vous. Vous faites un beau couple. (Son regard courut de l'un à l'autre.) L'experte et le nabab.

– L'experte ? m'exclamai-je en riant et en me penchant vers Blake. Je ne suis pas sûre d'en être déjà là.

Le professeur désigna la table de bois usée autour de laquelle nous prîmes tous place.

– N'en doute pas une seule seconde ! Et de toute façon, ça fera au moins un bon titre de livre. Je vais peut-être devoir me l'approprier.

Il appuya sa phrase d'un clin d'œil qui m'alla droit au cœur. Son amitié et ses conseils m'avaient manqué. Après avoir été un soutien indéfectible, il avait pris une année sabbatique pendant que je me lançais pour la première fois dans le monde de l'entreprise. Je souris intérieurement au souvenir de ces heures passées sur mon prévisionnel d'activité ou à échanger des idées, me demandant comment j'allais finir mes études tout en créant ma société. Je n'avais jamais oublié ce qu'avait alors représenté son aide pour moi, et le rôle qu'elle avait joué dans une aventure qui allait m'entraîner bien au-delà de tout ce que j'avais pu imaginer.

Il s'était envolé pour l'Irlande à peu près au moment où Blake était entré dans ma vie. Il avait ses raisons, évidemment. Malgré toute son implication dans l'enseignement des affaires à l'université, il s'était lancé dans la quête d'un tout autre rêve, dont j'étais impatiente d'avoir des nouvelles.

– Comment progresse le roman ?

– Très bien. Les gens ici ont tout ce qu'il faut pour m'inspirer. N'est-ce pas, Mary ?

La serveuse, une femme aux épaisses boucles brunes tirées en arrière par une barrette, arrivait à notre table. Elle apportait une pinte sombre pleine à ras bord, recouverte d'une fine couche de mousse. Elle la plaça sur la table puis, se redressant, posa ses mains sur ses hanches au-dessus du cordon de son petit tablier noir.

– S'il vous importune, je peux le jeter dehors, ça ne serait pas la première fois, hein, Bren ? demanda-t-elle avec un clin d'œil.

– Pas la peine, ma belle, répondit-il tout sourire en secouant la tête. Je vais bien me tenir.

On commanda d'autres bières, et quelques heures plus tard, rassérénée par l'alcool et les rires, j'écoutais encore les histoires de Brendan sur ses aventures et ses amis du cru. On parla aussi de Harvard, évoquant mes meilleurs souvenirs. J'évitai précautionneusement les autres. Brendan ne saurait jamais rien de ces fantômes, et j'espérais vraiment qu'il ne saurait jamais non plus jusqu'à quel point Max avait failli récidiver. Peut-être que, de retour à Boston, il aurait vent des poursuites contre son ancien élève pour voies de fait ; mais pour l'instant, il en était bien trop éloigné pour en entendre parler.

Blake et Brendan discutaient de l'une des opérations de Blake lorsque Mary revint débarrasser.

– La voilà, ma future femme, marmonna Brendan.

– Oh, vous alors ! lâcha-t-elle en lui donnant un coup sur l'épaule, dissimulant à peine un sourire.

Son visage s'éclaira et il se tourna vers nous.

– Une autre tournée ?

Je jetai un coup d'œil vers le plateau de verres vides qu'emportait Mary. On pouvait continuer longtemps, et le regretter. Je secouai la tête.

– Ça ira pour moi, mais allez-y, si vous voulez.

Blake se laissa retomber en arrière et passa son bras sur mes épaules.

– Non, on devrait rentrer. Il se fait tard.

– Tout à fait, acquiesça Brendan. Laissez-moi vous raccompagner à la porte.

– Je m'occupe de la note et je vous retrouve tous les deux dehors, dit Blake.

Brendan protesta, mais Mary ignora ses suppliques. Ce détail réglé, on quitta le vacarme du pub pour replonger dans l'ambiance plus paisible de la rue. Des gens nous dépassaient ici et là par petits groupes, entrant et sortant des divers établissements alentour. Une demi-lune éclairait la rue. Les pavés surmontés de brume étaient révélateurs d'une courte ondée dont nous n'avions pas eu conscience à l'intérieur du pub.

Je plongeai mes mains dans mes poches et intégrai tous les détails de cet endroit nouveau.

– Une bien belle nuit, n'est-ce pas ? commenta Brendan en inspirant profondément l'air du soir.

– En effet. Je suis heureuse que nous ayons pu nous revoir, professeur.

– Brendan ! gloussa-t-il. Je t'en supplie, appelle-moi Brendan, au moins jusqu'à que tu reprennes la fac – on verra comment on fera à ce moment-là.

– C'est bien peu probable, m'esclaffai-je, mais au moins c'est clair.

– Je suppose qu'à présent tu vas apprendre à l'école de la vie. (Son sourire s'effaça un peu et son regard se perdit dans le vague.) Je suis désolé pour ton ami Max. Je ne pensais pas que ça se passerait aussi mal. J'avais pourtant cru déceler une lueur d'espoir en lui… Il s'était amélioré avec les années.

Je baissai les yeux, peu encline à laisser paraître à quel point ça s'était mal passé.

– Ça va. C'est de l'histoire ancienne, dis-je doucement.

Je repensai au mail que j'avais envoyé au professeur quelques jours après avoir appris que Max et mon ex-employée, Risa, avaient volé les fichiers de ma société et s'en étaient servis pour lancer un site concurrent. Je n'avais pas voulu qu'il se sente coupable, juste l'informer pour éviter qu'il envoie d'autres étudiants malavisés chercher aide et soutien auprès de Max.

Ce dernier s'était révélé bien plus dangereux que je n'aurais pu l'imaginer. Peut-être que si je ne m'étais pas autant impliqué avec Blake, il n'aurait pas été à ce point déterminé à me détruire. Mais je n'allais pas commencer à lui trouver des excuses, et il était hors de question que qui que ce soit vive ce que j'avais vécu.

– Peut-être que ça n'a pas eu que des mauvais côtés, puisque tu as rencontré Blake. À quelque chose malheur est bon, comme on dit.

– C'est vrai. Ces derniers mois ont été difficiles, et je n'aurais pas franchi ce cap sans lui.

Je m'étais toujours enorgueillie de mon indépendance. J'avais été plaquée, blessée et délaissée. J'avais été sous-estimée et snobée. Je n'aurais jamais cru pouvoir m'engager à ce point avec un autre être humain. Mais je ne voyais pas comment j'aurais pu aussi bien affronter cette période sans Blake à mon côté. Et je ne pouvais même pas imaginer ma journée ou n'importe quel lendemain sans son amour et son soutien. Lui dire oui, échanger nos vœux et lui offrir ma confiance avait été plus facile après tout ce que nous avions vécu.

– Tu es prête ?

Blake venait de franchir la porte du pub pour revenir à mon côté, me faisant oublier le fil de mes pensées et de notre conversation.

Non que ça me gêne, d'ailleurs. J'avais été heureuse de revoir un vieil ami, mais j'étais prête à replonger dans les bras de Blake, dans un endroit tranquille où il n'y aurait que nous deux. On était en voyage de noces, après tout.

Je me mordis la lèvre en souriant. Mon voyage de noces, mon mari…

Je me tournai vers le professeur pour une dernière embrassade, et nos adieux, avant de prendre chacun son chemin.

On reprit, Blake et moi, le trajet devenu familier qui nous ramenait à notre hôtel à travers les sombres rues serpentines du centre de Dublin. Les dernières traces de la pluie et l'odeur persistante des fleurs fraîches vendues dans les rues quelques heures plus tôt emplissaient l'air.

La main de Blake dans la mienne, j'admirais les détails architecturaux des immeubles qui bordaient les vieilles rues, le cœur réchauffé par les visages souriants qui nous croisaient sur les trottoirs. Il était presque minuit, mais tous nos plans étaient bousculés, et je n'étais pas pressée d'arriver où que ce soit tant que nous étions ensemble.

Retrouver mon ancien professeur avait été un retour vers une période bien plus simple de ma vie. Il s'était passé tant de choses depuis cette première réunion dans la salle de conférences d'Angelcom, que le professeur Quinlan avait arrangée avec le soutien initial de Max. Je n'aurais jamais imaginé alors que j'allais tomber folle amoureuse de cet investisseur arrogant assis en face de moi… que je deviendrais sa femme. Et pourtant nous en étions là, aussi liés que deux êtres peuvent l'être.

Blake me serra contre lui et déposa un doux baiser sur ma joue.

– Brendan me plaît. Je vois pourquoi il est devenu un ami.

– Ça paraît un peu étrange de le considérer comme un ami quand il a été tellement plus, répondis-je en souriant. Mais c'est vrai. Il m'a encouragée à créer ma société quand je doutais tellement. C'est grâce à lui que j'ai suivi cette voie.

– Une voie qui t'a menée directement à moi. (Il serra ma main plus fort.) Ça a été ma chance.

Je levai les yeux vers lui et l'embrassai sur la joue tout en marchant. J'avais eu de la chance, moi aussi. Je ne pouvais le nier.

Mais je n'aurais jamais pu imaginer tout ce qui allait se passer. Avec l'aide de Sid et d'Alli, j'avais créé une société qui s'était développée et avait attiré des investisseurs promettant de nous porter à un niveau supérieur. À peine quelques jours après avoir vendu mes parts, j'avais appris qu'Isaac Perry et l'ex de Blake allaient prendre le contrôle de ma société. Ce retournement dévastateur m'avait affectée à un tel point que je ne m'en étais pas encore tout à fait remise.

Je revis les images de ma dernière visite dans les bureaux de Clozpin, encore inconsciente de ce que j'avais cédé. Je ne devais jamais oublier que, quoi qu'il advienne, que l'entreprise croisse ou s'effondre ou brûle, je ne pourrais plus y mettre les pieds.

– Tu es bien silencieuse. À quoi penses-tu ? demanda Blake.

Je soupirai et secouai la tête.

– À ma société, entre autres. Je n'arrive toujours pas à croire que je n'en fais plus partie.

– Il ne faut pas que ça te ronge, dit-il doucement. C'est le passé, et tu as un avenir radieux devant toi.

– La plupart du temps, j'essaie de ne plus y penser.

Il resta un moment silencieux avant de reprendre la parole.

– Je sais que ta blessure n'est pas refermée. Et je déteste savoir que tu as dû abandonner une entreprise dans laquelle tu avais mis tant de toi-même. Mais tu es libre, maintenant. Tu as le monde à tes pieds. Malgré tout ce qui s'est passé, ce n'est pas une si mauvaise chose.

Peut-être qu'il avait raison, mais mon avenir professionnel était bien incertain.

– Clozpin me donnait un but. Je ne peux qu'espérer que le projet de Geoff me fera le même effet. Au moins j'ai récupéré la plus grande partie de mon équipe, alors je ne suis pas en terre inconnue.

Comme Blake m'avait nommée au conseil d'administration d'Angelcom, j'avais eu l'opportunité d'investir dans de nouvelles stratégies susceptibles de combler ce vide. Geoff Wells était programmateur, et il avait cette même flamme entrepreneuriale que je sentais en moi.

Au point que quand les choses avaient tourné court avec Clozpin, Sid, Alli et moi y avions vu un concept suffisamment prometteur pour en faire notre nouvelle entreprise.

– J'investis depuis assez longtemps pour reconnaître la passion quand je la vois. Je l'ai vue en Geoff, et je l'ai toujours vue en toi. Tu vas tout donner pour faire de ce projet un succès. C'est dans ta nature. Crois-moi. Qu'une opportunité n'ait pas porté ses fruits dans le passé n'y changera rien.

Le souvenir de ma déception, de cet échec dévastateur résonna en moi. Plus le temps passait, plus je réussissais à me distancer émotionnellement de ce qu'Isaac et Sophia m'avaient fait. Et plus j'envisageais cette histoire pour ce qu'elle était : un épisode, une expérience formatrice que je n'oublierais pas de sitôt. Même si m'être fait spolier d'une société qui avait tant compté pour moi n'était plus aussi douloureux qu'auparavant, la plaie restait béante.

– Peut-être. Mais je ne peux pas m'empêcher de ressentir ça comme un échec.

La culpabilité restait ancrée en moi, comme un cauchemar dont on n'arrive pas à se débarrasser.

Il me dévisagea.

– Tu n'as pas échoué. Tu as appris.

Je laissai traîner les semelles de mes bottes sur les pavés en marchant, évitant son regard.

– Je ne suis pas vraiment nouveau dans les affaires, tu sais, reprit-il. Tu devrais me faire confiance.

– C'est pour ça que je t'ai épousé, bien sûr, grimaçai-je. Pour ton sens des affaires et l'immensité de tes connaissances.

Il fronça les sourcils.

– Et pour tes montagnes de dollars, m'empressai-je d'ajouter.

– Tu essaies de me dire que ce n'est pas pour mon incommensurable beauté ? C'est vexant.

Je pinçai les lèvres, m'efforçant de garder mon sérieux.

– Si une seule chose a fait pencher la balance, je dirais que ce sont tes exceptionnelles qualités au lit. C'est là que tu excelles vraiment.

– Eh bien ! s'esclaffa-t-il, au moins, ça me donne une raison d'être.

Il me pressa fermement la fesse. En riant, je le repoussai tandis que nous approchions d'un artiste de rue qui chantait pour un maigre public. Un petit groupe de touristes parlant français était assemblé là, devant un homme âgé au faible sourire, assis sur le trottoir et en piteux état.

Comme les touristes s'éloignaient, on ralentit pour l'écouter. C'était une chanson triste mais pleine d'amour, chantée avec une émotion sincère. Blake me tourna face à lui. Nos doigts entrelacés, son souffle chaud dans mes cheveux, il m'entraîna dans les pas improvisés d'une danse sans nom. Je me serrai contre lui et fermai les yeux, me raccrochant à son corps comme je me raccrochais à chaque instant magique que nous partagions.

Je tendis l'oreille pour saisir les paroles malgré l'accent du chanteur à couper au couteau.

« Quand la malchance s'abat, personne n'a de répit.
Je m'étais laissé aveugler, je ne peux pas le nier.
Depuis, toutes les nuits lorsque je m'assoupis,
Mes yeux ne voient plus que l'image de mon aimée. »

Un moment passa, tandis que la voix du jeune homme s'éteignait dans la nuit. C'était une chanson fort sombre qui devait toute sa légèreté à l'interprétation.

Comme tant de choses dans la vie, la douleur était ce que nous en faisions. Il avait rendu belle sa tristesse.

Je soupirai et me calai contre la poitrine chaude de Blake. Les battements de son cœur étaient une évocation puissante et régulière de son soutien, de son amour – une force qui m'avait sauvée, changée et guérie de multiples façons que je n'aurais jamais pu imaginer. Il releva mon menton, une lueur dans ses yeux à la mesure de la passion dans mon cœur. Il écarta ses lèvres pleines mais hésita, un instant de silence partagé.

– Je vais te montrer le monde entier, Erica.

– Il n'y a pas une minute que je pourrais apprécier sans toi, murmurai-je.

Il interrompit notre danse lente, passa le bout de son doigt sur mes lèvres, soudain si sérieux que j'en retins mon souffle.

– Et je vais te faire retomber amoureuse de moi chaque matin et chaque soir. Dans chaque ville et sur le rivage de chaque océan. Je te rappellerai sans cesse pourquoi tu es mienne et pourquoi j'ai toujours été tien.

J'inspirai maladroitement, recevant sa promesse jusque dans mon âme. Après avoir dégluti avec difficulté, je retrouvai ma voix.

– Je crois que tu es sur la bonne voie.

Je me tendis vers lui jusqu'à trouver ses lèvres. D'abord doux et lent, notre baiser se fit plus profond, effaçant toute pensée.

On s'écarta un peu lorsqu'une voix rocailleuse nous interrompit.

– Fonce lui faire l'amour, mon gars, avant qu'elle change d'avis.

Derrière nous, installé pour la nuit sous le porche d'une boutique de luxe, l'homme nous adressa un sourire, accompagnant ses paroles de sagesse d'un geste amical de sa petite bouteille d'alcool.

Je souris, et Blake parut immédiatement relever le défi de l'inconnu.

– J'en ai bien l'intention, murmura-t-il d'une voix veloutée, teintée d'une délicieuse menace.

Un frisson me parcourut, et il reprit ma bouche d'un baiser qui en promettait beaucoup plus.

Chapitre deux

BLAKE

Je restai assis là dans l'obscurité sans pouvoir apaiser mes pensées. Dehors, l'eau léchait les pilotis qui maintenaient notre luxueux bungalow au-dessus des eaux transparentes de l'océan. La lune éclairait l'horizon et les vagues avançaient en bandes inégales dans notre direction. Je ne pouvais pas plus arrêter leur mouvement que je ne pouvais arrêter le temps.

Leur rythme hypnotique aurait dû m'apaiser, mais j'étais bien loin d'être en paix, bien loin du sommeil. Les heures étaient devenues des jours, et les jours des semaines. Nous n'avions pas gâché un seul instant, mais je n'arrivais pas à me débarrasser de cette sensation qui me prenait les tripes chaque fois que je pensais à la fin de notre lune de miel. Dans nos vies bien remplies, un mois était une éternité. Mais un mois n'était pas assez, et il me déplaisait de n'avoir plus que quelques jours avant que la vie de Boston reprenne ses droits.

Nous avions atterri à Malé une semaine plus tôt, et presque instantanément j'avais perçu le glissement. Peut-être parce que nous l'avions vu venir tous les deux. Peut-être parce que tout n'était que paix sur cette île. Pas de villes animées, pas d'amis à retrouver.

Pas de monuments à visiter, pas de boutiques de luxe. Juste nos corps et un silence bienvenu entre nous devant ce merveilleux décor. Le silence était naturel, agréable, mais chargé aussi d'une réalité que ni l'un ni l'autre n'étions prêts à retrouver.

Je laissai échapper un soupir las et attrapai mon ordinateur portable, sans pouvoir me débarrasser d'une certaine gêne. Mon écran éclaira la nuit presque noire autour de moi. À mesure que les jours passaient, mon esprit s'était éloigné de la vie simple dont nous profitions ici. Mes pensées revenaient de plus en plus à celle vers laquelle nous allions retourner.

Dans la chambre, Erica dormait, et j'espérais son sommeil profond. Elle s'était agitée la plus grande partie de la nuit. Je ne savais pas si ma nervosité déteignait sur elle, ou si le même genre d'anxiété l'affectait aussi.

Nous nous étions promis de déconnecter, et pourtant j'étais là, incapable de passer outre le fait que nous avions des ennemis, et que ma responsabilité la plus importante en tant qu'époux était de la protéger. La protéger pendant que nous voguions autour du monde était une chose. La protéger chez nous en était une autre.

Je voulais être celui qui se battrait pour elle. Pour sa sécurité et pour son bonheur. Erica était jeune, mais elle avait survécu à bien plus que quiconque n'aurait dû devoir le faire. Je m'étais peut-être efforcé de prendre l'ascendant entre nous, mais je n'avais jamais douté de sa force. Quoi qu'il en soit, j'avais juré de la protéger.

Je survolai mes mails, résistant à mon envie instinctive de m'attaquer à la liste des choses à faire qui s'étaient accumulées ces dernières semaines. La liste était trop longue pour être traitée à une heure aussi tardive. Non, le travail attendrait.

Je cliquai sur un autre onglet pour voir les nouvelles. Nous avions entrevu les nouvelles internationales dans les divers endroits où nous étions allés, de Paris à Cape Town, mais rien qui concerne Boston. Là, j'avais devant moi la page d'accueil familière du *Globe*, qui proclamait que Daniel Fitzgerald avait remporté le siège de gouverneur du Massachusetts. Une victoire écrasante.

– Connard… maugréai-je en cliquant sur le lien pour en lire plus.

Je haïssais cet homme. Je haïssais le fait que de façon bien réelle il soit la seule famille d'Erica, et qu'il n'ait pourtant apporté que terreur dans sa vie. Si elle avait besoin d'être protégée de quelqu'un, c'était bien de lui. J'avais fait de mon mieux pour ne pas exprimer ouvertement cette opinion, afin de ne pas voir cette douleur dans ses yeux dès que le sujet refaisait surface. Mais je restais convaincu que toutes ces années où il l'avait négligée et toutes les façons dont il l'avait déçue, étaient responsables, plus que mes mots, de ce qui la taraudait.

Quoi qu'elle en dise ou ne dise pas, je n'allais pas le laisser s'immiscer de nouveau entre nous deux, et j'allais m'assurer qu'il resterait à bonne distance de nos vies.

L'article reprenait les écueils des derniers mois de la campagne, la mort tragique de son beau-fils Mark – l'homme qui avait violé Erica des années plus tôt, un fait que très peu de gens connaissaient. Puis la découverte très médiatisée d'Erica, sa fille biologique illégitime, et enfin la fusillade…

Je fermai les yeux et mon estomac se serra comme me revenait le souvenir du corps ensanglanté d'Erica dans mes bras. J'étais resté fort pour elle durant ces terrifiantes minutes que je croyais être ses dernières.

Elle était tout pour moi. Tout. Une sorte de désolation m'avait envahi lorsque ses yeux s'étaient fermés et que son corps devenait froid. Je croyais l'avoir perdue. Je l'avais agrippée, refusant de partir, tremblant de rage et de désespoir. Tout en moi résistait à l'envie de hurler, de poursuivre Daniel dans la rue et de me venger sur lui.

Si Daniel avait abattu l'homme qui avait tiré sur elle, il ne pourrait jamais la protéger. Il ne ferait que lui causer d'autres tourments, d'autres chagrins qu'elle essaierait encore vaillamment de me dissimuler. J'avais fantasmé sur des milliers de façons de le briser, mais je savais que ce n'était pas la solution. J'avais remballé mes plans, sachant qu'un homme comme lui était parfaitement capable de s'autodétruire si on lui en laissait le temps.

Par quelque miracle, Erica avait survécu. Au moment où elle avait perdu conscience, j'avais cru que mon cœur cessait de battre. Je vivais et je respirais, mais mon existence se limitait soudain à une simple survie, jusqu'au moment où les médecins purent me promettre qu'elle allait s'en sortir. Et à l'instant où elle rouvrit les yeux dans la chambre d'hôpital, mon cœur se réchauffa. Une chaleur nouvelle ranima mes veines, et le monde redevint un endroit dans lequel je pouvais vivre. Elle était avec moi. Hors de danger et mienne. Mais plus la même.

Je ne savais pas, alors, ce que nous pouvions encore perdre. Je rouvris les yeux. En desserrant les poings, je m'efforçai de ne pas penser à ce dont sa blessure pourrait nous priver.

Je refermai l'ordinateur d'un coup sec et me penchai en avant, enfonçant mes mains dans mes cheveux. Bon sang ! Cinq minutes de connexion et mon esprit battait la campagne, noyé dans les idées noires. Le ressentiment pour ce qui avait été perdu, une crainte lancinante pour ce qu'il restait à affronter.

Quelques secondes plus tard, les pas feutrés d'Erica glissèrent sur le sol de marbre frais de notre bungalow. Je me tournai dans la direction d'où provenait le bruit. La lune éclairait juste assez pour me permettre de distinguer sa silhouette dans l'obscurité.

– Eh !

Elle s'arrêta à côté de moi, son regard interrogateur se posant sur l'ordinateur qui me faisait face.

– Qu'est-ce que tu fais debout ? lui demandai-je.

– Je croyais que tu ne travaillerais pas jusqu'à notre retour.

– Je ne travaillais pas. (Je pris sa main, passai le pouce sur ses phalanges.) Je te le promets.

Sa peau était chaude, presque brûlante. Rien de surprenant vu le climat des Maldives, mais je n'étais pas convaincu que c'en soit la raison.

– Tu vas bien ?

Elle répondit d'un hochement de tête silencieux.

– Un autre cauchemar ?

– Je vais bien, murmura-t-elle.

Sa voix faible m'alarma. Mes tripes se serrèrent, nouées par mon ressentiment envers ceux qui avaient trop souvent volé la quiétude de ses nuits. Instinctivement, je voulus l'attirer vers moi, la sauver de ces démons. Mais au fil des terreurs nocturnes – qui s'étaient considérablement atténuées ces dernières semaines –, elle pouvait parfois me prendre pour la pire d'entre elles. Avant que j'aie pu lui poser une question, elle s'écarta, brisant contact entre nous.

– Je vais nager un peu. Je reviens.

En s'éloignant, elle ôta la chemise qui collait par endroits à son corps humide. Elle ralentit au bord de la piscine à débordement qui faisait la transition entre notre espace et l'océan infini. Sa culotte tomba sur le sol. Le rai de lumière lunaire parcourut les courbes de son corps. Les vagues blondes qui retombaient au milieu de son dos flottèrent lorsqu'elle descendit dans l'eau puis disparurent sous la surface, hors de vue.

Mon corps vibra de désir, mais quelque chose de plus profond s'empara de mon cœur.

Je me levai et la suivis au bord de la piscine. Elle se redressa au milieu de l'eau, les cheveux plaqués en arrière, ses seins à peine recouverts par l'eau peu profonde. Je brûlais de la toucher, de caresser chaque pouce de son corps splendide. Je l'avais possédée bien des fois, mais sans jamais assouvir l'appétit quotidien que j'avais d'elle.

– Ça t'ennuie si je te rejoins ?

Je masquais à peine ce qui, dans le ton de ma voix, suggérait que j'en voulais plus que ce qu'incluait ma question.

– Certainement pas, répondit-elle en souriant.

Je me déshabillai et entrai dans l'eau, assez froide pour être rafraîchissante. Je marchai vers elle et m'arrêtai juste avant de la toucher. Nous n'étions plus qu'à quelques centimètres l'un de l'autre. Je la désirais désespérément. Je voulais la serrer contre moi et lui montrer exactement à quel point. Mais j'attendis, m'armant de patience.

Après un long moment, elle tendit la main vers moi. Le bout de ses doigts effleura lentement mon torse. Je pris délicatement sa main, la pressai là où mon cœur battait puissamment sous mes côtes. Chaque pincement doux-amer, chaque élan d'amour ressenti là lui appartenait.

Ses lèvres s'ouvrirent et un seul pas couvrit la courte distance qui nous séparait. Incapable de me retenir plus longtemps, je la saisis, l'amenai contre moi.

L'eau ondulait autour de nous. Je passai l'un de ses bras autour de mon cou, et elle y ajouta l'autre, refermant ses mains sur ma nuque, nous serrant l'un contre l'autre. Sa chaleur était communicative et je laissai échapper un souffle que je n'avais pas eu conscience de retenir.

– Erica… murmurai-je, capturant ses lèvres dans un lent baiser.

Ma femme. La beauté de vingt-deux ans qui s'était emparée de ma vie et avait relégué tout le reste à l'arrière-plan. Je voulais tout lui offrir, ou, si ce n'était pas possible, lui donner assez pour compenser tout ce que les autres lui avaient pris.

Je l'avais juré, un serment silencieux prêté lorsque j'avais glissé l'anneau à son doigt, qui l'avait faite mienne à jamais. Je voulais lui faire partager le réconfort que je trouvais seulement quand on faisait l'amour.

Chaque fois plus que la précédente.

Mes pensées tourbillonnaient autour de l'amour fou que je ressentais pour elle, canalisées par la douce fusion de nos bouches. Elle vibra, mordilla ma lèvre, provoqua un afflux sanguin dans mon bassin. Je me reculai à peine pour reprendre mon souffle, mais elle me ramena vers elle. Je gémis, me pressant fermement contre elle. Je la voulais maintenant, ici. Mais quelque chose me retenait.

Je pris son menton dans ma paume, mon regard plongeant dans ses yeux maintenant embrumés de désir. J'y cherchais la réponse à une question que je n'avais pas encore été capable de lui poser. Je ne voulais pas voir de blessure, là, dans ces profondeurs bleu pâle qui faisaient pendant à celles de l'océan.

Elle fronça légèrement les sourcils.

– Qu'est-ce qui ne va pas ?

Ma magnifique femme… Je laissai courir mon pouce sur ses lèvres.

– Je veux te demander quelque chose, et je veux que tu me dises la vérité.

– Demande.

– Erica… (Je m'interrompis, les mots me nouant la gorge.) Veux-tu vraiment un enfant ?

Elle se raidit et voulut baisser la tête, mais je l'en empêchai. Je relevai son menton, ramenai son regard vers le mien.

– Dis-moi, chuchotai-je. Je veux savoir si c'est ce que tu veux vraiment.

Elle déglutit avec difficulté et laissa glisser ses mains le long de ma poitrine.

– Je veux partager chaque expérience possible avec toi, Blake.

– Moi aussi.

– Je ne sais pas si on est prêts, mais…

– Mais quoi ?

J'avais parlé d'une voix égale, objective. Il n'était pas question de laisser mon cœur s'affoler.

– J'ai peur que si on attend, reprit-elle après avoir pris une longue inspiration, on n'en ait plus la possibilité. (Elle eut une moue inquiète.) C'est vraiment tôt. Peut-être trop. Je ne sais pas si c'est une chose que tu peux vraiment désirer maintenant. Et… je ne veux pas te décevoir.

Je pris sa main dans la mienne et la serrai doucement.

– Tu ne peux pas me décevoir. C'est impossible. Tu le sais, n'est-ce pas ?

Son regard plongea dans le mien, un début de sourire se dessinant sur ses lèvres.

Dans le même temps, cent idées décousues se bousculaient dans mon esprit. J'avais réduit ma vision du monde pour la concentrer sur le travail pendant tellement d'années. Puis ma relation avec Erica avait tout changé à ma façon de voir les choses. Élargir encore ce champ pour y inclure la possibilité d'être père était encore une nouveauté. Pas malvenue, mais dérangeante à sa façon. La question d'avoir des enfants ne s'était jamais posée tant que les circonstances n'en avaient pas menacé la possibilité même. Et soudain, la réponse me fut évidente. Je voulais donner un bébé à Erica. Je voulais la regarder s'arrondir de notre enfant. Je voulais vivre cette expérience, quelque étrange et terrifiante qu'elle soit.

Tout était incertain, maintenant. Quand, comment, si… Le pire étant qu'il y avait tant de choses hors de ma portée.

Je pouvais pénétrer dans certains des systèmes les plus sophistiqués de la planète, mais je n'avais aucun contrôle sur sa physiologie ou sur les lésions qu'elle avait subies et dont les conséquences restaient inconnues.

Si la perspective d'avoir un enfant avec Erica était nouvelle et un peu déstabilisante, ne pas pouvoir lui en garantir la possibilité était un bouleversement. Fortune, influence et technologie étaient à ma disposition. J'avais œuvré pour les obtenir et, à maints égards, considérais l'ascendant qui en découlait comme établi. Maintenant, je tenais la femme que j'aimais dans mes bras, et malgré tout cela nous étions à la merci du hasard et des caprices de la nature.

Cela me frustrait et me motivait dans le même temps. Je ferais tout ce qui était en mon pouvoir pour nous rapprocher. Contre vents et marées, je répondrais à tous les besoins, à tous les désirs qu'elle pourrait avoir. Je resserrai légèrement mon emprise sur son corps, la ferveur de mon acceptation muette semant le chaos dans mes émotions.

– Si c'est ce que tu veux, c'est ce que je veux. Et je suis prêt si tu crois que tu l'es.

Un petit sourire naquit sur ses lèvres.

– On ne sera jamais prêts, ni l'un ni l'autre. Je crois qu'on a juste besoin d'être assez fous pour essayer.

Je la regardai droit dans les yeux.

– Crois-moi, j'essaie.

Son souffle s'accéléra, et un frisson parcourut ma peau. Je ne l'avais jamais dit auparavant, mais j'essayais de tout mon être depuis qu'elle s'était remise. Elle n'avait pas repris la pilule, et j'avais été en elle toutes les nuits. Je l'avais baisée plus fort et plus profond que jamais auparavant, espérant secrètement que ça lui apporterait ce que nous craignions tous deux ne jamais avoir.

Être deux suffisait. Je n'aurais jamais eu besoin de plus, juste elle dans mon lit, dans mes bras jusqu'à la fin de notre vie. Mais c'était ce qu'elle voulait, et au plus profond de moi je le voulais aussi. Ce serait plus, bien plus que ce que je pouvais réellement envisager maintenant.

L'espoir brillait dans ses yeux, cachant la tristesse que j'y avais décelée auparavant.

– Comment peux-tu avoir une telle confiance, après tout ce que nous avons vécu ?

Je secouai la tête.

– Je ne sais pas. J'ai l'impression que si nous le désirons suffisamment, ça arrivera. Ou peut-être que je n'ai tout simplement pas l'habitude de me contenter d'un « non » pour réponse.

Submergé par tout ce que je ne comprenais pas tout à fait, je la serrai contre moi et l'embrassai de nouveau, plus profondément, cette fois. La douce pression de son corps était la torture la plus agréable qui soit. Le baiser se fit plus pressant. Le goût de sa bouche aiguisa mon appétit. Ses hanches se frottèrent contre moi, et je durcis.

Je voulais la prendre à l'instant, m'enfoncer en elle encore et encore.

Je laissai échapper un gémissement rauque et passai ses jambes autour de mon corps. Elle s'accrocha à moi tandis que je remontais les marches de la piscine.

Ses doigts glissés dans mes cheveux et enroulés autour de ma tête, ses cuisses serrées contre ma taille, elle dévasta mes sens comme elle l'avait fait aussi totalement, aussi souvent auparavant. Je me forçai à garder les yeux ouverts entre ses baisers pour retrouver mon chemin vers la pergola au-delà de la piscine. Je la déposai sur le drap en coton blanc du lit d'extérieur, et elle m'attira vers elle.

* * *

ERICA

Mes doigts tremblèrent sur les épaules de Blake. L'eau ruisselait sur mon corps. Derrière moi, le ciel nocturne était une immensité bleu marine. Les étoiles scintillaient à travers la toile qui drapait la pergola.

Quelques instants plus tôt, je luttais pour échapper à mon inconscient, assaillie par des scènes que je n'avais revécues que trop souvent. Maintenant, j'étais dans les bras de Blake, délivrée et rétablie, et la fulgurance de ce que nous venions de partager m'avait laissée pantoise. Était-ce bien réel ?

Je n'étais pas certaine de n'avoir pas rêvé ce qu'il venait de me demander. J'y avais pensé, évidemment. Chaque fois qu'on faisait l'amour, il y avait une possibilité, mais je n'aurais jamais imaginé qu'il désirait un enfant lui aussi, qu'il essayait…

Je m'enroulai autour de lui, mêlant nos membres

comme une vague de désir me parcourait. Il prit ma bouche en gémissant. Je pouvais sentir l'amour dans notre baiser, doux contre sa langue qui me titillait de tendres petits coups rapprochés. Son corps était ferme contre le mien, chaque muscle se tendant et roulant à mesure que nous bougions l'un contre l'autre. Y avait-il eu un moment où je l'avais aimé plus que je l'aimais maintenant ? Je n'en avais pas souvenir. Mon cœur se gonfla dans ma poitrine, m'emplissant d'une puissante émotion.

– Je t'aime, lui dis-je, hors d'haleine, quand nos bouches se séparèrent. Bon Dieu, j'ai tellement envie de toi maintenant…

Il parcourut mon menton de ses baisers, puis mon cou, et jusqu'à l'endroit tendre sous mon oreille. Il me suçota, faisant frissonner ma peau par vagues.

– Erica, chuchota-t-il dans mon cou, je veux te faire un bébé cette nuit.

Cette douce proclamation me coupa le souffle, me privant de ce que j'aurais voulu répondre. Mes doutes. Mes peurs. Il les effacerait, de toute façon, les ferait paraître inutiles et minuscules face à ce qu'il voulait, à ce que nous voulions.

– Je le veux aussi, répondis-je calmement.

Il fit glisser une caresse humide sur mon menton, m'immobilisant de son regard. La lueur de la lune faisait scintiller les gouttelettes sur sa peau.

– Je sais que tu as peur.

Je ne voulais pas admettre toutes ces pensées inexprimées, mais il avait raison. Je me contentai de hocher la tête pour ne pas leur donner voix. Pas ce soir.

– J'ai peur aussi. Si on décide d'essayer… Si on le fait vraiment, j'ai besoin de le voir dans tes yeux. Quand je te fais l'amour, j'ai besoin que tu y croies.

– Je le veux, Blake. (Ma voix trembla et mon cœur se serra d'émotion.) Fais-moi l'amour… s'il te plaît.

Je passai délicatement mes mains sur les muscles durs de sa poitrine, sur ses abdos tendus. Son érection pulsait contre moi, chaude et exigeante. Je la saisis, l'accueillis, caressai la chair tendre de son gland. Il souffla, se glissant entre mes doigts d'un mouvement lent.

Je mouillais, ce qui devint évident lorsqu'il se décala et fit glisser son érection contre mes lèvres. Il répéta ce mouvement, déclenchant des vagues de plaisir dans mon clito jusqu'à que je ne puisse plus attendre. Je fis pivoter mes hanches, espérant le guider à l'intérieur de moi. Il prit son érection de la main, me titillant du gland contre mon sexe. Je ravalai un gémissement frustré. Il adorait me titiller. Puis, toute son attention concentrée sur l'endroit intime qui nous unissait, il s'enfonça lentement en moi.

– Bon sang, que tu es belle…

Il m'attrapa par le genou, me maintenant ouverte tandis qu'il poursuivait sa progression. Je cherchai mon souffle. La sensation de Blake m'emplissant, de mon corps s'écartant pour lui, me désarçonnait chaque fois. Je pressai mes ongles contre ses avant-bras, une supplique muette pour qu'il me possède plus profondément.

– Regarder ma bite glisser en toi… c'est presque trop. Ça me rend fou à chaque fois.

Je m'arquai sous lui.

– Je te veux au plus profond.

Me prenant un sein, il gémit et couvrit mon corps de la chaleur du sien. Les poils de sa poitrine excitaient mes tétons, maintenant durs et hypersensibles. Il m'embrassa, s'enfouit. Puis il me donna exactement ce que je voulais, comme toutes les nuits depuis que j'étais devenue sa femme.

Rien ne m'avait jamais paru plus juste.

J'enfonçai ma tête dans les oreillers et l'attirai vers moi. Je nous voulais aussi proches que possible. Aucun autre bruit que celui des vagues et mes cris pendant qu'il me faisait l'amour. Je fermai les yeux, me préparant au jaillissement de mes sensations.

– Erica… Regarde-moi.

J'ouvris les yeux, et le visage du seul homme que j'avais jamais aimé emplit mon champ de vision. Ses lèvres s'ouvrirent sur son halètement. Chaque muscle était tendu par l'effort. C'était une vision enivrante… époustouflante.

Nous n'étions que trop humains, alors, sur une petite île au milieu de l'immense océan. Nous n'étions que deux cœurs battants sur cette planète, et pourtant ce que nous recherchions paraissait démesuré. Ce que nous désirions et qui pouvait être créé par nous, une étincelle de vie, minuscule et fragile, était trop phénoménal pour être vraiment appréhendé. Mon cœur battait la chamade dans ma poitrine sous le poids de ce que nous nous efforcions d'accomplir.

L'énergie irradiait entre nous, elle augmenta encore lorsqu'il referma sa main sur ma hanche, l'autre entrelacée à la mienne. Son regard me clouait, trop intense pour que je leur échappe, sauf que je me décomposais un peu plus chaque seconde. Possédée par son regard puissant et la férocité avec laquelle il me prenait, je me raccrochai à lui de toutes les façons possibles. Comme une corde toujours plus tirée et tendue, mon corps allait vers sa libération.

– Je n'ai jamais rien voulu plus que toi. Rien dans ma vie ne m'a jamais possédé plus que toi, dit-il.

– Je t'appartiens.

– À jamais, gronda-t-il en écrasant mes lèvres d'un baiser.

Il tendit un bras autour de mes hanches, fit levier pour déplacer son poids et changer l'angle de ses coups de rein.

– Blake !

Son nom était une supplication sur mes lèvres, une suplique désespérée pour implorer le summum de ce que me faisait ressentir sa présence en moi.

Son expression s'adoucit. Une vulnérabilité presque douloureuse apparut sur ses traits magnifiques, comme il nous rapprochait de ce paradis que nous trouvions l'un en l'autre.

– Maintenant, ma belle. Laisse-toi aller. Explose juste pour moi.

Aussitôt, la corde claqua. Il était incroyablement enfoncé. Dans mon corps. Dans mon cœur. Les lèvres écrasées, la peau en feu, nos corps unis, on jouit ensemble. On tomba ensemble dans cet endroit parfait, atterrissant sans encombre dans les bras l'un de l'autre. La sensation m'envahit, me parcourut, vibra entre nous jusqu'à que nous nous immobilisions.

On resta entremêlés dans l'air chaud. Hormis nos respirations qui s'apaisaient peu à peu, on n'entendait que le lent roulement des vagues sur la grève.

Fermant les yeux, Blake soupira avec force.

– Mon Dieu, que je t'aime !

Je soufflai, m'abandonnant à la chaleureuse apesanteur dans ses bras. Je fis paresseusement danser mes doigts sur sa peau, le long de ses larges épaules, revivant ce qui venait de se passer.

Cette nuit avait été différente. Cette nuit, nous avions partagé quelque chose que je ne pouvais nommer. L'espoir, peut-être la foi. La quête d'un rêve que nous ne pouvions faire qu'ensemble en croyant que nous pouvions le réaliser.

Un flot d'émotions m'envahit, peut-être plus violemment qu'à l'accoutumée dans cet état vulnérable d'après l'amour. Je fermai les yeux pour calmer leur brûlure. Prenant une longue inspiration, je ralentis mes caresses.

– Je devrais aller me laver, m'empressai-je de dire, espérant gagner quelques minutes pour me ressaisir. Je ne voulais pas gâcher cet instant par des larmes.

– Non, répondit Blake, son corps toujours étalé au-dessus de moi, en moi. Il faut laisser mes petits bolides faire leur travail. Donne-leur un peu de temps.

Je ris doucement, m'efforçant de ne pas envisager que ça puisse être une cause perdue. J'écartai les cheveux de son visage. Ses yeux magnifiques reflétèrent la lueur de la lune.

Je secouai la tête.

– Tu es vraiment déterminé, n'est-ce pas ?

Il sourit sous un tendre baiser et entrelaça nos doigts.

– Oh, Erica, tu n'as pas idée à quel point.

– Oh, je crois que si.

Je me cambrai contre lui, ne sachant que trop combien il pouvait être résolu. À tel point que depuis que je l'avais rencontré, mes nuits étaient longues, et les matins ne venaient que trop vite.

Il émit un petit bourdonnement, son regard s'obscurcissant de nouveau.

– Tu me refais bander.

Je fis remonter mes orteils sur ses mollets jusqu'à qu'ils touchent le bas de ses cuisses solides. Je relevai mes hanches et l'attirai de nouveau en moi. Son érection n'avait pas varié depuis qu'il avait joui. Il accueillit mon mouvement d'un petit coup de reins, preuve tangible de la persistance de son désir. Je me resserrai sur lui et me délectai de la délicieuse friction dont je m'étais déjà repue si récemment.

– Alors, recommençons, murmurai-je.

Chapitre trois

ERICA

La lune de miel avait été une escapade. Une magnifique et délicieuse escapade. Puis la vraie vie nous avait rappelés chez nous.

Une semaine plus tard, bronzés et régénérés par notre voyage sur une île qui commençait à nous appartenir, on atterrit à Boston.

Des nuages gris obscurcissant le soleil et la menace d'un hiver imminent nous y accueillirent. Je frissonnai quand une bourrasque glacée parcourut le tarmac.

À notre descente d'avion, je remarquai une Escalade noire garée un peu plus loin. On se dirigea vers elle, et un homme grand de forte carrure en fit le tour. Vêtu tout de noir, il avait une présence impressionnante qui m'était familière.

– Clay ! (Je me haussai sur la pointe des pieds pour étreindre ce colosse qui avait endossé le rôle de protecteur ces derniers mois.) Vous nous avez manqué.

Il se fendit d'un petit sourire timide.

– Comment a été le voyage ?

– Incroyable, mais on est heureux d'être de retour.

Après tout, le paradis ne pouvait pas durer toujours.

– C'est bon de vous voir. (Il se tourna vers Blake.) À la maison ?

Blake hocha la tête.

– À la maison.

Clay roula vers le nord, laissant les gratte-ciel de la ville derrière nous. L'autoroute fit place aux routes étroites qui longeaient la côte en traversant de plus petites agglomérations. Je m'emplis de ce qui s'offrait à ma vue. La circulation dense, les rangées de maisons donnant sur le bleu profond de l'Océan, les éléments familiers. Tout m'était connu et étranger à la fois. Même la destination, une maison que nous allions devoir refaire nôtre, allait paraître différente après tant de temps passé au loin.

Ici et là, des panonceaux électoraux parsemaient encore les pelouses, certains portant le nom et le slogan Fitzgerald. Daniel était certainement la dernière personne que je voulais voir m'accueillir à mon retour, mais il était partout. À mesure que la réalité reprenait ses droits, les souvenirs m'envahirent désagréablement.

Après des années à ne pas savoir qui était mon père, j'avais découvert une vieille photographie de Daniel avec ma mère. Je me souvenais encore de mon impatience à le rencontrer. C'est avec un mélange de crainte et d'espoir que je m'étais assise devant son bureau pour lui révéler le nom de ma mère. Aussi intimidante que cette expérience ait été, faire véritablement connaissance avec l'homme derrière ses costumes de marque, ses bureaux cossus et la machine politique chargée de sa campagne électorale avait été bien plus effrayant encore. Et pourtant, la peur n'était pas mon seul sentiment à la vue de son nom et au souvenir de son visage.

Il y avait de la déception aussi, et enfouie en dessous, de la colère. Après toutes ces années, je m'étais attendue à mieux. J'avais espéré tellement plus. Ma gorge se noua, et j'eus soudain envie d'aller détruire tous les panonceaux que je croisais.

Blake se rapprocha et prit ma main.

– À quoi penses-tu ?

– À rien, répondis-je, le regard vide.

À rien dont j'aurais envie de parler. Je ne haïssais pas Daniel, quand bien même ç'aurait dû être le cas. Mais je savais que c'était ce que ressentait Blake. Il comprendrait ma colère, mais m'en lamenter avec lui ne m'apporterait pas la paix.

– Il a gagné, tu sais, maugréa-t-il.

Daniel avait gagné. Je me le répétai mentalement à plusieurs reprises, imaginant toute la pompe et la gloire, les banderoles et les symboles patriotiques, la fausse fierté. Puis je songeai aux ténèbres derrière la fête, dans lesquelles se dissimulaient toutes les choses qu'il avait dû faire pour s'assurer la victoire.

Je n'étais pas certaine de ce que ça m'inspirait. Que pouvais-je en dire ? Bonne nouvelle ? Dommage ?

On fit le reste de la route en silence, comme je continuais de me demander si je devais célébrer ou regretter l'élection de Daniel.

Clay déposa nos bagages dans l'entrée et, en un rapide échange avec Blake, assura qu'il viendrait nous chercher le lendemain matin pour nous conduire au bureau. On monta jusqu'à la chambre pour s'effondrer sur le lit.

* * *

Je m'éveillai sous un ciel matinal radieux et dans un lit vide. Un message déposé sur l'oreiller de Blake disait qu'il était parti travailler tôt. Je grommelai et envisageai de me rendormir, mais la perspective d'être mise au courant de tout ce qui se passait dans les nouveaux bureaux par Alli et les autres me força à bouger. Je pris mon temps, regardant le journal télévisé le temps de sortir du lit, où j'aurais facilement pu dormir huit heures de plus. Je me servis du café, m'interrompis à la mention du nom de Daniel. Le présentateur faisait un récapitulatif de l'élection qui avait eu lieu la semaine précédente.

Même si je ne lui avais pas parlé depuis des mois, il était bien assez souvent apparu dans mes pensées. Nous nous étions séparés. Enfin, plus exactement, il avait décidé de disparaître de ma vie. Par compassion ? Peut-être. Parfois, je me demandais comment il réagirait si j'essayais de le joindre. Insisterait-il pour garder ses distances ?

Maintenant qu'il avait été élu gouverneur, peut-être qu'il n'exprimerait plus rien du tout. Remporter l'élection était tout ce pour quoi il avait œuvré depuis longtemps, bien avant sa rencontre avec ma mère. J'étais convaincue que, quelle que soit l'importance que j'avais eue dans sa vie, elle s'était fondue dans l'arrière-plan des événements du moment.

J'éteignis la télévision, déterminée à ne pas lui consacrer plus longtemps mes pensées.

Malgré le décalage horaire et tous mes regrets d'avoir vu s'achever notre merveilleuse lune de miel, j'étais impatiente de me jeter de nouveau dans le travail – ce que je n'avais plus eu la possibilité de faire depuis la vente de ma société.

La caféine fit son effet. Il était temps de me mettre en route. Clay me conduisit en ville et me laissa devant le Mocha, le café que j'avais longtemps fréquenté, en bas de mes anciens bureaux. Je n'étais pas revenue depuis que l'ex de Blake, Sophia, avait viré Alli et que j'avais démissionné, mais je ne pouvais pas éternellement rester à l'écart. Je parcourus les trottoirs du regard, m'attendant à voir Sophia, mais je ne reconnus aucun visage.

À l'intérieur, en revanche, je repérai immédiatement Simone. Pendant qu'elle servait une tablée, je trouvai mon coin habituel inoccupé et m'y assis. Mon téléphone bourdonna pendant que j'attendais, et je lus un texto de Maris qui me souhaitait un agréable retour. Je lui répondis, proposant de nous voir la semaine suivante pour échanger des nouvelles. Je savais qu'elle voudrait connaître tous les détails de la lune de miel et j'étais impatiente de la lui raconter. Elle m'avait manqué plus qu'elle ne l'aurait imaginé.

Simone vint me voir, écarquillant les yeux.

– Bon Dieu, qui êtes-vous et que faites-vous dans mon café ?

– Je viens pour ma dose de caféine ! m'esclaffai-je. Et pour te voir, évidemment.

– Tu as bien raison. (Elle se joignit à moi, se glissant sur le siège opposé.) Alors, quoi de neuf ? Je ne t'ai pas vue depuis ton mariage.

– Rien encore, en fait. J'en saurai plus au bureau tout à l'heure, je suppose. Et toi ?

– Que du vieux ici, dit-elle en indiquant la salle d'un geste du bras.

– Et comment sont les nouveaux voisins ?

Je n'avais pas pu m'empêcher de le demander, comme le Mocha n'était qu'à quelques pas des bureaux de Clozpin, mais je me préparais à une réponse qui ferait mal. Bonnes ou mauvaises, des nouvelles ne feraient que retourner le couteau dans la plaie.

– Pour ce que je peux en dire, répondit Simone dans un haussement d'épaules, le big boss, Perry, n'est là qu'une ou deux fois par mois. Je n'ai pas du tout vu la fille. Ils ont embauché quelques nouveaux programmateurs. Ça, je ne vais pas m'en plaindre, ils se sont tous révélés d'excellents caféinomanes.

– Alors je suppose que la boîte continue de tourner.

J'aurais voulu paraître détachée, mais je ne pus dissimuler l'apathie dans ma voix.

– On dirait. Mais je suis contente que James ne soit pas resté. Il est bien plus heureux à travailler avec l'ancienne équipe.

James avait été le dernier à quitter le navire après le changement de propriétaire. Les dernières nouvelles que j'avais eues étaient que Clozpin avait été piratée et des informations compromettantes sur Isaac et Sophia avaient fuité, qui risquaient de mener la société à sa perte. Apparemment, ils s'en étaient remis et avaient poursuivi leur route. Peut-être était-il temps que j'en fasse autant.

– Qu'est-ce que c'est ? demandai-je en indiquant le cœur artistiquement tatoué de frais à l'encre noire sous l'avant-bras de Simone.

– Oh, juste un nouveau tatouage.

Elle passa le doigt sur les méticuleux ornements qui s'enroulaient autour d'un trou de serrure noir au centre du cœur.

– Il est superbe. D'une finesse incroyable.

Ses joues rosirent.

– C'est James qui l'a dessiné. Il est fascinant, comme artiste. Il a le pendant. Avec une clé.

J'en restai bouche bée, abasourdie par le sens indéniable des deux symboles.

– Eh bien ! C'est permanent, tu sais.

Elle rit.

– C'est censé l'être. C'est un peu l'idée.

– Je suis heureuse pour vous deux.

Après tout ce que j'avais vécu avec James, j'étais particulièrement heureuse que lui et Simone se soient découvert quelque chose à partager qui, je l'espérais, les comblerait autant que Blake me comblait.

Ses yeux se firent tout doux, comme elle parcourait le dessin du bout du doigt.

– Je ne savais vraiment pas si nous avions un avenir quand on a commencé à sortir ensemble, mais il a trouvé le moyen de s'enraciner si profondément dans mon cœur que même si on se séparait, je voudrais garder ce tatouage comme souvenir.

– Il a de la chance de t'avoir, Simone.

Elle laissa échapper un soupir, me paraissant aussi désespérément amoureuse que j'avais la plupart du temps l'impression de l'être.

– Il en a vu des vertes et des pas mûres. Bien plus qu'il ne te l'a probablement jamais dit, Erica. Mais je n'avais jamais rencontré de ma vie un homme capable d'ouvrir aussi complètement son cœur. C'est comme si, à partir du moment où on a cessé de faire semblant d'être amis et où on a donné une chance à notre relation, plus rien n'avait pu s'immiscer entre nous. Pas d'histoires, pas de faux-semblants. Juste nous deux.

Je dégluti avec peine, l'émotion me nouait la gorge.

– Bon sang, tu vas me fais pleurer… Arrête !

Elle sourit, chassant de ses paupières ce qui semblait bien être des larmes de joie aussi. Quittant son tabouret, elle fit le tour de la table pour m'étreindre.

– Tu m'as manqué, dis-je.

Ces mots faillirent libérer les grandes eaux. J'avais adoré ma longue escapade, mais mes amis m'avaient manqué aussi, plus que je ne l'avais mesuré jusqu'à cet instant.

Elle me serra plus fort.

– Tu m'as manqué aussi. Vous m'avez manqué, toi et tous tes putains de mélodrames.

– Désolée pour ça, répondis-je en riant tandis qu'elle s'écartait.

– Ne t'inquiète pas. Ça met un peu d'animation dans ma morne vie de cafés et de croissants. Cela dit, arrête de prendre des balles ou ce genre de choses, tu veux bien ? J'ai besoin que tu restes en vie. Mon chiffre d'affaires baisse quand tu ne viens pas nourrir ton addiction.

Du bout des doigts, j'effaçai les dernières traces de larmes sous mes yeux.

– Je ferai ce que je pourrai.

Elle posa sa main sur mon bras.

– Ça vaudrait mieux. Bon, je dois retourner travailler.

– Moi aussi. J'ai des tonnes de choses à rattraper.

– Je n'en doute pas un seul instant. Eh, rends-moi un service. Claque la fesse de James en arrivant. Dis-lui que c'est de ma part.

– Je vais plutôt te laisser faire ça… répondis-je en ouvrant de grands yeux.

Elle rit et me fit un petit signe en s'éloignant.

Je remontai à pied les quelques pâtés de maisons qui me séparaient des nouveaux bureaux dans l'immeuble que Blake et moi partagions maintenant. Je gravis les marches jusqu'au premier étage et m'arrêtai quelques secondes devant la porte dont le verre dépoli affichait *E. Landon, Inc.* Je souris intérieurement.

Madame Erica Landon. Ça sonnait bien à mon oreille. J'avais pris le nom de Blake sans hésitation, mais professionnellement il n'avait pas essayé de ramener mes projets sous l'aile protectrice de sa société. Et à une époque où je perdais rapidement tout espoir, il m'avait offert un espace me permettant de travailler sur de nouvelles visées susceptibles de combler mon manque.

Déterminée à laisser le passé derrière moi et à saisir à

bras-le-corps ce nouveau chapitre de ma vie, j'ouvris la porte. À l'intérieur, l'équipe – un mélange de nouveaux et d'anciens – était au travail.

Alli piailla bruyamment en me voyant.

– Tu es revenue ! (Elle se précipita vers moi et me serra dans ses bras.) Et tellement bronzée !

Je ris tandis que nous nous séparions.

– Une semaine sur une île, ça peut faire cet effet-là.

– Je suis follement jalouse. Mais que fais-tu là ? Je pensais que tu prendrais d'abord un ou deux jours pour te remettre.

– Je n'ai pas pu attendre, répondis-je avec un haussement d'épaules.

De derrière leurs stations de travail, Geoff et Sid attirèrent mon attention.

– Comment ça se passe ? leur demandai-je. J'ai raté quelque chose ?

Les yeux de Geoff pétillèrent.

– Plein de choses. Par quoi voulez-vous commencer ?

– Par où vous voulez. Racontez-moi.

Une sensation enivrante monta en moi : une impatience familière de parler la langue des affaires et de la technologie, d'être projetée dans le foisonnement de détails qui entouraient un projet de pointe.

Sid se leva et s'appuya à son bureau.

– Nous avons deux nouvelles applications que tu peux tester.

– Génial.

– Eh, l'étrangère !

Une voix profonde avait retenti derrière moi. James apparut en franchissant la porte. Sa chevelure ondulée presque noire était ébouriffée, en accord avec son jean et son long tee-shirt noirs. Il se pencha et m'embrassa sur la joue.

– Heureux que tu aies décidé de revenir.

– Je ne pouvais pas rester éternellement au loin. Et puis, je ne sais pas ce que j'aurais pu faire sans vous tous pour trouver de quoi m'occuper.

– Le bonheur te va bien, dit-il en me tapotant gaiement le bout du nez.

Ses yeux d'un bleu profond semblaient regarder directement dans mon âme, comme ils l'avaient toujours fait. Mon amitié avec James avait évolué vers un sentiment bien plus profond que tout ce que j'aurais pu imaginer quand je l'avais embauché pour qu'il rejoigne l'équipe originelle de Clozpin. Notre aparté romantique avait été bref et malavisé mais ne nous avait heureusement pas coûté notre lien originel.

– Merci, répondis-je en lui donnant un petit coup de poing. À toi aussi.

Il passa sa main dans ses cheveux, révélant le dessous de son avant-bras et le tatouage tout neuf qui répondait parfaitement à celui de Simone : une ancienne clé ouvragée, dessinée en noir et blanc.

– Joli tatouage, dis-je avec un clin d'œil.

– Merci. (Sa grimace se mua en un large sourire. Il tendit le menton en direction du fond de la salle.) Allez, réunissons-nous dans ton bureau de luxe. On rêve tous de l'inaugurer.

– Allons-y.

Tous les cinq, on passa le reste de la matinée à analyser les progrès réalisés. Geoff, le cerveau derrière la société technologique que j'avais décidé de financer quelques mois plus tôt, me fit la démonstration des dernières versions. Visiblement, l'équipe avait fait bien du chemin durant mon absence, mais il restait encore des trous à combler et pas mal d'améliorations à apporter avant qu'on puisse commercialiser ces applications.

Les heures passèrent, et je me perdis dans les détails.

Quand on s'arrêta pour déjeuner, je restai un moment à vagabonder dans mon bureau, cet espace dans lequel je n'avais pas encore eu le temps de prendre mes marques. Mais pour la première fois depuis mon retour, j'avais l'impression que j'étais réellement faite pour ce travail. Malgré tous les événements qui auraient pu me décourager, j'étais aussi prête que possible à replonger, à recommencer.

– Heureuse d'être de retour ?

Je tournai mon fauteuil pour découvrir Alli, l'épaule appuyée contre l'embrasure de la porte.

– Tout à fait, admis-je.

– Et nous, nous sommes heureux de te revoir. La famille aussi, évidemment. Catherine et Greg ont organisé un dîner en l'honneur de votre retour au bercail, ce soir.

– C'est gentil de leur part.

Les lèvres d'Alli s'incurvèrent, tandis qu'elle jouait avec une mèche de ses longs cheveux bruns.

– Oh… on dirait que tu veux me dire quelque chose.

– Eh bien, il y aura un couvert de plus à la table, ce soir.

– Ah ? Qui est-ce ?

Elle s'assit dans le siège face à mon bureau et baissa la voix.

– Tu te souviens de ce serveur sexy au club, celui que tu as envoyé à Sophia avec ces horribles boissons ?

– Vaguement.

Le temps qui avait passé et le léger état d'ébriété de cette nuit-là avaient embrumé les détails. En revanche, je me souvenais distinctement de la brève apparition de Sophia pendant mon enterrement de vie de jeune fille.

– C'est le nouvel amoureux de Fiona.

Je fronçai les sourcils.

– Vraiment ? Lui ?

– Je suppose qu'ils se voient depuis déjà un moment, mais maintenant elle veut le présenter à la famille.

– C'est un grand pas.

Comme je n'avais jamais rencontré ou connu un seul des petits amis de Fiona, je ne savais pas comment son nouveau prétendant allait être reçu. D'un autre côté, sa famille s'était toujours montrée accueillante et gentille avec moi.

– Je sais. Je suis impatiente de voir comment ça va se passer.

Je me laissai aller en arrière dans mon fauteuil.

– J'ai l'impression d'avoir raté pas mal de choses.

– Voilà ce qui arrive quand on quitte le pays durant des semaines sans lire ses mails.

– Sans rire ! Il va me falloir un mois rien que pour tout reprendre. Mais même si c'est le cas, ça valait le coup.

Je me remémorai nombre des incroyables souvenirs de ce que Blake et moi avions engrangé durant ce voyage. Une partie de moi voulait parler à Alli de notre discussion au sujet du bébé, mais je n'étais pas encore prête à partager tous mes espoirs et mes craintes à ce sujet. Le temps viendrait et, quoi qu'il advienne, je savais qu'elle serait là quand j'aurais besoin d'elle.

– Tu peux peut-être me faire un résumé en déjeunant ?

– Bien sûr.

Elle tritura l'ourlet de sa chemise.

– Qu'est-ce qu'il y a ?

– Hum… Eh bien…

– Alli…

– Tu viens de revenir. Je ne vais pas te bombarder d'infos.

– Je suis venue au bureau pour ça. Bombarde.

Ses jolis yeux bruns se détournèrent légèrement.

– C'est à propos de Max.

J'attendis qu'elle poursuive.

– Sa peine a été prononcée… pour ton agression.

– Oh !

J'avais rédigé ma déclaration des mois auparavant, et avec tout ce qui s'était passé depuis le moment où il m'avait agressée, le procès m'était sorti de l'esprit. J'avais dit ce que j'avais à dire et ne pouvais plus qu'espérer en la justice.

– Alors… qu'ont-ils décidé ?

– Ils l'ont jugé coupable.

– Oh !

Je n'aurais jamais imaginé à quel point entendre ces mots me ferait du bien.

Un immense soulagement m'envahit, mais ce sentiment apaisant se mêla rapidement aux cent autres émotions que j'avais rattachées à Max et à ce qu'il m'avait fait. La colère et la gêne que tant de gens dans nos mondes sachent dans quelle position compromettante il m'avait mise. Un peu de culpabilité, même, que Max passe en jugement à cause de ma coopération. Sa vie en serait changée à jamais. Et pourtant, je ne devais pas l'oublier : je n'avais rien fait pour provoquer son agression. Il m'avait droguée et acculée de son propre fait. Si Blake n'était pas intervenu, Max m'aurait violée. Même si ce n'était pas arrivé, j'étais convaincue que c'est ce qu'il aurait fait.

– Il a pris deux ans et demi.

Ma gorge se serra et je fermai les yeux. Mon corps semblait réagir aux nouvelles avant que mon cerveau ait réellement le temps de les assimiler. Une minute passa, et je retrouvrai ma voix.

– C'est la moitié du maximum.

– Je sais, dit-elle doucement.

En hochant lentement la tête, je redressai une pile de papiers sur mon bureau déjà parfaitement rangé.

– Eh bien, je suppose que ce n'est que justice.

– Au moins ils vont l'enfermer, même si ce n'est pas pour aussi longtemps qu'il le mérite.

Max perdrait sa liberté, au moins pour un temps. J'aurais voulu fêter cette petite victoire, mais une voix au fond de moi considérait que ce n'était pas assez pour payer pour ce qu'il avait fait.

* * *

BLAKE

– Oh, que vous m'avez manqué, tous les deux !

Ma mère nous applaudit et s'approcha pour m'enlacer. Je me penchai pour me mettre à sa hauteur. On aurait dit que je revenais de guerre, mais je ne pouvais pas la blâmer de trop m'aimer. C'était sa façon d'être, et quand son attention se tourna vers Erica, je ne pus que m'en féliciter. Les deux femmes se bercèrent un instant dans les bras l'une de l'autre, et tout regret de dernière minute que j'aurais pu éprouver d'avoir acheté notre nid d'amour à quelques maisons de chez mes parents disparut.

Erica méritait une famille, et il n'y en avait pas de meilleure que la mienne. Je ne les avais pas toujours appréciés, mais tout ça changeait rapidement depuis qu'Erica était entrée dans ma vie.

Ma mère nous regarda tous les deux, nous toisa, prit un air approbateur.

– Erica, tu es plus belle que jamais. Vraiment. Tous ces voyages ont dû avoir un effet bénéfique sur ton âme.

– Je crois que oui, répondit Erica en regardant vers moi.

Ma mère sourit, les yeux plissés. C'était une belle femme, débordant d'une énergie contagieuse, et plus encore avec mon père à son côté. Celui-ci nous rejoignit, revêtu de son tablier préféré. Devenu le cuisinier en chef de la maison depuis sa retraite, il portait fièrement ce titre. J'avais toujours considéré l'aisance de mes parents l'un avec l'autre comme une évidence. Maintenant, j'y voyais une version familière d'Erica et moi. J'entrevoyais une éternité en compagnie de la femme avec laquelle je voulais vieillir.

Papa me donna un petit coup de poing sur le bras et étreignit Erica.

– Comment vont les amoureux ?

– Très bien, papa.

Il fit un signe de tête en direction de la salle à manger, où ma sœur, Fiona, était assise à côté d'un homme qui ne m'était pas familier.

– Vous êtes revenus juste à temps pour faire connaissance du nouveau, reprit-il.

– Oh oui ! Il faut que vous fassiez la connaissance de Parker, ajouta Catherine en nous entraînant à l'intérieur et en nous présentant à ce qui semblait l'invité d'honneur.

Il se leva.

– Blake, je suis enchanté de vous rencontrer.

– Moi aussi, répondis-je en lui serrant la main.

On s'assit, Erica et moi, face au nouveau couple. Je toisai l'homme, dont le bras était enroulé autour du dossier de la chaise de ma sœur. Parker semblait avoir mon âge, peut-être un peu moins. Des cheveux blond foncé, bien coupés. Une tenue décontractée, jean et chemise boutonnée. Rien de particulièrement cher, mais il avait l'air d'avoir consacré à son apparence le temps nécessaire.

Ses doigts et ceux de Fiona restèrent entrelacés tandis que ma mère servait le célèbre pain de viande maison de mon père. Un repas en famille et des nouvelles de tout le monde auraient dû faire mon bonheur, mais je restai distrait par Parker. Il se tourna et chuchota quelque chose à l'oreille de Fiona. Elle sourit et se colla contre lui.

Je m'éclaircis bruyamment la gorge, les interrompant dans leur mouvement.

– Alors, comment vous êtes-vous rencontrés ?

Les yeux de Fiona s'écarquillèrent. La question avait retenti avec moins de finesse que je l'aurais voulu, mais j'étais impatient d'en savoir plus sur cet étranger assez important pour elle pour qu'elle le présente à la famille. J'espérais qu'il cesserait de la câliner à table.

– Hum… commença-t-elle.

– Nous nous sommes rencontrés à la soirée d'enterrement de la vie de jeune fille de votre épouse, dit Parker sans détourner les yeux de Fiona.

– Vraiment ?

Je n'avais jamais été vraiment enthousiaste à l'idée de voir Erica sortir dans sa tenue courte et serrée cette nuit-là ; mais, naïvement, je n'avais pas envisagé que Fiona se fasse draguer. Je serrai les mâchoires, en réflexe contre l'image déplaisante de Parker ou tout autre ayant un quelconque lien physique avec elle quand elle aurait bu.

– Il travaillait au bar, et il a pris mon numéro avant qu'on parte, ajouta Fiona d'une voix douce et légère.

Je me détendis un peu, ses paroles ayant corrigé la vision qui s'était imposée à mon esprit. Fiona était d'abord ma sœur, mais elle avait aussi été une bonne partenaire en affaires, toujours concentrée et pertinente quand elle s'occupait de mes biens immobiliers.

Je n'avais pas l'habitude de la voir distraite, et si j'avais toujours voulu la protéger en tant que frère aîné, elle ne m'en avait que rarement donné l'occasion. Peut-être parce que notre frère Heath avait lui aussi exigé longtemps la même attention. Maintenant, son nouvel amoureux était assis devant moi, nettement moins mal à l'aise que je l'aurais voulu, étant donné qu'il baisait fort probablement ma sœur.

– Alors, quel est votre métier ? Barman ?

Je n'avais jamais été élitiste, mais, pour je ne sais quelle raison, je ne pouvais résister à la tentation de lui rabattre un peu son caquet.

– Blake… dit Fiona d'une voix plus grave.

– Je vais à l'université, poursuivit-il en me regardant sans ciller. Je suis barman pour joindre les deux bouts. Mes parents ne peuvent pas financer mes études, alors je paye comme je peux.

Mon père entra dans la conversation.

– C'est tout à fait louable, Parker. Rien ne vaut un succès que l'on ne doit qu'à soi-même. Nous n'avons jamais rechigné devant la dureté du travail, n'est-ce pas, Blake ?

– Certainement pas, répondis-je. Je ne parle qu'en mon nom et pas en celui de Heath, évidemment.

Heath sourit et m'adressa un geste insultant que notre mère, heureusement, ne remarqua pas. On gloussa, et la tension retomba momentanément. Papa s'était fait comprendre. Ma fortune avait changé notre façon de vivre, mais nous venions d'une famille ouvrière. Peut-être allais-je accorder à Parker le bénéfice du doute, mais pas avant d'en savoir un peu plus sur lui.

– Erica, veux-tu nous parler de ce nouveau projet sur lequel vous travaillez tous ? demanda ma mère. Greg et moi aimerions bien savoir de quoi il s'agit.

Apparemment, j'étais le seul à vouloir m'enquérir du nouveau ; alors je laissai Erica et Alli faire la conversation et parler de leur travail.

À mesure que le dîner progressait, Parker parla un peu avec mes parents et les autres. S'il avait été déstabilisé par mes questions, il ne le laissa pas paraître. À mon côté, Erica avait à peine touché à sa nourriture. Sa fourchette traînaillait sur ses pommes de terre.

– Ça va, ma belle ?

Elle releva les yeux vers moi avec un maigre sourire.

– Ça va. Je crois que je suis épuisée. Ça a été une longue première journée.

Ses paroles me rappelèrent ma propre fatigue. Nous avions démarré au quart de tour dès notre arrivée, ce que je regrettais maintenant.

– Tu veux rentrer te reposer ?

Les yeux fermés, elle soupira lourdement.

– Je crois, oui. Je suis désolée, Greg. Le dîner était superbe. Je peux en emporter un peu ?

Ma mère se leva.

– Bien sûr ! Laisse-moi te préparer une assiette.

Erica fit mine de bouger, et je me levai avec elle.

– Je vais te raccompagner, lui dis-je.

– Ce n'est pas la peine.

Je repoussai une mèche de cheveux derrière son oreille, frôlant sa joue du dos de mes doigts.

– Je me sentirais mieux comme ça.

Elle posa sa main sur ma poitrine et sourit.

– Je vais bien. Profite de cette soirée avec tes parents. Je te verrai quand tu rentreras. Pas besoin de te presser.

Je posai ma main sur la sienne, touchant du bout des doigts les diamants de son alliance. Malédiction ! Je ne l'avais pas vue de la journée, et la partager avec ma famille le soir n'était pas la même chose. J'avais pris l'habitude de l'avoir pour moi seul. Malgré tout ce que j'avais négligé dans mon travail ce dernier mois, j'avais encore envisagé aujourd'hui de redécoller avec elle dès que possible.

Je cédai.

– D'accord, mais appelle-moi si tu as besoin de quelque chose.

– Ça va aller.

Elle déposa un baiser sur mes lèvres et nous quitta.

On termina notre plat, et pendant que mes parents s'occupaient des restes dans la cuisine, on traîna autour de la table, Heath, Parker et moi.

– Alors, comment supportes-tu la vie maritale ? demanda Heath en s'enfonçant dans son siège.

– Très bien.

J'attrapai ma bière, portai la bouteille à mes lèvres. Le mois qui venait de s'écouler incluait certains des plus beaux jours de ma vie, et je comptais en vivre beaucoup d'autres.

– Je n'arrive pas à croire que tu t'es mis cette putain de corde au cou.

Je relevai la main, regardai le fin anneau de platine que j'avais choisi.

– Tu peux le croire.

– Et vous, Heath ? demanda Parker après s'être éclairci la gorge. Est-ce qu'Alli et vous allez convoler ?

Heath plissa le front et laissa échapper un petit rire.

– Je ne suis pas certain que ce soit déjà vos affaires.

Parker se rembrunit.

– Simple curiosité. Je suis nouveau, ici. Je veux dire, quand on trouve la bonne personne…

Son regard se détourna de nous, filant vers la partie du salon dans laquelle Alli et Fiona s'étaient assises pour bavarder.

Je me redressai dans mon siège, mes muscles se tendant sous mes manches, prêts à assommer Parker.

– Vous sortez avec ma sœur depuis tout un mois.

Il but une gorgée de sa bière.

– Plutôt trois, mais qui compte ?

Heath secoua la tête en riant.

– Tu peux difficilement dire le contraire, Blake. Tu as passé la bague au doigt d'Erica après seulement quelques mois.

– C'était différent, maugréai-je.

– En quoi ? demanda Parker en haussant un sourcil.

– Elle n'a pas de grands frères, déjà, lâchai-je d'un ton indubitablement menaçant.

Il pinça les lèvres en hochant la tête.

– C'est de bonne guerre. Vous avez des tests à me faire passer ? Mes relevés bancaires, autre chose ?

Je souris. Il ne s'en doutait pas, mais d'ici quelques heures j'allais en savoir plus sur sa vie que n'importe quel employeur. Ses relevés bancaires ne seraient qu'un détail.

– Ce ne sera pas nécessaire. Si j'ai un problème avec vous, vous le saurez. D'ici là, traitez-la bien. Très bien. Elle ne viendra probablement pas nous le dire si vous lui brisez le cœur, mais je trouverai le moyen de l'apprendre si c'est le cas.

– Et qu'est-ce qui vous fait penser que je vais lui briser le cœur ?

– Récupérer des numéros de téléphone dans des boîtes de nuit n'est pas du meilleur aloi.

Il se recula dans son siège.

– Pourquoi ai-je l'impression que je serai présumé coupable tant que mon innocence n'est pas prouvée ?

La maîtrise de Parker me rappelait un peu trop la mienne. Je n'avais pas encore décidé si ça me plaisait, ou si Fiona devait commencer à courir aux abris. Dans un cas comme dans l'autre, je n'allais pas attendre longtemps avant d'aller trouver jusqu'à la dernière information disponible sur lui.

– Le dessert, les garçons ! cria ma mère depuis la cuisine.

– Dieu merci ! laissa échapper Heath entre ses dents.

Je souris intérieurement, ne connaissant que trop le désintérêt de Heath pour toute forme de conflit. Il aimait la vie. Il aurait eu plus de chances d'obtenir des informations de Parker en buvant avec lui autour d'une table de billard. Malheureusement, Parker en aurait probablement obtenu deux fois plus de sa part, y aurait gagné un allié, et j'aurais eu deux problèmes à gérer. Telle était ma vie en tant que frère aîné, et j'avais appris à l'accepter.

Je répondis à de nombreuses questions d'Alli sur notre voyage en dégustant le dessert, puis saisis la première occasion pour m'excuser et partir. Le ciel s'était enténébré. Erica dormait probablement, mais je ne voulais pas être loin d'elle trop longtemps. Nous avions passé quasiment chaque minute du mois dernier ensemble, et si j'avais toujours désiré sa présence avant notre lune de miel, j'étais maintenant devenu dépendant.

Je gagnai notre chambre sur la pointe des pieds. La lampe sur la table de nuit éclairait ses traits, paisibles dans son sommeil. Ma mère avait raison. Erica paraissait mieux, mille fois mieux qu'avant notre départ. Elle n'avait jamais semblé accorder grande importance à sa beauté, mais cela ne la diminuait pas. Elle me fascinait. En des moments comme celui-ci, simplement vêtue d'un de mes tee-shirts, elle était une déesse, faite juste pour moi. Sa poitrine se soulevait en une respiration régulière. J'avais envie de la toucher, de la dévorer de baisers, de la faire mienne.

Au lieu de cela, j'éteignis la lumière et je quittai la chambre sans un bruit.

Chapitre quatre

ERICA

Je pinaillais sur mes œufs et mes toasts, pas moins épuisée que la veille au soir. J'aurais voulu attribuer mon sommeil agité au décalage horaire, mais mes pensées, troublées toute la journée, l'avaient probablement été aussi toute la nuit.

J'aurais voulu parler à Blake de la condamnation de Max, mais je n'étais pas encore fixée sur ce point. Avec tout l'argent et l'influence de la famille Pope, je pouvais déjà m'estimer heureuse qu'il ait été emprisonné. Les hommes comme lui s'en tiraient généralement avec une petite tape sur les doigts pour avoir fait ce qu'ils voulaient avec de jolies filles non consentantes. Il en avait été ainsi avec Mark. Un jeune homme privilégié qui avait échappé aux conséquences de ses actes pendant des années.

Max, lui aussi, avait grandi dans le luxe, avec derrière lui une famille au succès incroyable. Maintenant, il allait passer ses journées derrière les barreaux avec des criminels. Sa haine pour Blake et moi allait-elle grandir avec le temps ? Ou pouvait-il s'amender ? Difficile à dire.

Blake, silencieux, debout devant la machine à café, tasse en main, attendait que le café passe.

– C'est long, hein ?

Il émit un bruit inintelligible et se frotta le front.

– Tu t'es couché tard ?

– Plus tard que je ne le croyais.

Incapable d'attendre plus longtemps, il remplit sa tasse, remit la cafetière sur la plaque dans un grésillement.

– Tu as fait le point avec Heath ?

– Non, autre chose.

– Qu'as-tu pensé de Parker ? Tu l'as mis sur des charbons ardents.

Il soupira et enfonça ses doigts dans ses cheveux ébouriffés.

– Oui. Je ne sais pas. Quelque chose en lui me tape sur les nerfs, je suppose, mais tous les résultats sont bons.

– Qu'est-ce que tu veux dire ? demandai-je en fronçant les sourcils.

Avant qu'il ait pu répondre, je sursautai : on frappait bruyamment à la porte.

– Je vais répondre, dit Blake en reposant sa tasse.

Derrière la porte se tenait un homme en costume marron.

– Blake Landon ?

Face à l'étranger, Blake occupait l'espace dans une posture défensive.

– C'est moi. Et vous, vous êtes qui ?

L'homme plissa les yeux, et mon estomac se noua nerveusement. Parfois l'effronterie de Blake n'avait parfois pas de limite.

– Je suis l'agent Evans. Du FBI. (Il ouvrit son portefeuille, révélant sa carte.) Puis-je entrer ?

– Non, mais vous pouvez me dire pour quelle putain de raison vous vous présentez ici.

– Blake… soufflai-je.

Il m'ignora, toisa l'homme comme il le faisait si souvent avec les gens qui ne l'intéressaient pas.

– Je suis ici pour discuter des très curieux résultats de l'élection au poste de gouverneur du Massachusetts.

– Qu'est-ce que le FBI a à voir avec ça ?

Un fin sourire se dessina sur les lèvres de l'agent.

– Lorsque les résultats indiquent une manipulation des machines à voter, cela devient l'affaire du FBI. Nous apprécierions votre coopération.

Les mâchoires de Blake se serrèrent, ce qui le fit grimacer. Il frémit d'hostilité un instant, ce qui me serra les tripes et menaça le peu de nourriture que j'avais réussi à ingurgiter pour le petit déjeuner.

Le regard de l'homme alla de Blake à moi.

– Puis-je entrer ?

Blake ne répondit pas mais s'écarta suffisamment de la porte pour qu'il puisse en franchir le seuil. Evans semblait avoir la quarantaine. Plus grand que moi, il paraissait petit à côté de Blake. Ses yeux étaient malicieusement plissés tandis qu'il observait notre intérieur qui restait à décorer.

– Puis-je vous offrir du café ?

Je me tordais les mains, incapable de dissimuler la nervosité que m'inspirait sa présence. Une manipulation des machines ? Dans quoi Daniel était-il allé se fourrer, cette fois ?

Evans m'adressa un sourire qui fut loin de m'apaiser.

– Ce serait très aimable. Vous êtes Erica Hathaway ?

– Erica Landon, coupa Blake. C'est mon épouse.

– C'est vrai. Félicitations.

– On pourrait se passer des fioritures ? Pourquoi êtes-vous là ?

Evans enfonça nonchalamment ses mains dans ses poches.

– Avez-vous une raison d'être aussi vindicatif, monsieur Landon ? Je suis juste venu poser des questions.

– Je n'ai pas eu une expérience extraordinairement positive du FBI.

– J'en suis bien conscient.

Evans avait répondu d'une voix grave et pleine de sous-entendus.

– Vraiment ? demanda Blake en inclinant la tête.

– Je ne serais pas là sinon, et je crois que vous le savez.

– Voilà bien le secret des dossiers scellés, soupira Blake.

– Votre réputation vous précède.

– Tout ce que je sais, c'est que vous êtes chez moi et que vous ne m'avez toujours pas donné une bonne raison.

– Puis-je m'asseoir ?

Blake ne répondit pas, et Evans se dirigea vers le canapé. Je lui apportai son café puis me perchai sur le bord de l'accoudoir du fauteuil adjacent.

Il but une gorgée, se tourna vers moi.

– Je crois que vous venez de rentrer de voyage de noces. J'imagine que vous avez eu connaissance du résultat de l'élection ?

– Fitzgerald l'a remporté… avec une majorité écrasante, dis-je.

– C'est vrai.

– Qu'y a-t-il de si curieux dans ce résultat ? demandai-je.

– Eh bien, jusqu'à quelques heures avant la fermeture des bureaux de vote, il était distancé.

– Ce n'est pas inhabituel, dit Blake.

– Ça l'est lorsque le nombre de voix dans un district dépasse le nombre d'électeurs enregistrés dans ces bureaux et fait basculer l'élection en sa faveur.

– Pourquoi aurait-il fait ça ?

Les mots m'avaient échappé, mon incrédulité oblitérant tout filtre que j'aurais dû maintenir devant cet homme qui n'était visiblement pas là pour se faire des amis.

Le regard de marbre d'Evans quitta Blake pour revenir vers moi, se réchauffant quelque peu.

– C'est ce que nous essayons de découvrir. Une chose est claire, si Fitzgerald est derrière tout ça, il a eu de l'aide. L'aide d'un expert.

Il se retourna vers Blake, ses yeux communiquant quelque chose que peut-être seuls lui et Blake savaient maintenant. Il ne faisait aucun doute que tout ça avait un lien avec les rumeurs sur le passé de hacker de Blake. Il s'était attiré de graves problèmes à l'époque. Mais pourquoi Evans remettait-il tout ça sur le tapis ? Blake avait-il aidé Daniel à manipuler les résultats du vote ?

Mon estomac se déchaîna. Je m'agrippai au coussin du fauteuil tandis que tout le sang quittait mon visage.

– Tout va bien, madame Landon ? Vous n'avez pas l'air en forme.

Je me redressai faiblement.

– Ça va.

– Vous devriez partir, dit Blake en s'avançant vers Evans.

Evans se leva aussitôt.

– Bien sûr. Mais vous allez venir avec moi. Vous aussi, madame Landon.

– Aucune chance. Vous pouvez la laisser hors de tout ça, rétorqua Blake la colère se lisant dans ses yeux.

Evans fit un pas vers lui.

– Monsieur Landon, vous êtes soupçonné d'avoir interféré dans l'élection pour faire pencher le scrutin en faveur du père biologique de votre épouse. Nous avons des questions, et nous apprécierions votre coopération.

Oh, mon Dieu, non ! Je ne pouvais plus respirer. La bile me remontait dans la gorge. Ce n'était pas vrai. Ça ne pouvait pas être vrai…

– Sur quelles bases ?

– Vous avez un mobile. Vous avez les ressources nécessaires pour le réaliser. Et enfin, et surtout, vous avez les talents requis.

Blake croisa les bras sur sa poitrine.

– Vous allez avoir besoin de plus que cela pour m'emmener.

– Et il est probable que ce sera le cas. Nous avons un mandat de perquisition pour vos bureaux, en ville. Ils sont déjà en train de saisir vos ordinateurs.

– Que…

Blake avança d'un pas menaçant vers Evans.

Evans glissa sa main sous sa veste, vers le holster de son arme. Je vins aussitôt me glisser entre les deux hommes.

– Blake, s'il te plaît. Allons plutôt leur parler et tirer ça au clair.

Je posai la main sur la poitrine de Blake. Sous mes doigts, son cœur battait la chamade. Une immense énergie émanait de lui.

Evans fit un pas de côté et se dirigea vers la porte.

– Optons plutôt pour la manière douce. Ce ne sont que des questions. Allons régler ça.

* * *

ERICA

J'attendis longtemps dans la salle d'interrogatoire, les yeux baissés vers le froid métal brossé de la table. J'avais froid, aussi. Des doigts aux orteils, mais ce n'était pas ce qui m'anesthésiait. La panique initiale s'était dissipée dans la voiture qui nous emmenait en ville, et dans ma tête une sorte de brume donnait à tout un aspect alangui et irréel. Comment était-ce arrivé ?

La nausée montait en moi. Si les Fédéraux reliaient Blake à la fraude électorale… Je n'arrivais même pas à l'imaginer. Il ne s'agissait plus de petits démêlés avec la loi, comme quand il avait cassé la figure à Max. Il risquait un véritable emprisonnement, pour quelque chose qu'il n'avait pas fait. Je me pris la tête entre les mains.

La porte s'ouvrit, pour laisser entrer le détective Carmody, un homme dont j'aurais préféré ne pas connaître le visage. Il referma la porte, nous isolant du bruit des autres bureaux. Ce n'était pas une gravure de mode, mais il était loin d'être laid. Ses yeux étaient fatigués. Il tassa sa mince carcasse dans la chaise qui me faisait face.

– Erica. Comme on se retrouve…

La première fois qu'on s'était parlé, il m'avait interrogée sur la mort de Mark. L'affaire était classée maintenant, mais c'était l'une des premières personnes à avoir appris que j'étais la fille illégitime de Daniel – un fait dont je ne l'avais pas informé. Il en savait déjà beaucoup plus sur moi que je ne l'aurais voulu.

– Vous savez pourquoi vous êtes ici ?

– Blake n'a pas fait ça.

En le disant, j'espérais que c'était vrai. Je connaissais Blake. Il ne me ferait pas ça. Carmody réagit par un sourire presque compatissant.

– Comment pouvez-vous le savoir ?

– Je le sais, c'est tout. Il ne me ferait jamais de mal, et détruire les chances de Daniel de l'emporter m'aurait blessée.

– À partir de là, assurer la victoire de Daniel serait vous rendre service.

– Le trucage est évident. Comment ça pourrait servir qui que ce soit ?

Carmody se recula dans son siège puis me demanda.

– Jusqu'à quel point connaissez-vous votre époux, Erica ?

– Bien mieux que vous.

Il opina, un léger sourire aux lèvres.

– Il a un passé, vous savez.

– Vous voulez dire que vous vous intéressez à lui uniquement à cause d'un truc qu'il a fait quand il était adolescent ?

Il se pencha en avant.

– Landon vous a-t-il jamais parlé d'accès illégal à des informations ?

Avant que j'aie eu le temps de lui dire d'aller se faire voir, un homme d'âge mûr poussa la porte et entra dans la salle. Ses cheveux presque noirs étaient soigneusement ramenés en arrière, et s'accordaient à un costume noir tout simple. Sa peau était pâle, presque translucide, en parfait contraste avec son costume et ses cheveux. Il me regarda d'un air impassible avant de reporter son attention sur Carmody.

– Je m'appelle Dean Gove, je suis l'avocat de Blake. Vous étiez censé attendre mon arrivée pour l'interroger.

– Nous ne faisions que discuter, répondit Carmody d'une voix neutre. (Il se leva.) Je suis le détective Carmody.

Les deux hommes se serrèrent la main.

Gove fronça les sourcils.

– Vous êtes de la police de Boston ? Je pensais que c'était une enquête du FBI.

– La question de la juridiction semble faire débat. Mais les lois de l'État ont clairement été violées. Alors, en attendant, tout le monde cherche des réponses.

Une version bien étonnante d'un front uni. Je ne pouvais qu'espérer que ce fossé entre Evans et lui jouerait en notre faveur.

Sans plus se présenter que d'un bref signe de tête, Gove s'assit à côté de moi et sortit un bloc-notes et un stylo-plume de luxe.

– Très bien. Dites-nous pourquoi nous sommes ici.

Carmody garda les yeux fixés sur moi.

– Commençons par la campagne de Daniel Fitzgerald. Son chef de campagne m'a confirmé que vous vous y étiez impliquée de façon intermittente ces derniers mois. Est-ce exact ?

Les nausées me reprirent. Maudit Daniel.

– Oui, c'est vrai.

– Pouvez-vous développer ?

– Je dirigeais ma propre société, alors je n'avais pas vraiment le temps de m'investir à fond dans sa campagne quand il me l'a demandé. J'ai accepté de travailler en tant que consultante pour son équipe de communication, afin de développer sa présence sur les réseaux sociaux.

– Vous ne vous connaissiez pas jusqu'à cette année, exact ?

Je fermai les yeux un instant.

– Oui.

– Pourquoi participer à sa campagne si vous le connaissiez à peine ?

Bonne question. Blake aimerait en connaître la réponse, lui aussi.

– C'est mon père. Quand je l'ai appris, j'ai voulu l'aider.

Il jeta un coup d'œil sur ses notes, écrivit quelque chose.

– D'accord. Autre chose ?

– Non.

– Et Blake ? Il dispose de plus grandes ressources que vous. De quelle façon était-il impliqué ?

Je lui adressai un regard fatigué. Je savais ce qu'il faisait, et j'en avais assez.

– Il n'était pas impliqué du tout. Il ne voulait même pas que je m'implique.

Carmody haussa les sourcils.

– Vraiment ? Pourquoi cela ?

Gove s'éclaircit la gorge.

– Je crois que nous nous écartons du sujet. Restons-en aux faits. Les sentiments de M. Landon quant à l'implication de son épouse dans la campagne sont sans rapport avec cette entrevue.

– Je n'en suis pas si certain.

– Alors vous lui poserez la question à lui. Erica, vous n'avez pas à répondre à cela. Poursuivez, détective.

Carmody écrivit de nouveau dans son carnet.

– Étiez-vous impliquée dans la phase finale de la campagne courant jusqu'au jour de l'élection ?

– Je rentre juste de voyage de noces, et nous étions à l'étranger depuis un mois. Donc, non.

– Et Blake ? Sur quoi travaillait-il ?

« Sur rien » : j'avais la réponse sur le bout de la langue. Il n'aurait pas fait ça. Il ne pouvait pas m'avoir fait ça.

– Rien, à ma connaissance. Nous avions décidé de nous déconnecter, et de ne reprendre le travail qu'à notre retour.

– Vous en êtes certaine ?

En étais-je certaine ? Non.

– J'en suis certaine, mentis-je. Nous étions ensemble toute la journée, tous les jours. S'il avait travaillé, je m'en serais aperçue.

Carmody me dévisagea. Ses yeux étaient d'une couleur étrange. Bleu nuit, avec une touche d'ambre autour des iris. Mon cœur battit plus vite. Je ne savais pas ce que tout ça signifiait mais, au moins pour le FBI, ça indiquait une culpabilité possible de Blake. Quelque chose au fond de moi me dit que Carmody savait que je mentais. Mais j'aurais menti sans discontinuer pour Blake, si ça avait pu lui éviter des problèmes. Il n'y avait rien que je n'aurais fait pour lui.

– Quand avez-vous parlé à votre père pour la dernière fois ?

– Il y a environ deux mois.

– Une raison à cette absence de communication ?

Je laissai échapper un grand soupir. Il ne m'avait jamais été facile de discuter avec les autorités de ma relation avec Daniel, après ce qu'il avait fait. La situation n'était pas différente aujourd'hui.

– Il ne voulait plus me voir.

– Pourquoi cela ?

Je fermai les yeux, au souvenir de notre dernière discussion.

« Tu es ma fille. Mon seul enfant. Je t'aime, mais il est temps que je m'en aille. »

Ça m'avait brisé le cœur d'entendre ces mots. La même douloureuse sensation de vide m'envahit. Une souffrance que j'avais enfouie, en considérant qu'elle ne méritait pas d'être. Mais tout dans son rejet faisait encore mal.

– Après que je me suis fait tirer dessus… Il s'est dit qu'il valait mieux qu'il reste à distance.

– Il a abattu l'homme qui a essayé de vous tuer.

– Je sais, acquiesçai-je.

– Qu'est-ce que ça vous inspire ?

Gove s'éclaircit la gorge.

– C'est tout ce que vous avez, Carmody ? Nous ne sommes pas venus ici pour discuter des sentiments d'Erica envers son père.

Carmody s'adressa finalement directement à Gove.

– Ça me paraît pertinent.

– Ça le serait peut-être, si vous aviez la moindre preuve contre mes clients, ce qui ne semble pas être le cas. (Gove rangea son bloc-notes et se leva.) Où est M. Landon ?

– Il parle avec l'agent Evans.

Gove le fixa d'un regard assassin.

– Si c'était une magouille pour le laisser seul avec le FBI, je vous clouerai au pilori.

Carmody cilla.

– Je ne travaille pas avec Evans.

Gove jura dans sa barbe.

– Quel putain de cirque ! Amenez-moi à Landon, et passons à la suite.

Les mâchoires du détective se crispèrent et il se passa la main sur le menton.

– Bien, dit-il. Vous êtes libre de partir, Erica.

Je me levai, pas moins anesthésiée pour autant. La brume n'avait fait que s'épaissir. Je croulais sous le poids de ce qui s'était dit. Gove me prit par le coude et m'entraîna hors de la salle, me fit suivre quelques couloirs, et on se retrouva dans le hall du commissariat de police.

– Je peux attendre ici, dis-je.

– Vous devriez rentrer. Blake m'a fait dire que Clay allait vous ramener. Je déposerai Blake dès que nous en aurons terminé ici.

Mon regard se perdit dans le vide, comme si j'allais apercevoir Blake à tout instant. Je ne voulais pas être ici, mais je ne voulais pas le laisser ici non plus.

– Je préférerais attendre.

Le regard de Gove s'adoucit.

– Ça pourrait prendre un certain temps, Erica. Il veut que vous rentriez.

Mon cœur se serra.

– Vous êtes à ses ordres, hein ?

Il rit doucement.

– Vu mes honoraires, vous avez absolument raison.

– Ce ne sera pas cher payé, si vous le sortez de cette mouise.

– C'est pour ça que je suis là. Ne vous inquiétez pas, d'accord ? On s'en occupe.

Il fit un signe de tête en direction des portes automatiques qui s'ouvraient et se fermaient devant moi, laissant entrer des rafales d'air froid.

– Bien, mais assurez-vous qu'il m'appelle dès que possible.

– Je lui transmettrai le message. Nous ne resterons pas ici une minute de plus que nécessaire. En revanche, il faut que j'y retourne avant qu'ils essaient de jouer au plus malin avec lui.

À contrecœur, je me dirigeai vers les portes. J'aperçus l'Escalade noire au coin du pâté de maisons. Clay allait me ramener à la maison, où j'attendrais en me posant des questions. J'avais besoin de plus de réponses que je n'en avais, et je ne saurais rien de plus tant qu'ils n'auraient pas relâché Blake.

Je pris mon téléphone, fis défiler mes contacts et sélectionnai le numéro de Daniel. Nous n'avions pas parlé depuis une éternité, mais si quelqu'un pouvait apporter un peu de lumière sur tout ce merdier, c'était bien lui.

Après une minute, la sonnerie fit place à la messagerie. Je raccrochai et lui envoyai un texto, espérant que tout ça pourrait m'apprendre quelque chose.

E : « Il faut qu'on parle. Appelez-moi. »

Après tout ce qu'il avait fait pour gagner, si Daniel s'était arrangé pour trafiquer le scrutin, je n'en aurais pas été surprise. Si la perte de son beau-fils avait pu lui attirer la sympathie des électeurs, un avantage dont il avait bien conscience quand il avait donné l'ordre de le faire abattre, alors tout était possible.

Mais si ce n'était pas Daniel… Alors, qui ? La police pensait visiblement avoir trouvé le coupable.

Quelques secondes plus tard, mon téléphone bourdonna.

D : « N'appelle pas. Pas de texto. Reste le plus loin possible de tout ça. »

Je le maudis en silence. Il avait vu mon message et l'avait ignoré. Espèce de salaud.

E : « Le FBI interroge Blake. J'ai besoin de réponses. »

Le téléphone restant muet, je sentis le désespoir monter en moi. Soudain, plus que tout, j'avais besoin du soutien de Blake, de l'entendre m'assurer qu'on allait s'en sortir ; mais il était au cœur de tout ça, et je n'avais pas la moindre idée du temps qu'ils comptaient le garder.

Je marchais en direction de Clay quand j'entendis appeler mon nom. Quelque chose dans la voix masculine qui le prononça déclencha un frisson qui me parcourut toute l'épine dorsale. Je me retournai, et mon cœur cessa de battre.

On était face à face, à quelques centimètres l'un de l'autre. Et non pas des mètres, comme le prévoyait l'ordonnance restrictive émise après qu'il m'avait agressée. D'aussi près, Max paraissait hagard. Ses cheveux blonds habituellement taillés court étaient mal peignés, et il avait une barbe de trois jours. Lui d'ordinaire impeccable… Je ne l'avais jamais vu dans un tel état.

Un mélange révulsant de panique et de répugnance m'envahit. Que faisait-il ici ? La question me vint aux lèvres mais ne les franchit pas. Je reculai d'un pas.

– Vous êtes censé être…

– Le juge m'a accordé le temps de mettre mes affaires en ordre. Je vais être incarcéré aujourd'hui. (Il secoua la tête, et ses lèvres se tendirent en un sourire amer.) Pouvez-vous imaginer ça, Erica ? Voir s'écouler les minutes du compte à rebours de sa propre liberté ?

L'adrénaline m'envahit. On était en public, mais je ne me sentais pas en sécurité pour autant. Mes lèvres tremblèrent tandis que je parvenais à former des mots.

– J'ai une ordonnance restrictive. Vous ne pouvez pas être ici, insistai-je, espérant qu'il tournerait les talons et partirait.

Il avança d'un pas vers moi, regagnant la distance perdue.

– Ça n'aura bientôt plus d'importance.

Je reculai de nouveau d'un pas, le sang martelant à mes oreilles.

– Il faut que j'y aille.

Je devais filer d'ici, et vite.

– Attendez.

Il me prit par le bras, m'interdisant toute fuite.

Le souffle me manqua, la peur m'envahit.

– Lâchez-moi !

Il grimaça et resserra son emprise, me pinçant douloureusement la peau.

– Il va vous détruire. Tous.

Il avait prononcé ces paroles entre ses dents serrées.

Je tirai sur mon bras et reculai en titubant, manquant

de tomber sur le trottoir. Je retrouvai mon équilibre quand il me lâcha. Tandis que je mettais un peu de distance entre nous, il resta immobile, les yeux vides de toute émotion.

– Il va vous détruire… comme il m'a détruit.

Il y avait quelque chose de définitif et de désespéré dans sa voix.

En un éclair, Clay fut entre nous deux, masquant la silhouette de Max de son immense stature.

– Monsieur, reculez.

– On ne faisait que parler.

– Je ne vais plus avoir d'autre choix que de vous éloigner physiquement si vous ne commencez pas à marcher dans la direction opposée dès *maintenant.*

– Elle ne me reverra jamais, croyez-moi.

Clay ne cilla pas, et Max tourna les talons. Les mains dans les poches, les yeux rivés sur le sol, il monta les marches du commissariat et disparut dans l'immeuble que je venais de quitter.

– Vous allez bien ? demanda Clay en se tournant vers moi.

– Ça va… ça va.

Mais hormis les violents spasmes qui me secouaient, j'étais paralysée, incapable d'atteindre la voiture qui me ramènerait chez moi.

– Madame Landon ?

Les yeux de Clay s'emplirent d'inquiétude. Les miens furent envahis de larmes qui se déversèrent sur mes joues. Sans réfléchir, je l'étreignis. J'avais l'impression d'être une enfant serrant une peluche géante. Les bras énormes de Clay m'enveloppèrent avec une douceur inattendue pour leur force. J'enfouis mon visage dans son tee-shirt et sanglotai. Il m'apaisa, et un instant plus tard, mon souffle redevint régulier.

– Je suis désolée, dis-je en essuyant maladroitement mes larmes.

– C'est normal. Vous êtes sous le coup de l'émotion.

– Je… je ne m'attendais pas à vivre tout ça à mon retour.

– Je comprends.

J'expirai en hoquetant. Si quelqu'un pouvait comprendre, c'était probablement Clay. Il était payé pour être aux aguets, pour nous protéger de tous ceux qui nous voudraient du mal. Peut-être qu'il pouvait appréhender un peu de ce que je ressentais.

– Merci, Clay. Pour tout.

– Vous n'avez pas besoin de me remercier pour avoir fait mon travail.

– Je sais, mais j'en ai envie.

Il posa la paume de sa main sur mon épaule.

– Je vous ramène à la maison.

– Je veux attendre Blake.

Oh ! combien j'aurais voulu qu'ils le libèrent maintenant… Je détestais le savoir dans ce bâtiment… et que j'avais dû en sortir.

– Il va bientôt rentrer. Et je resterai aussi longtemps qu'un de vous deux aura besoin de moi.

Je m'entêtais à ne pas vouloir partir. Son expression changea.

– Vous avez besoin de repos, Erica.

L'entendre prononcer mon prénom faillit libérer une autre vague de pleurs. Une minute passa, et mes épaules retombèrent.

– D'accord, dis-je enfin, et je le laissai me ramener à la maison.

Chapitre cinq

BLAKE

La salle d'interrogatoire était froide, crûment éclairée par des tubes fluorescents. Rien ici n'était fait pour qu'on s'y sente bien, mais je ne pensais pas à mon confort personnel pour l'instant, si ce n'est peut-être pouvoir effacer physiquement cette expression suffisante sur le visage d'Evans. Je ne l'avais pas aimé dès le moment où je l'avais vu. J'avais su d'instinct qu'il ne me causerait que des ennuis. Mon instinct se trompait rarement, et ça faisait des heures maintenant que ce type me posait des problèmes.

Dean Gove – mon avocat et surtout ami de longue date – était assis à côté de moi, l'air à la fois las et tendu. On n'avait pas encore eu l'occasion de se parler librement, mais rien d'important ne s'était passé depuis mon arrivée. À la demande d'Evans, j'avais détaillé le déroulement de notre lune de miel et de nos déplacements. Je n'avais rien à cacher à ce niveau-là. On avait parlé affaires, les miennes et celles d'Erica. Une description sommaire. On avait discuté de mes relations avec Fitzgerald, soigneusement expurgées de l'inventaire des crimes dont je le savais l'auteur, et dont le moindre n'était pas l'homicide. Pour ce qu'en savait

Evans, Daniel était simplement le père biologique de mon épouse, même si de toute évidence il pensait qu'il y avait plus que ça. J'espérais qu'il allait rapidement diriger la conversation vers l'élection proprement dite, parce que les détails expliqueraient la raison même de cette discussion.

Après une brève interruption, Evans revint avec deux gobelets de café et une enveloppe kraft sous le bras. Il posa l'un des gobelets devant moi. Par pur ennui, je l'acceptai. Le liquide noir était brûlant, il avait dû rester des heures sur la plaque chauffante. Je le reposai en grimaçant.

– Ce n'est pas votre première histoire de fraude informatique, n'est-ce pas Blake ?

– Ne répondez pas, intervint Dean.

Sans blague. Je regardai Evans droit dans ses petits yeux. Il était déjà au courant de mon passé, je n'avais pas vraiment de doute à ce sujet-là.

Je m'étais fait serrer pour piratage quand j'étais adolescent. À l'époque, quand les Fédéraux m'avaient arrêté, j'avais coopéré. Les accusations avaient été abandonnées, et le dossier scellé puisque j'étais mineur. Mais les rumeurs avaient persisté, en particulier quand un an plus tard j'avais écrit le programme bancaire le plus sophistiqué du marché, grâce à mon expérience concrète du piratage de ce qui existait déjà à l'époque.

Ce qu'Evans pouvait savoir devait résulter de la volonté du FBI de ne rien lâcher et de toujours obtenir son dû. Je m'en étais sorti indemne et libre, tandis que d'autres avaient perdu beaucoup plus. Néanmoins, j'étais censé ne rien savoir de tout ça, et ce n'était pas moi qui allais en parler.

– Allez vous faire voir… lâchai-je.

Il rit, secoua la tête. Il fit tourner le dossier posé

devant lui sur la table. Ma curiosité fut piquée, mais l'enveloppe ne pouvait pas contenir de preuves contre moi. Il essayait de me manipuler.

– Essayons encore. Vous avez écrit le code originel du programme de Banksoft, n'est-ce pas ?

– Oui, répondis-je après un instant.

– Corrigez-moi si je me trompe, mais vous aviez à ce moment-là ce que l'on pourrait appeler une « connaissance privilégiée » des programmes bancaires, n'est-ce pas ?

L'enfoiré était tenace, mais j'étais prêt à parier qu'une seule personne dans la salle avait le QI d'un génie.

– Allez droit au but.

– Fait intéressant, il y a une similarité entre le code de certains programmes bancaires et celui qui gère les machines à voter.

– J'en suis bien conscient.

N'importe quel programmateur digne de ce nom savait ça. Evans appréciait visiblement sa petite incursion dans le jargon technique, mais ça me lassait et j'avais hâte qu'il passe aux choses sérieuses.

– J'en suis bien certain, grimaça-t-il.

Je m'imposai de ne pas serrer les poings sous la table.

– Blake, on a inspecté le programme installé sur les machines à voter, et on a trouvé quelque chose d'intéressant. La routine de cryptage utilisée est celle que vous avez créée il y a dix ans… pour Banksoft.

Voilà qui expliquerait pourquoi je me trouvais là.

– Montrez-moi le reste du code, demandai-je en maîtrisant ma voix.

Il tapota des doigts sur l'enveloppe, la regarda.

– Nos équipes l'examinent.

Je serrai les dents, conscient de la crispation de mes mâchoires. Quelque chose dans ces dernières minutes ne m'était que trop familier. Des conjectures hasardées, des accusations lancées, un tas d'hommes en costume faisant de leur mieux pour m'acculer. L'appréhension me noua l'estomac. Mais je n'étais plus un gosse et je n'allais pas me laisser intimider, en particulier pas au sujet d'une histoire qui ne me concernait pas.

Evans fit méthodiquement pivoter le dossier et patienta, comme s'il s'attendait que je craque.

Je me penchai en avant, commençant à sérieusement avoir les boules de savoir s'il détenait des informations qui pourraient m'innocenter.

– Écoutez-moi. C'est déjà un miracle que votre équipe ait réussi à identifier l'encodage et à le relier à mon programme. Laissez-moi voir le reste, et je vous montrerai ce que vous ne trouvez pas.

Evans sourit en découvrant ses dents.

– Ce serait bien pratique.

– Pour tous les deux, apparemment.

Je ravalai un grognement. J'avais envie de l'étrangler.

– Pourquoi ne pas me dire plutôt qui a trafiqué les machines ?

Je me renfonçai dans mon siège et laissai échapper un petit rire.

– Vous avez eu de l'aide ?

– Je n'ai pas la moindre putain d'idée de ce que vous racontez.

L'expression d'Evans se fit moins ironique et plus sérieuse.

– C'est plutôt simple. Si vous ne l'avez pas fait, alors qui ?

J'en avais une petite idée. Quelqu'un qui bâclait son travail et qui voulait se venger. Quelqu'un qui serait heureux de me savoir assis là, à me faire cuisiner par le FBI. Cela dit, je ne pouvais pas en être certain.

On ne pouvait pas m'attribuer la manipulation du résultat des élections, mais je n'avais pas toujours été aussi innocent. Et Evans n'était pas le seul à le savoir.

J'avais été un adolescent difficile – désœuvré, débordant de rage rentrée, et trop intelligent pour mon bien. Quand j'avais rejoint le groupe de hackers M89, ses membres affolaient des petits sites, sans plus d'effet que ça. Brian Cooper était le chef de la bande, et ensemble on concocta un plan que j'avais la capacité de réaliser. Un groupe de gros bonnets de Wall Street s'acharnait sur les lanceurs d'alerte qui voulaient dénoncer leur pyramide de Ponzi. Ce n'était qu'un entrefilet dans les nouvelles, une injustice parmi des centaines d'autres, mais ensemble on décida d'y faire quelque chose… quelque chose de puissant.

Le code que je finis par écrire devait vider les comptes en banque de ces gros bonnets au profit de notre groupe, afin de financer d'autres actions contre des gens qui méritaient de perdre tout ce qu'ils avaient volé. Sauf que, plusieurs semaines avant que nous soyons prêts à passer à l'offensive, le plan changea. Brian voulait élargir le filet et se servir du code pour écrémer des petites sommes sur quantité d'autres comptes, détenus ceux-là par des gens qui n'avaient rien à se reprocher, sinon d'avoir confié leurs économies à ces escrocs.

J'étais jeune et obnubilé par un sens de la justice fourvoyé, mais ce que Brian voulait n'était pas la justice. Je refusai de poursuivre dans cette direction, et nos chemins se séparèrent. Mais lorsque Brian utilisa le code, les Fédéraux nous arrêtèrent tous les deux. Effrayé, je leur dis la vérité et, lorsqu'ils passèrent à Brian, il ne résista pas longtemps. Il se suicida quelques jours après notre arrestation, un événement que je n'avais jamais cessé depuis de reconsidérer, me demandant si j'aurais pu l'éviter.

Trevor était le frère cadet de Brian. Marchant en quelque sorte sur les traces de son aîné, il était devenu une petite crapule, guidée plus par le goût de la vengeance que par le talent. Il avait voué son existence à ma ruine à cause de la mort de Brian. Ses exactions, qui consistaient généralement en un acharnement contre mes affaires ou celles d'Erica, avaient pris plus d'ampleur avec le temps, mais cette histoire pouvait être trop grosse, même pour lui.

– Montrez-moi le code, Evans, et je pourrai probablement trouver pour vous.

Il resta un temps sans réaction puis se leva, faisant crisser sa chaise sur le sol de béton.

– On vous tient avec ça, Blake. D'une façon ou d'une autre, vous allez tomber. Vous devriez réfléchir à la façon dont vous voulez le jouer. Prévenez-moi quand vous voudrez parler.

– Si vous aviez quoi que ce soit, vous m'auriez déjà passé les menottes.

– Vous êtes l'une des rares personnes à avoir accès au code original.

– Banksoft a plus de dix mille employés. Je suis sûr que quelques-uns d'entre eux y ont accès. Pourquoi ne pas commencer par là ?

Il se pencha et posa les mains sur la table.

– Parce qu'ils n'ont pas de mobile. Cette élection est trafiquée dans votre sphère d'influence et offre à votre beau-père le siège de gouverneur. Tout vous accuse, vous, un hacker reconnu.

– Ce n'est qu'une rumeur, précisai-je. Et vous oubliez un tout petit détail. Je n'étais même pas dans le pays quand c'est arrivé.

– Des gens travaillent pour vous, formés par vous, payés par vous pour faire ce que vous voulez.

Je ne serais pas surpris si un homme avec votre fortune décidait de ne pas se charger de ce genre de choses lui-même.

Là, il avait tort. Si je l'avais fait, je m'en serais occupé personnellement. Mais ce n'était pas le cas, et le fait qu'ils pouvaient soupçonner les gens qui travaillaient pour moi ne fit qu'attiser mon exaspération croissante.

– Si vous êtes si convaincu que je suis derrière toute cette histoire, prouvez-le. Ouvrez votre petite enveloppe et voyons ça.

Ramassant l'enveloppe, il se redressa.

– Croyez-moi, j'ai bien l'intention de prouver au-delà de tout doute raisonnable que vous êtes derrière tout ça.

À côté de moi, Dean se leva.

– Il semblerait que ce ne soit pas encore le cas, alors je crois que nous en avons terminé.

* * *

Le chemin du retour depuis le poste de police fut long, mais en un sens pas assez. Pas assez pour apaiser les pensées qui tourbillonnaient dans mon esprit. Dean conduisait en silence. Je n'avais pas envie de parler, après des heures d'interrogatoire.

Ma première impression de l'agent Evans s'était vérifiée. C'était une petite merde imbue de sa personne. Il pensait qu'un badge brillant et un costume bon marché lui donnaient de l'autorité. Il agitait le peu qu'il pouvait savoir avec une crânerie répugnante, son seul vrai pouvoir dérivé d'une bureaucratie inefficace et d'une petite information à laquelle il n'aurait même pas dû avoir accès. Il m'avait condamné avant même d'avoir franchi la porte.

J'avais encore le souvenir d'autres hommes comme lui, les nuées qui s'étaient abattues pour nous intimider, moi et les autres membres originels du M89. Maintenant, ils exigeaient que je leur fournisse un mensonge qui me condamnerait. J'avais eu besoin de toute ma volonté pour ne pas lui rentrer dedans.

Sans les paroles rassurantes de Dean et le fait que je lui faisais plus confiance qu'à quasiment n'importe qui d'autre, j'aurais dit à Evans d'aller se faire foutre, je serais rentré rejoindre Erica et j'aurais attendu que la situation s'éclaircisse d'elle-même.

– Ils vont vouloir parler à ta famille demain pour établir une chronologie.

Dean avait interrompu mon discours intérieur alors que je regardais par la fenêtre. Ils avaient impliqué Erica, et maintenant le reste de ma famille allait être embarqué dans cette putain d'odyssée.

– Ils coopéreront.

– Je l'avais deviné. Je m'inquiète plus de ce que les Fédéraux vont trouver dans les ordinateurs de tes bureaux.

Je dévisageai l'homme assis à côté de moi. Plus âgé que moi, il gardait portant quelque chose de juvénile. C'était presque désarmant, jusqu'à ce qu'on découvre à quel point il pouvait être retors.

– C'est l'heure de la confession ?

Il laissa échapper un petit rire.

– Ça pourrait être le bon moment, pour que je puisse me préparer à tout ce qu'ils vont nous lancer. J'aurais préféré te parler avant qu'Evans lance l'offensive, mais tu t'en es bien sorti. Ils n'ont visiblement rien contre toi, ce qui est prometteur. Mais il semble déterminé.

– Ils ne vont rien trouver. Je suis toujours méticuleux.

Nous n'en avions jamais discuté ouvertement, mais Dean comprenait. Je l'avais même aidé dans quelques affaires difficiles en accédant à des dossiers qu'il n'aurait jamais découverts tout seul – pas légalement, en tout cas. Je le payais bien, mais il avait une dette envers moi. Quoi qu'il se passe cette fois, il ne dormirait pas tant que ce ne serait pas résolu. Je le savais.

– Ils ne vont pas seulement chercher un lien avec les machines à voter, Blake. Ils vont chercher dans toutes les directions. N'importe quoi, tant que ça leur permet de te mettre la main dessus. Tu comprends ?

Je serrai le poing sur ma cuisse. Putain de FBI. Même si je m'étais montré imaginatif dans ma façon de trouver des informations, je n'aurais jamais cru être de nouveau confronté à eux. Pas comme ça.

– Alors je suppose qu'ils trouveront ce qu'ils pourront bien trouver.

Dean ralentit et alla s'arrêter derrière l'Escalade déjà garée dans l'allée.

– J'ai besoin de savoir s'ils vont trouver quoi que ce soit dont j'aurai à m'occuper.

– Je suis méticuleux, Dean, d'accord ? J'ai fait ça toute ma vie, et je sais couvrir mes traces. Ils ne trouveront que des scories. Ce sera facile à balayer.

– J'espère que tu as raison, parce que s'ils trouvent le moindre début de preuve, ils vont en déduire bien plus que tu ne pourrais le croire.

Je serrai les mâchoires. Quel genre de merdier tout ça pourrait devenir… et pourquoi ? Quelqu'un qui, soit voulait que Daniel gagne, soit qu'il perde à la fin de l'histoire.

– Qu'en dit Fitzgerald ? demandai-je.

– Je le saurai bientôt. J'imagine qu'il a passé une longue journée au poste, lui aussi. J'espère obtenir des informations de son camp demain, et pouvoir jauger sa position. Tu penses qu'il va essayer de t'impliquer ?

– Il le ferait si ça pouvait le sauver.

J'aurais préféré dire que, pour le bien d'Erica, il ne le ferait pas, mais cet homme n'avait pas d'âme. On ne pouvait pas compter sur lui.

– On verra ça demain matin. Retrouvons-nous à mon bureau à la première heure, on fera un point complet.

Je soupirai et descendis de voiture, impatient de respirer l'air frais. Des heures dans une cage, avec pour alimentation du mauvais café. J'étais tendu et je voulais laisser tout ça derrière moi. Avant que je referme la porte, Dean m'appela.

– Blake ?

Je me penchai pour le regarder.

– Quoi ?

– N'en perds pas le sommeil, d'accord ? Tu me connais. J'essaie juste de couvrir toutes les possibilités. On s'en sortira.

Chapitre six

BLAKE

À l'intérieur, le silence n'était brisé que par le grondement rauque des vagues. Un orage approchait. À l'étage, je trouvai Erica endormie dans notre lit. J'allai dans la salle de bains adjacente et ouvris la douche, pour me purifier de la pire journée de merde de mon passé récent.

Sous le jet, je m'efforçai d'appliquer le dernier conseil de Dean et de me détendre, au moins pour la soirée. Impossible. Les questions d'Evans et sa putain de condescendance me hantaient. Tous les plans de secours possibles me passèrent par l'esprit. Je revis un à un tous les piratages qui pouvaient être remontés jusqu'à moi. Bien sûr, je tenais pour acquis que j'étais assez bon pour ne plus jamais me faire prendre. Sauf que j'étais examiné à la loupe par les autorités… de nouveau.

Les Fédéraux avaient enquêté sur Brian Cooper et sur moi il y avait de ça des années, et à la fin il s'était suicidé. Notre amitié avait viré à l'aigre, et le jour où il était mort, tout avait changé. J'avais changé.

Lorsque le FBI m'avait relâché à l'époque, je n'avais pas éprouvé du soulagement mais de la culpabilité, de la frustration, et plus tard une détermination renouvelée.

Je m'étais juré non pas de ne plus jamais toucher un ordinateur, mais de ne plus jamais me faire prendre. Et je m'étais aussi juré que personne ne subirait plus le même sort que Brian à cause de moi. Quand je fricotais, j'œuvrais seul, et dans le travail mes équipes ne se permettaient pas le moindre écart – jamais d'exceptions.

Ma réputation avait déjà été entachée, alors je m'étais imposé des standards plus stricts. Certains pourraient considérer ce que je faisais comme malhonnête ; en fait je ne m'interdisais pas de contourner les systèmes que la société met en place pour empêcher la vérité d'émerger. Était-ce ma faute si les gens qui échafaudaient ces systèmes n'étaient pas assez intelligents pour leur éviter d'être vulnérables.

Lorsque j'avais rencontré Michael Pope, il avait pris cette philosophie et lui avait donné un sens. Il avait vu une opportunité, dont quelqu'un avec mes talents particuliers pouvait profiter. Je n'étais pas intéressé par son argent, et il le savait. Je n'avais aucune envie de passer ma vie à écrire des programmes pour des grandes sociétés, mais il m'avait fait comprendre que le faire une fois comme il faut me donnerait la liberté… le genre de liberté dont j'avais besoin. Maintenant, venue de nulle part, une menace planait sur ma liberté. Et cette fois, j'avais infiniment plus à perdre.

Je m'essuyai et retournai dans la chambre. Aucune chance que je dorme, mais voir Erica lovée dans notre lit me rappela que me pencher ne serait-ce que quelques secondes sur elle pourrait m'apaiser. Je me glissai doucement derrière elle, respirant son parfum. Un mélange de shampoing et de son odeur naturelle. Je ne savais pas ce qu'il y avait dedans, mais dès que je la respirais, mes muscles se détendaient. Je la serrai contre moi pour obtenir un peu plus de cet effet magique. Elle gémit doucement, un son qui fit naître un écho dans mon bas-ventre.

Elle se tourna vers moi, les yeux fatigués.

– Blake… dit-elle d'une voix ensommeillée.

Elle était étendue sur le dos, juste vêtue d'une culotte de soie et d'un débardeur noirs que j'avais envie de lui arracher avec les dents.

– Tu es rentré.

Elle glissa sa main sur ma poitrine nue. Je déposai un doux baiser sur ses lèvres.

– Je suis rentré.

– Tout va bien ? Qu'est-ce qui s'est passé ?

Ses yeux étaient grands ouverts maintenant, plus réveillés. L'anxiété dans sa voix était perceptible, et autant je voulais apaiser mes craintes, autant je voulais effacer les siennes.

– Tout va bien. Rendors-toi, ma belle. On pourra en parler demain.

Je caressais ses bras nus, incapable de ne pas en apprécier toutes les courbes. Bon Dieu, qu'elle était belle. Plus que cela, elle était mon salut.

– Tu m'as manqué, murmura-t-elle.

Elle me ramena vers ses lèvres, que je retrouvai de bon cœur. Je voulais la laisser se reposer, mais mon corps n'était pas d'accord. Elle ne me rendit pas non plus les choses faciles en glissant la pointe de sa langue veloutée sur ma lèvre inférieure avant de la mordiller. Je gémis et pris sa bouche en un long baiser puissant, canalisant toutes les frustrations de la journée dans notre connexion.

Merde. Je bandais contre elle comme jamais. Pas la peine d'essayer de lui dissimuler mon désir. Elle releva sa jambe contre ma hanche, se cambra contre moi, transformant mon envie en une soif inextinguible.

– Erica… Je ne vais pas pouvoir m'arrêter si tu continues comme ça.

– Je ne veux pas que tu t'arrêtes.

Je plaçai ma main entre ses cuisses et l'attrapai fermement, comme un trophée qui criait au monde qu'elle m'appartenait, et que le chaud paradis sous ma paume était également à moi. Elle gémit, se pressant contre moi à ce contact.

Contournant la barrière de sa culotte, je plongeai dans sa chaleur moite. Je grondai et l'embrassai dans le cou, respirant le musc de sa peau. Un paradis odorant fait juste pour moi. Je résistai à l'envie de parcourir immédiatement tout son corps de ma langue – un voyage que j'avais fait bien souvent, chaque fois meilleur que le précédent.

Je retirai ma main, suçant sa liqueur au bout de chaque doigt. Je la désirais plus qu'elle ne le saurait jamais. Mon cœur s'accéléra et mon esprit s'affola de tout ce que je pouvais lui faire. Si son odeur m'ensorcelait, le goût de son corps – la douceur salée de sa peau, le miel entre ses cuisses – faisait de moi un véritable animal.

Je ne pouvais pas lui faire l'amour ce soir. J'avais besoin de la posséder à ma façon.

Ses lèvres s'entrouvrirent comme elle m'agrippait, me caressant et me serrant plus fort contre elle. Je m'accolai à elle, augmentant la pression de mes reins entre ses cuisses. Elle poussa un gémissement.

Je goûtai ses lèvres, les suçant, les picorant.

– Je ne peux pas être doux. Pas ce soir.

C'était un avertissement et une promesse. Son regard se tourna vers moi, acquiescement silencieux dans la pénombre.

– Alors, ne le sois pas. (Elle se détendit sous moi.) Je t'attendais…

C'était tout ce qu'il me fallait. Je la réduisis au silence d'un autre baiser féroce. Dévorant, absorbant, urgent. Elle était si délicieuse… Les courbes de sa poitrine me frappèrent comme une vague, enflammant ma peau partout où nos corps se touchaient. Elle m'aimait, je le savais. Mais je ne me lassais jamais de savoir que, quoi qu'elle ait en tête, à de rares exceptions près, son corps voulait ce que je voulais. Je ne pouvais qu'espérer pouvoir encore marcher ce soir sur le fil du rasoir et nous donner ce dont nous avions tous les deux besoin.

Elle laissa échapper un petit son de protestation quand je me redressai.

– Viens là, lui dis-je, debout à côté du lit.

Mes yeux étaient grands ouverts, tous mes muscles tendus. Mon sexe vibrait de ce que j'allais bientôt exiger.

Elle glissa hors des draps et vint se dresser sans un mot devant moi, son corps à un cheveu du mien. Assez près pour que je puisse percevoir sa chaleur et sentir son excitation. Prenant son débardeur par l'ourlet du bas, je le remontai lentement, prolongeant l'instant avant que je voie tout d'elle. Je jetai le vêtement au loin et cessai de la toucher, une petite torture en soi. Elle fit mine d'avancer vers moi, mais je la saisis par les poignets et la maintins soigneusement à l'écart.

Quelque chose s'empara de moi alors – un réconfort tranquille qui ne diminua pas mais maîtrisa le féroce désir qui flamboyait en moi. L'assurance de contrôler son plaisir, d'en épuiser chaque seconde, libéra l'animal en moi qui voulait se gorger des chairs exposées à mes yeux.

– Enlève ta culotte. Ensuite, je te veux à genoux, dis-je d'un ton sec, intransigeant.

Aussitôt, je sentis sa chaleur monter. Son souffle se fit rauque. Les battements rapides de son cœur faisaient pulser les poignets que je tenais. Sans un mot, elle se dégagea et fit glisser sa culotte. Une fois à genoux, elle regarda vers moi, les yeux enfumés et fiévreux. La passion m'envahit, et la force du désir qui s'empara de mon membre mit mes projets en péril. Je reculai pour aller prendre quelques objets dans le tiroir. Puis je m'accroupis devant elle et lui attachai les poignets avec des menottes de cuir qu'elle connaissait bien.

– Tu connais ton mot clé.

– Oui, répondit-elle.

Chaque fois que je mentionnais le mot clé, j'avais l'impression que ça l'inquiétait autant que ça la rassurait. La battante en elle devait vouloir ne jamais l'utiliser. Ironiquement, de nous deux, j'étais le seul à m'en être jamais servi.

Je me redressai, tisonné par l'attente. La vue d'Erica ligotée devant moi, les yeux levés vers mon visage, était quasiment intenable. Me penchant vers elle, je parcourus sa lèvre inférieure, la courbe de sa joue puis son menton, jusqu'à enfoncer mes doigts dans ses cheveux. Elle hoqueta sous la fermeté de mon emprise, ses yeux devenant humides. Je pris mon membre dans l'autre main, le caressai de la racine au gland.

– Je veux le goûter… s'il te plaît, dit-elle en se léchant les lèvres.

Elle serrait et desserrait ses doigts sur ses cuisses. Ses craintes, apparemment, s'étaient muées en désir, une transformation dont je me délectais à chaque fois. Le sang gonfla ma bite. Mes cuisses se tendirent d'une retenue réaffirmée. J'inspirai longuement, pour m'empêcher de perdre tout contrôle et de jouir à la seconde où elle m'envelopperait de ses lèvres moelleuses. Je titillai ses lèvres du bout de mon membre.

– Lentement ! ordonnai-je.

J'allais faire durer tout ça jusqu'à qu'on soit tous les deux fous, consumés par le besoin de baiser.

Elle eut un soupir chargé de soulagement et de concupiscence, et se redressa sur ses talons. Redessinant avec délicatesse la couronne du bout de la langue, elle gagna petit à petit du terrain, un centimètre à la fois. J'aurais bien fermé les yeux, mais je ne voulais pas rater une seconde de sa soumission. Je me maudis intérieurement du rythme lent que j'avais imposé. Mon instinct me disait de prendre le contrôle de son mouvement, de resserrer mon emprise sur ses cheveux, et de la mouvoir sur moi en allers-retours fermes qui me feraient basculer dans l'extase. Luttant contre cette impulsion, je détendis les doigts et la laissai maîtriser le mouvement, ce qui me rendait complètement cinglé à mesure que je disparaissais dans sa bouche chaude et accueillante.

Merde. S'il était possible de montrer de la tendresse de cette façon, c'était ce qu'elle faisait, avec chaque caresse exaltante de sa langue. Puis elle m'entraîna jusqu'au fond de sa gorge, une pause ravageuse au milieu des prudents va-et-vient de ma bite dans sa bouche. La sensation fut électrique, vertigineuse, et déclencha un réajustement de mes envies – amenant le besoin de quelque chose de tout sauf tendre. Désormais incapable de me retenir, j'attrapai ses cheveux, lui inclinai la tête, lui fis ouvrir la bouche plus grand pour pouvoir accélérer. Elle gémit et je plongeai plus avant, plus rapidement, jusqu'à la limite. Trop près pour ce que je voulais ce soir.

La journée n'allait pas être effacée de cette façon. Une simple éjaculation me laisserait sur ma faim. Je voulais la fracasser et laisser son petit corps ferme me fracasser aussi. Peut-être que quelque part, dans ce ballet foutraque, on allait pouvoir trouver un peu de paix et y gagner un sommeil sans rêves pour la nuit.

J'avais besoin de la mener, de nous mener au bord du gouffre… elle et moi… ensemble.

Je me retirai de sa bouche. Ses lèvres luisaient, pleines et gonflées. Ses yeux étaient embrumés, et ses paupières lourdes. Soudain, je fus perdu. Perdu dans la perfection de la femme qui se tenait face à moi. Elle était tout pour moi. Puis une autre pensée, nouvelle et malvenue, vint me hanter.

Mon Dieu… et s'ils trouvaient un moyen de me l'enlever ?

Non, putain, non.

– Debout ! lui ordonnai-je doucement.

Elle se leva, et je l'entraînai vers une des colonnes au pied du lit.

– Lève les bras… Plus haut.

Je l'aidai, et accrochai la petite bande de cuir qui reliait ses poignets à un obscur dispositif dissimulé au sommet de la colonne et camouflé en élément de décoration. Nous étions face à face, à un cheveu l'un de l'autre. Elle se dressa sur la pointe des pieds, son corps magnifiquement étiré devant moi. Je moulai de mes paumes les amples courbes de ses seins. Je descendis le long de ses côtes, sur ses hanches, ses cuisses. L'admirant. La désirant.

– On dirait que ton corps a été sculpté dans mes rêves. Là… (Baissant la tête, je pris son téton entre mes lèvres et en parcourus la pointe rose durcie de ma langue.) Ils sont divins.

Avec un soupir, elle s'abandonna à ce baiser intime dans les limites de ce que permettaient ses liens. J'en gobai une plus grande part, le suçai plus fort, massant l'autre téton jusqu'à ce que ses soupirs deviennent des gémissements. Le crochet qui la retenait en haut cliqueta. Ma petite battante… ma combattante. J'aimais la voir résister. Presque autant que j'aimais la mater.

Enroulant un bras autour de sa taille, je la serrai contre moi, fort. Mes dents enserrèrent un téton pendant que je malaxais fermement l'autre.

Elle laissa échapper un petit cri, releva les reins. Le gémissement de douleur qui suivit fut un mélange enivrant. Plaisir et douleur. J'allais lui faire connaître les deux ce soir.

– Je vais te punir maintenant, ma belle.

Elle écarquilla les yeux, sa respiration s'accélérant de nouveau. Son anxiété s'afficha par un rosissement de ses joues.

– Pas parce que tu le mérites…

Je m'interrompis, me demandant comment expliquer ça – ce jeu entre nous et ce qu'il représentait réellement pour moi. Je tendis la main vers le lit, la contournant pour y reprendre le bandeau que j'avais récupéré un peu plus tôt et plaçai ce dernier sur ses yeux.

– Je ne peux pas expliquer pourquoi… juste que j'en ai besoin.

– Blake, ça va…

Elle pinça sa lèvre tremblante entre ses dents. Mon cœur s'accéléra à cette vue. Ma plus belle victoire, toujours prête à accepter cette noirceur au fond de moi, à l'illuminer jusqu'à qu'elle devienne autre chose, quelque chose qui n'appartenait qu'à nous. Du pouce, je libérai sa lèvre, couvris sa bouche de la mienne, respirai son souffle.

– Comment pourrais-je jamais vivre sans toi ? chuchotai-je tout contre elle.

– Blake… chevrota-t-elle.

Je fermai les yeux de toutes mes forces, heureux qu'elle ne puisse pas voir la douleur en moi. Merde ! je perdais le contrôle. En si peu de temps, elle avait mis le dominant en moi au pas. Par son adhésion, par son amour.

Je m'écartai avant de me saisir d'elle. Je la retournai face à la colonne, la serrai fort contre moi. Elle se rehaussa, frottant son cul contre ma bite. Le plus ténu des contacts me rendait fou de désir pour elle. Je laissai échapper un grognement et retournai au tiroir. Des décisions devaient être prises, et je n'étais pas en état d'en prendre une bonne. Sur une impulsion, je pris un martinet. Ses lanières étaient longues et assez lourdes, conçues pour lui offrir la pression à laquelle elle était habituée, qui n'avait jamais été particulièrement légère. On n'avait jamais joué avec celui-là, mais je savais qu'elle pouvait le supporter.

Debout derrière elle, j'admirai le corps frémissant devant moi, ligoté et brûlant d'envie du plaisir que j'allais lui donner.

Je fis tourner le martinet une fois, et les lanières frappèrent ses cuisses et ses fesses. Une autre fois sur les épaules et le haut du dos.

Elle prit une violente inspiration et frissonna, les muscles de ses épaules se nouant avant de se détendre de nouveau. J'attendis en une question muette.

De légères lignes roses se formèrent sur sa peau là où les lanières avaient frappé. Je répétai le mouvement. En dessinant du bras le symbole de l'infini, je fis rythmiquement claquer le martinet de façon mesurée sur ses épaules, ses fesses, ses cuisses.

Elle vacilla puis fredonna doucement. Je pouvais presque voir l'adrénaline parcourir ses veines, les endorphines prendre le relais, jusqu'à que ça devienne bien plus que de la douleur.

Par quelque miracle, elle aimait la recevoir autant que j'aimais la donner. J'aurais voulu me sentir coupable de l'avoir ainsi transformée, mais c'était elle qui avait supplié. Éxigé que je l'entraîne dans les recoins les plus noirs, les plus obscurs de mon âme, et je n'avais pas été assez fort pour refuser.

Un geste du poignet, et le martinet entra de nouveau en contact avec sa peau. D'un côté et de l'autre, en haut et en bas, en faisant attention à éviter le milieu du tronc, je la peignis de la plus adorable nuance de rose.

Ses petits cris et hoquets se muèrent en gémissements. Lentement, elle abandonna toute résistance. Les poings relâchés, elle laissait sa tête reposer sur son bras. Mon désir devint quasiment intolérable. Ma tête en bourdonnait. Ma bite en vibrait.

Je laissai échapper la poignée de cuir et allai à elle, glissant mon bras sous sa poitrine. Elle tremblait dans mes bras, la peau moite de sueur. Elle était parcourue de vagues électriques. À la limite. Elle était exactement où je le voulais.

– Tu es toujours avec moi, ma belle ?

– Je peux en encaisser encore.

Sa voix était rauque d'émotion et d'adrénaline. Je la fis taire.

– Non, ma belle. Tu en as eu assez. Tu étais tellement belle… tellement volontaire. Je ne peux pas te dire…

Les mots restèrent coincés dans ma gorge. Je posai mon front sur son épaule, la chaleur de sa peau martyrisée s'harmonisant avec celle de mon corps.

– Laisse-moi te montrer ce que ça signifie pour moi.

– Embrasse-moi. Touche-moi, supplia-t-elle.

Je survolai son épaule, suivant les traces de rose avec ma bouche. La descente du dos, les courbes arrondies de ses fesses, je fis pleuvoir les baisers sur sa chair tendre. Un millier de petits semblants d'excuse pour la satisfaction que j'avais éprouvée à la tester ainsi. Je remontai jusqu'à son cou, pour passer la langue sur sa jugulaire qui vibrait des pulsations de son cœur.

– Je t’aime, Erica. Tu es tout. Bon sang, tu me mets en pièces.

Elle miaula, une petite élévation sur la pointe de ses pieds créant de nouvelles frictions entre nos corps. Je glissai la main vers son mont de Vénus et entre ses cuisses. Elle laissa échapper un petit cri, tremblante. Elle était vidée, et à la limite.

Je m’écartai et la retournai lentement vers moi. Sa peau avait rougi, autant de l’excitation que de la punition. Je résistai à l’envie de l’embrasser partout, de sentir chaque pouce de son énergie sous mes lèvres. Nous étions exactement là où nous avions besoin d’être.

– Je ne peux pas te voir, minauda-t-elle en agitant faiblement ses liens.

Je serrai les dents, me sentant déjà plus vulnérable que je ne l’aurais voulu.

– Pas ce soir. Je veux que ton corps me ressente, et il va me ressentir tout entier. Maintenant, enroule tes jambes autour de moi.

Je la pris par le genou, l’aidai. Ce mouvement vif l’ouvrit à moi, révélant la moiteur de son excitation qui mouillait l’intérieur de ses cuisses.

– Bon sang…

Cette vision me dépouilla de mes derniers lambeaux de contrôle. Si elle n’avait pas été à ce point chauffée à blanc, j’aurais craint d’atteindre avant elle l’orgasme que nous poursuivions maintenant. Je pris son autre jambe et la passai autour de moi. En allégeant la tension dans ses bras toujours suspendus, je me mis en position, mon gland inséré en elle.

Je grondai, abandonnant ma dernière once de retenue. Puis je m’enfonçai en elle, nous unissant soudainement et profondément. Son corps n’offrit aucune résistance, comme s’il en avait toujours dû être ainsi.

– Blake !

Le cri qui s'échappa de ses lèvres me détruisit. Un feu parcourut mon épine dorsale tandis que ses parois internes se resserraient sur moi. Le besoin impérieux de baiser prit le relais, et l'instinct me projeta dans un furieux enchaînement de coups de reins. Ses hurlements s'élevaient sans retenue, sans entrave, entre ses halètements. J'étais déchaîné. Rien ne pouvait plus m'arrêter. Les claquements des peaux et les craquements du lit qui supportait la pression résonnaient dans l'air tandis que je la pilonnais. Elle filait vers l'orgasme, sa chatte vibrant fermement autour de ma bite. Ses râles se firent plus graves et plus puissants.

– Attends-moi, Erica.

– Je ne peux pas ! clama-t-elle en tirant sur ses entraves.

– Tu peux. Attends. J'ai besoin d'y arriver avec toi.

Je la baisai plus fort, me perdant en elle, la course au plaisir comme unique objectif. La tension de son corps, serré contre le mien partout et de toutes les façons possibles, me consumait. Elle envahit toutes mes pensées, devint le seul point perceptible dans un océan de choses sans importance. Et après tous les frissons de l'attente, de l'exacerbation de son plaisir, je ne pouvais plus m'arrêter.

– Merde… Maintenant, Erica, jouis pour moi.

Un éclair d'énergie traversa ma colonne vertébrale, m'élançant douloureusement dans les couilles.

– Maintenant !

Elle hurla, chaque muscle de son corps le liant au mien, le temps de quelques instants haletants. J'explosai en elle, trépidant à travers les vagues de plaisir qui se fracassaient sur moi. Vidé… complètement. Je la serrai contre moi, épuisé et chancelant. J'en eus les doigts endoloris lorsque je relâchai mon emprise sur ses cuisses et l'allongeai sur le sol. Elle en porterait la marque au matin.

Je libérai ses mains, les miennes tremblaient. Immédiatement, elle arracha son bandeau et enroula ses bras autour de mon cou. Son petit corps, moite de nos chaleurs, s'écrasa contre le mien.

J'avais les genoux en coton, et je la portai jusqu'au lit avant m'y étendre avec elle. Elle gardait les bras serrés, comme si elle n'allait plus jamais me lâcher. Plus nous prolongions notre étreinte, plus je me sentais sûr que rien ne pourrait nous séparer. Une pure émotion envahit mon cœur. J'inspirai, le souffle court, et la gardai contre moi.

Elle chuchota mon nom, écartant juste assez la tête pour me regarder dans les yeux. Je cillai, m'efforçant de la distinguer dans le brouillard de mon regard. En caressant mon menton de la paume de sa main, elle m'embrassa.

– Tu vas bien ? murmura-t-elle.

Est-ce que j'allais bien ?

– Je suis là avec toi. C'est tout ce dont j'ai besoin, répondis-je.

Elle prit rapidement le temps de respirer, se détendit contre moi.

– On va se sortir de tout ça. Je te le promets.

Je fermai les yeux. J'avais tellement envie de la croire.

– Je sais, mentis-je.

Chapitre sept

ERICA

Je chassai le sommeil de quelques battements de paupières, m'assurant que la nuit dernière n'avait pas été un rêve. Que cette maudite journée n'avait pas été un cauchemar effarant, déchirant, dramatique. Je me hissai sur mes coudes et regardai les vêtements éparpillés sur le sol. Le martinet de cuir noir lancé sur eux était la preuve que je n'avais pas tout inventé.

Je m'assis et jetai mes jambes par-dessus le bord du lit, grimaçant sous la douleur musculaire. La plupart de nos meilleures nuits avaient un prix, les inconforts physiques du lendemain. Quoi qu'il en soit, la nuit dernière, j'avais eu besoin de l'intensité de Blake d'une façon que je ne pouvais pas vraiment m'expliquer.

Même dans ce demi-sommeil, rien n'aurait pu s'interposer entre nous quand il était rentré. Je m'étais endormie tôt, hantée par l'idée cauchemaresque qu'il ne reviendrait jamais. Qu'en quitant le poste de police, je le voyais pour la dernière fois. Le voir revenir, sain et sauf, m'avait donné envie de le posséder aussi passionnément que lui voulait me posséder.

Je fermai les yeux et me remémorai la morsure du cuir. Une nouvelle sensation qui piquait ma peau.

Le choc, puis la chaleur. L'énergie électrique qui me faisait me sentir vivante d'une autre façon. Des myriades de petits points de contact, chacun hurlant de la douleur que je ressentais… la douleur entre nous qui ne pouvait aller nulle part ailleurs.

Je me levai et me toisai dans le miroir. Me tournant pour examiner mon dos, je fus surprise de découvrir que les punitions de la nuit n'avaient pas laissé la moindre trace. Non que les marques me gênent. J'avais plutôt tendance à les apprécier, à les chérir comme autant de petits souvenirs de certaines de nos convergences les plus mémorables.

Je passai le doigt sur les ecchymoses qui décoraient mes cuisses, là où Blake m'avait serrée trop fort. Ma peau rosit des joues à la poitrine. Je n'avais rien senti dans l'intensité de l'instant, mais les preuves de la force de sa passion me réchauffaient le cœur.

Je n'avais jamais compris comment, mais d'une certaine façon, Blake avait pris le contrôle total de mon esprit, chamboulé toutes mes idées préconçues sur le sexe et la douleur, et menée vers des sommets que personne d'autre ne m'avait jamais fait approcher. Nous y avions trouvé la paix. Nous avions fait une île de nous deux. Nos corps, nos cœurs et la façon féroce dont nous nous unissions prenaient sens quand le reste du monde nous décevait.

Si seulement nous pouvions vivre sur cette île et ne jamais la quitter…

La réalité reprit ses droits quand le bruit ténu de la télévision au rez-de-chaussée me rappela que Blake était à la maison. Il ne m'avait pas encore raconté comment s'était passé l'interrogatoire d'Evans.

Douchée et vêtue d'une tenue décontractée pour le bureau, je descendis l'escalier. Blake était assis sur l'un des canapés de toile, les yeux rivés sur le journal télévisé du matin. Le visage de Daniel apparut sur l'écran. Des images récentes le montraient s'efforçant d'échapper aux journalistes à la sortie du poste de police où nous nous étions rendus la veille, Blake et moi. L'expression flegmatique de Daniel me rappela son côté plus sombre que je connaissais bien, le côté qui se révélait seulement que lorsqu'il était blessé et brûlait de se venger à tout prix. Blake allait-il en être la cible ?

J'attrapai la télécommande et baissai le son. Blake ne cilla pas. Je m'assis à côté de lui et tirai gentiment sur le col de sa chemise, espérant le sortir de sa transe.

– Blake.

Sa poitrine se détendit en un long soupir, et il jeta un coup d'œil vers moi. Son regard était distant, comme s'il était perdu dans ses pensées.

– Tu vas bien ? demanda-t-il.

– Évidemment, répondis-je en fronçant les sourcils.

– Clay m'a dit que Max t'avait abordée.

Je soufflai un instant et me pelotonnai contre lui.

– Alli m'a annoncé à notre retour qu'il avait été condamné. Il se rendait au poste de police pour son incarcération.

– Qu'est-ce qu'il t'a dit ?

La tension était perceptible dans sa voix.

– Rien, mentis-je.

– Erica…

– Rien d'important.

Max était loin, maintenant. Un chapitre clos. Au moins jusqu'à ce qu'ils le relâchent. Mais je n'allais pas commencer à penser à ça. Il avait promis à Clay qu'on ne se reverrait jamais. Je ne pouvais qu'espérer qu'il disait vrai.

Blake resta silencieux, et pourtant, d'une certaine façon, je pouvais l'entendre me demander de lui donner ce qu'il voulait. Je sentais ses muscles noués.

Je soupirai.

– Il m'a dit : « Il va vous détruire. »

– Qui ça, moi ?

Je dessinai des cercles sur son jean, là où ses muscles saillaient.

– En supposant que c'était ce qu'il voulait dire, oui.

Je relevai la tête pour jauger sa réaction et essayer de lire dans ses pensées. Il ferma les yeux et regarda ailleurs, se coupant de moi.

– Parle-moi, Blake, suppliai-je.

– De quoi veux-tu parler ?

La tension dans sa voix m'alerta.

– Si on commençait par hier ? Que s'est-il passé ?

– Le FBI et la police se sont relayés pour m'interroger pendant neuf heures. Voilà ce qui s'est passé.

J'hésitai sur ce que je voulais lui demander d'autre. Il semblait déjà sur les nerfs, et nous n'étions ensemble que depuis cinq minutes. Mais j'avais besoin d'éclaircissements. Plus que tout, j'avais besoin qu'il me parle, pour que nous puissions aller au fond des choses.

– Que leur as-tu dit ?

– Je leur ai dit ce que je pensais qu'ils avaient besoin de savoir.

Je n'aimais pas l'ambiguïté du ton de sa voix. On avait été incroyablement proches la nuit dernière, et là j'avais l'impression qu'on était de nouveau à des années-lumière l'un de l'autre. Et s'il me cachait quelque chose ? Je jouais avec le diamant à mon doigt, en considérant toutes les choses qu'il pouvait ne pas me dire.

– Il y a quelque chose que tu ne leur as pas dit et que tu veux me dire à moi ?

Nos regards se croisèrent alors. Je fouillai dans ses yeux mais n'y trouvai rien.

– De quoi tu parles, Erica ?

– Je veux dire… Qu'est-ce qu'il s'est passé avec l'élection ?

Il s'esclaffa brièvement, mais il n'y avait rien de drôle dans son rire.

– Tu me demandes si je l'ai fait ?

J'abandonnai la chaleur de son flanc et me levai. Je tournai en rond dans la pièce – j'avais besoin d'un peu d'espace. Je reconsidérai ma question, peu encline à reconnaître que ça m'avait tournicoté dans la tête depuis le moment où il avait disparu avec Evans hier.

– Je suppose que c'est ça, oui.

Il se pencha en avant, posant ses coudes sur ses genoux.

– Tu crois que j'ai pris du temps sur notre mois de voyage de noces pour truquer l'élection de Daniel, détruire sa carrière et risquer la mienne ? Non. La réponse est non. Je n'ai pas fait ça.

Mes épaules retombèrent, la pression s'allégeant.

– Je suis désolée, Blake, je…

– Moi aussi, Erica. Je pensais que ça irait sans le dire, mais peut-être que je ne t'ai pas donné suffisamment de raisons de m'accorder le bénéfice du doute.

– Tu en es tout de même capable.

– C'est ce que tout le monde me dit, grimaça-t-il.

– J'avais juste pensé…

– Je ne te ferai jamais de mal, Erica. C'est vrai que j'éprouve une putain de haine pour Daniel. (Sa mâchoire se crispa, comme s'il ravalait un millier de choses qu'il voulait dire.) Je ne nierai pas que je le méprise, et je serais le premier à reconnaître que la perspective de l'écraser me ravirait. Mais je ne le hais pas assez pour risquer qu'il nous arrive encore quelque chose à tous les deux.

Quelques minutes s'écoulèrent. Il s'enfonça dans le canapé, les bras croisés, son regard se posant partout sauf sur moi.

– Qu'a dit la police ? Ils n'ont pas pu trouver quoi que ce soit qui te relie à ça, n'est-ce pas ?

– Ils considèrent notre lien comme un mobile.

Selon Carmody, ça pouvait fonctionner dans les deux sens, que Blake ait eu l'intention de favoriser Daniel ou de le compromettre. Mais la façon dont Gove avait écourté cette partie de l'interrogatoire me faisait penser que cela ne suffisait pas pour inquiéter Blake.

– Ça ne suffit pas.

Il resta un instant silencieux, mais son silence me dit qu'il y avait autre chose.

– Qu'ont-ils d'autre ?

– On a trafiqué les machines à voter en se servant de mon code.

Mon sang se glaça. J'interrompis ma marche vaine.

– Quel code ?

– Un code que j'ai écrit il y a des années, quand je développais l'application bancaire. Les routines de cryptage sont uniques, et les Fédéraux ont passé les deux dernières semaines à les étudier, à les relier à moi.

– Tu n'es pas le seul à avoir pu le faire ?

– Il s'agit de banque, Erica. Avec des milliards de dollars en jeu, seules quelques personnes ont accès au code source.

Les rouages de mon cerveau tournèrent à plein régime, et petit à petit je rassemblai les éléments.

– D'accord. Alors, qui en fait partie ?

– Moi, évidemment. Michael Pope, et quelques très rares personnes dans la société à laquelle on l'a vendu.

– Pourquoi la police ne les interroge pas ?

– Je suppose qu'ils le font, soupira-t-il. Mais toute cette histoire est tellement proche de moi qu'ils ne vont pas chercher beaucoup plus loin. Je suis leur meilleur candidat. D'autant qu'Evans semble s'être donné pour mission de me punir pour ce que j'ai fait il y a une décennie avec de nouvelles charges.

J'avais eu la même impression dans le court laps de temps où j'avais vu Evans. Carmody n'inspirait pas confiance non plus, mais en comparaison il n'agissait pas comme s'il détenait la vérité absolue. Il la cherchait encore, et il restait à voir ce que l'un ou l'autre pourraient trouver pour pouvoir accuser Blake.

Mon esprit se concentra sur cette nouvelle information. Banksoft était une entreprise qui pesait des milliards de dollars. Qu'il y ait chez eux une fuite, de la part de quelqu'un qui aurait justement un intérêt dans l'élection du gouverneur du Massachusetts, paraissait hautement improbable. Si Blake disait la vérité, et je pensais que c'était le cas, alors la faille devait être cherchée du côté de Michael. Michael ne ferait jamais de mal à Blake. Mais son fils Max, si.

– Tu crois que Max aurait pu laisser Trevor y accéder ?

Blake hocha lentement la tête.

– Je pense que c'est le cas.

– Et tu l'as dit à la police ?

– Non, lâcha-t-il, aussi brièvement que sèchement.

– Pourquoi ?

– Parce que je les emmerde.

J'en restai bouche bée.

– Tu les emmerdes ? Blake, ils essaient de t'envoyer en prison. Et tu ne veux même pas leur indiquer la bonne direction ?

– Ils n'ont rien contre moi, Erica. J'étais à l'étranger. Ils vont perdre des semaines à essayer de trouver le moindre début de preuve me liant à l'élection, et ils ne vont rien trouver, vu que, putain de Dieu ! ce n'est tout bonnement pas moi qui l'ai fait.

J'en haletais. Toutes ces nouvelles informations avaient fait monter mon adrénaline.

– Et c'est tout ? Tu vas attendre qu'ils t'innocentent ?

– Que veux-tu que je fasse ! s'exclama-t-il en levant les bras au ciel.

Je me rapprochai, les poings serrés le long de mon corps.

– Je veux que tu travailles avec eux pour aller au fond des choses. On sait tous les deux que ce n'est pas arrivé par hasard. Trevor nous a visés tous les deux. Il essaie d'infiltrer tes sociétés depuis des années, mais là c'est différent. C'est de ta liberté qu'il est question, pas d'un site Web sur lequel on bosse.

– Ils ne travailleront pas avec moi. Je n'ai pas accès au code. Si je l'avais, je pourrais découvrir ce qu'ils ne trouvent pas.

– Alors, trouvons-le. Tu sais comment te procurer des informations.

– Ils m'observent au microscope. Ils passent tous mes ordinateurs au peigne fin. Tu crois qu'ils ne vont pas surveiller le moindre de mes gestes comme des oiseaux de proie ?

Il détourna les yeux, son regard se fixant quelque part sur l'horizon. Je ne savais pas où il était, mais j'avais besoin qu'il revienne avec moi. On devait aller au fond des choses, et vite.

– Pourquoi ai-je l'impression que tu refuserais de te battre même si tu le pouvais ? (Je m'assis à côté de lui et prit sa main.) C'est à cause de ce qui est arrivé à Brian, n'est-ce pas ?

Le silence emplit la pièce, comme il ne cédait pas. Finalement, il se tourna, les yeux las et vides de la féroce détermination que j'avais appris à aimer chez lui.

– Ça n'a rien à voir avec Brian.

– Je crois que si. Je crois que ça a tout à voir avec Brian. Quoi qu'il se soit passé entre vous deux à l'époque, tu continues de te sentir coupable. Tu n'as changé en rien, et Trevor non plus. Et maintenant l'histoire se répète, et c'est exactement ce que veut Trevor. Il veut te voir souffrir pour ce qui est arrivé à son frère. Et pendant que tu te fais interroger et que nos vies sont piétinées, il est là-bas, quelque part, à préparer son prochain coup. Il ne s'arrêtera pas tant qu'il ne t'aura pas mis à terre.

– Assez !

Le ton de sa voix me fit sursauter.

Il se leva d'un bond. En jurant, il attrapa sa veste et se dirigea vers la porte.

Je me précipitai derrière lui, refusant de le voir partir aussi vite.

– Où vas-tu ?

– Je dois voir l'avocat et définir une stratégie. On doit se préparer à tout ce qu'ils pourraient tenter.

– Il est au courant, pour Trevor ?

Il se retourna pour me faire face.

– Laisse tomber, Erica, je m'en occupe. Ça va retomber tout seul. Fais-moi confiance.

– Comment ça, tu t'en occupes ?

– Juste… Fais-moi juste confiance, d'accord ?

– Non.

Ses yeux s'écarquillèrent.

– Pas tant que tu ne m'auras pas dit comment tu comptes retrouver Trevor.

Sa bouche se crispa, et il enfila sa veste.

– Contente-toi de laisser tomber, Erica.

La colère m'envahit et retint les larmes qui menaçaient de couler.

– Je ne vais pas rester sans rien faire et te regarder détruire ta vie.

– Je ne détruis pas ma vie, maugréa-t-il.

– Non, tu détruis *nos* vies. Souviens-toi, chaque décision qu'on prend affecte l'autre. Ou bien ça ne s'applique qu'à moi quand je ne fais pas ce que tu veux ?

Il cilla et posa la main sur la poignée de la porte.

– Cette conversation est terminée.

Avant que j'aie pu trouver un moyen de le faire rester, il avait franchi la porte.

L'émotion me brûla la gorge. Je n'allais pas le laisser faire, cette fois. Chaque fois que Trevor nous avait menacés, Blake avait tendu l'autre joue. Pas cette fois. Plus jamais.

La Tesla de Blake descendit la rue, et je me retirai dans la maison vide. Je m'assis derrière l'îlot de la cuisine, pour réfléchir à la situation. J'étais incapable de changer de braquet et de penser au boulot maintenant. J'étais trop en colère. Trop effrayée que, contrairement à ce que Blake avait dit, la situation ne retombe pas simplement d'elle-même.

– Malédiction !

Je tapai de la main sur le comptoir, refermai mes doigts sous l'effet de la douleur. J'avais la gorge serrée et les larmes menaçaient, mais quelque chose en moi refusait de laisser tomber. Je ne voulais pas – je ne pouvais pas. Au lieu de quoi, la nausée revint. Sauf que cette fois elle ne passa pas. Je courus à la salle de bains et vidai mon estomac dans la cuvette des toilettes.

J'eus comme une poussée de fièvre, puis ma peau moite se rafraîchit. Je me redressai, toute tremblante, et m'essuyai la bouche. La personne que je vis dans le miroir ne me paraissait vraiment pas en forme, mais après quelques minutes, je repris des couleurs.

Mes vêtements me serraient un peu. J'avais pris du poids pendant le voyage. Ce poids avait remplacé celui que j'avais perdu après la fusillade. Je parcourus du doigt la ceinture de mon jean et la peau douce au-dessus.

Une lueur d'espoir naquit en moi. Un espoir irrationnel et inopportun.

Ce n'était pas possible…

Je me brossai les dents. Je m'efforçai de repousser l'idée, mais une centaine de possibilités m'envahirent l'esprit. Notre amour, cette vie que nous construisions, la liberté de Blake, et peut-être plus encore étaient en jeu. S'il ne les protégeait pas, qui le ferait ?

Soudain, le chaos de mes pensées s'apaisa, et je sus ce que je devais faire. Je montai à l'étage et pris mon sac de voyage dans le placard, sans m'inquiéter des draps défaits et des traces de notre nuit de passion. Puis je fis ma valise.

Chapitre huit

BLAKE

J'avais passé la journée au bureau de Dean. L'équipe de Fitzgerald prétendait tout ignorer de cette histoire, et c'était plausible. On repassa la chronologie du voyage de noces plus en détail. Selon les éléments fournis par le FBI, il aurait fallu que je trafique l'élection pendant le vol Cape Town – Malé ; mais ç'aurait été impossible, vu que le code avait été chargé par USB sur les machines à voter pendant que je me trouvais à des milliers de kilomètres de là.

De toute façon, Erica avait été le centre de mon univers pendant des semaines. Rien n'était venu me distraire dans mon intention de faire de notre voyage de noces un moment mémorable pour nous deux.

Mon esprit s'évada vers cette période sans nuages. Tout avait changé en quelques jours. Le présent n'était vraiment pas paradisiaque. La lune de miel était finie, et nos vies avaient repris leur cours. Je refusai de croire que c'était là le début de notre avenir commun.

Peut-être qu'ils allaient se concentrer sur Fitzgerald ; mais s'il tombait, il ne tomberait pas tout seul. Il m'impliquerait, juste par rancœur. Il allait rester convaincu que j'étais derrière tout ça tant qu'il n'aurait pas la preuve du contraire.

Et puis il y avait Trevor.

Si j'avais voulu lâcher les chiens sur lui – où qu'il soit –, j'en aurais parlé à Dean des années auparavant. Mais je ne l'avais pas fait. Et ce n'était pas le moment de braquer les projecteurs sur lui. Dean avait passé des heures aujourd'hui à balayer de ses arguments tout ce qui pouvait m'être reproché. Un excellent exercice pour lui, mais je pouvais voir ses non-dits, la question qui lui brûlait les lèvres. Si je ne l'avais pas fait, alors *qui ?*

J'entendais encore la voix d'Erica me disant de faire ce qu'il fallait, de lui en parler, de le mettre sur la voie. Mais quelque chose au fond de moi hésitait, et je restai fidèle au chemin que j'avais toujours suivi. Inutile de compliquer les choses, de toute façon. Pointer le doigt dans une autre direction ne ferait probablement que convaincre encore plus Evans de ma culpabilité. Il ne donnait pas l'impression d'être le genre d'homme susceptible de partir à la poursuite d'un gars comme Trevor pour sauver un type comme moi. Une perte de temps.

Dean envisagea plusieurs scénarios possibles, et on s'accorda à dire que la seule utilisation de mon code ne constituait pas une preuve suffisante. Trop de gens y avaient accès. On devait attendre pour voir s'ils pouvaient trouver autre chose. Là était la vraie question. Que pouvaient-ils trouver ? Et combien de temps devrait-on attendre avant que tout ça soit terminé ?

La journée s'achevait, et je survolai mes mails sur mon téléphone, espérant trouver quelque chose pour détourner mon attention de tout ce souk.

– Tu devrais rentrer.

Dean quitta son bureau et lança mon manteau sur mes genoux.

– Tu me mets dehors ?

– La journée a été longue. Rentre voir Erica. Je suis sûr qu'elle est encore sous le choc de tout ça.

– Tu as probablement raison, maugréai-je.

– Elle ne voulait pas quitter le poste tant qu'ils n'en avaient pas fini avec toi, hier. J'ai essayé de la rassurer, mais j'ai bien vu qu'elle ne me croyait pas.

– Ça ne me surprend pas.

Je jouai des mâchoires, déchiré entre mon empathie et la personne en moi qui ne céderait jamais sur ce genre de choses. Je pouvais retourner voir Erica, et on reprendrait notre conversation là où on l'avait laissée ce matin, un épisode dont je n'étais pas spécialement fier. J'étais parti avant la fin de la conversation. Elle m'avait acculé, tenu tête. Pas que ça me surprît. Elle n'en avait toujours fait qu'à sa tête. J'avais vu ce feu en elle quand elle était entrée dans ma salle de conférences des mois auparavant. Je n'avais jamais voulu éteindre ce feu. Je voulais qu'elle brûle pour moi, qu'elle se batte pour nous, et c'était exactement ce qu'elle faisait.

Dean se laissa retomber dans son fauteuil et inclina la tête.

– Je dois dire que j'étais impatient de connaître la femme qui avait suffisamment d'importance à tes yeux pour que tu te passes de contrat de mariage, malgré tous mes conseils avisés. J'aurais juste aimé que ce soit dans d'autres circonstances.

– Moi aussi.

La remarque de Dean me rappela que j'avais promis de tout partager avec Erica. Je l'avais exigé, malgré ses appréhensions. Pas simplement ma fortune, mais les joies et les soucis aussi. La voix de la raison me chuchota que malgré tout ce qu'on avait fait pour combattre nos démons en privé, ça ne se passait jamais comme ça, en fin de compte. J'avais beau être déterminé à aller seul au combat contre Evans, Erica et moi étions trop liés pour que ce soit possible.

Notre dernière dispute toujours en tête, je quittai le bureau de Dean et descendis la rue. Le soleil était déjà très bas. Les jours étaient plus courts, les nuits plus froides. Sauf que mes nuits n'étaient jamais froides quand Erica était avec moi. Bon sang, je ne pouvais pas me la sortir de la tête. Nous étions des deux côtés d'une ligne, et elle ne cessait de m'inciter à la rejoindre. Je voulais céder, mais quelque chose me retenait. Je continuai de marcher dans les rues du centre de Boston jusqu'à me trouver devant mon bureau. Les fenêtres étaient noires.

Je poussai les portes et allai jusqu'à la salle commune. J'allumai les lumières, révélant le désastre. Le désordre régnait partout en maître. Des câbles arrachés jonchaient le sol. Cady m'avait déjà téléphoné pour me prévenir que les autorités avaient confisqué tous les ordinateurs de nos bureaux. Mais d'une certaine façon, le voir de mes propres yeux fit naître en moi une rage nouvelle. Envers Evans. Envers tous ceux que j'avais appris à haïr depuis mon adolescence. Ça ne m'avait pas semblé juste à l'époque et ça ne me semblait certainement pas juste maintenant, quand je n'avais rien fait pour le mériter.

– Ça va ?

Je fis volte-face. James se tenait dans l'embrasure de la porte.

– À ton avis ?

Il secoua la tête et s'excusa.

– Désolé. Je vais te laisser seul.

Je desserrai les poings.

– Non, ça va. J'ai juste eu une dure journée. Excuse-moi.

Il acquiesça et s'approcha, observant les dégâts.

– Alli m'a raconté ce qui s'était passé. Quel merdier ! (Il hésita, son regard se concentrant sur moi.) Tu as l'air d'un homme qui a besoin d'un verre.

C'était vrai, même si ça n'allait pas m'aider quant aux décisions à prendre.

– Merci, mais je ferais mieux de rentrer. Il se fait tard. Erica se demande probablement où je suis.

Il fronça les sourcils.

– Quoi ? demandai-je.

– Eh bien… Elle est partie cet après-midi, dit-il.

– Qu'est-ce que tu veux dire ?

– Elle est venue ce matin avec des bagages, elle et Alli se sont concertées un moment dans son bureau, puis elles sont parties ensemble pour l'aéroport. Alli a dit qu'elles seraient de retour dans un jour ou deux. Qu'on pouvait les contacter par mail s'il se passait quelque chose au bureau.

Je serrai de nouveau les poings. Décidément, c'était de mieux en mieux.

– Tu as une idée de l'endroit où elles sont allées ?

Ses yeux s'écarquillèrent.

– Pas la moindre. Elle n'a pas traîné assez pour que j'aie le temps de le lui demander.

De colère, ma vision vira au blanc.

– Tu l'as appelée ?

– Il faut que j'y aille, dis-je en l'écartant de mon chemin.

Je fonçai à la maison, lui téléphonant sans cesse pour n'entendre que le message de sa boîte vocale. J'ouvris précipitamment la porte, m'attendant à moitié à la trouver là. Mais la maison était silencieuse et obscure. J'allai dans la cuisine, passai par toutes les pièces du rez-de-chaussée puis gagnai notre chambre. Elle était partie. Le lit était dans l'état où nous l'avions laissé, hormis un bout de papier sur mon oreiller.

Je m'en saisis, l'adrénaline montant en moi à mesure que je le lisais.

« Tu m'avais promis que tu mériterais toujours ma confiance… ma joie… mon amour. »

* * *

ERICA

Je lui avais promis que je ne m'enfuirais plus jamais, mais il avait rompu ses promesses, lui aussi. Et là, je faisais ce qu'il fallait que je fasse. Je faisais ce qu'il ne ferait pas.

On descendit de l'avion, Alli et moi, pour plonger dans l'air chaud du Texas. Vingt minutes plus tard, on arrivait à notre hôtel au cœur de Dallas. Le porteur déposa nos bagages dans la chambre. Je lui donnai son pourboire puis rejoignis Alli qui regardait par la grande baie vitrée dominant le panorama de la ville.

Je n'étais jamais venue à Dallas, et j'aurais aimé avoir une autre raison d'être là. Je n'aimais pas aller où que ce soit sans Blake, mais après la dispute de ce matin, je savais que je ne pouvais pas compter sur lui pour l'instant.

– C'est joli, dit Alli.

Elle alla s'asseoir dans un des fauteuils. Sa pochette vibra à ses pieds.

– C'est Heath, ajouta-t-elle en me regardant, sans même faire mine d'attraper son téléphone.

– Il est trop tôt, répondis-je.

Elle ouvrit de grands yeux.

– J'ai l'impression d'être une fugueuse, Erica. Si je ne lui réponds pas bientôt, je crois qu'il va prévenir la police.

– Je ne veux pas que qui que ce soit sache où je suis pour l'instant. Pas tant que je n'ai pas eu une chance de parler à Michael seule à seul.

– Je ne peux même pas imaginer quel cirque Blake va faire à Heath quand il va apprendre que je suis avec toi.

Blake était très loin, et il n'était même pas au courant. J'étais désolée de l'avoir laissé comme ça. Mais j'étais en colère, aussi. En colère qu'il ne se batte pas pour nous. Qu'après tout ce qu'on avait vécu ensemble, il puisse encore me battre froid comme ça.

– Tu m'as dit que tu allais m'aider, Alli. Je dois voir Michael demain matin à la première heure. Tu pourras appeler Heath à ce moment-là.

Je lui avais expliqué la situation au bureau, prête à y aller toute seule si nécessaire. Mais j'étais suffisamment partie à l'aventure pour savoir qu'il valait mieux avoir de la compagnie. Le danger avait le chic pour me trouver, et j'étais encore marquée par ses conséquences. Mais dans cette histoire, je ne pouvais pas aller au fond des choses dans le confort de notre maison.

– Je voulais venir avec toi, Erica, mais je n'aime pas cacher des choses à Heath. On ne le fait plus, quelles que soient les circonstances, et tu me demandes d'aller à l'encontre de ça.

– Tout ce que tu diras à Heath sera répété à Blake, tu le sais. Blake n'acceptera jamais qu'il en soit autrement. Je suis convaincue que Max a permis à Trevor d'accéder au code de Blake, et c'est la seule chance que j'aie de faire le lien. Michael n'est pas du genre à avoir une discussion à cœur ouvert avec moi au téléphone, et je ne veux pas que Blake vienne mettre son grain de sel.

Alli hésita un temps avant de parler.

– Tu crois vraiment que tu vas le convaincre ? Michael Pope… Grand armateur, milliardaire, et probablement l'un des hommes d'affaires les plus intelligents et les plus brillants du monde ?

Vu de cette façon, j'avais des doutes. Mais même avec mes doutes, c'était notre meilleure chance.

– Je ne sais pas. Il a l'air de bien m'aimer. Je sais qu'il tient beaucoup à Blake. Je veux dire, il a désavoué Max après ce qu'il m'a fait. Si je réussis à lui faire comprendre ce qui est en jeu, peut-être qu'il m'aidera.

Je m'assis dans le fauteuil en face du sien.

– C'est important, Alli. Si Blake refuse d'agir pour être innocenté, alors c'est moi qui le ferai. Je ne veux pas le perdre. Je ne peux pas le perdre.

Son téléphone vibra d'un nouvel appel. Elle me supplia du regard.

– Il n'a pas cessé d'appeler depuis l'atterrissage. Qu'est-ce que tu veux que je fasse ?

Je soupirai.

– Vas-y. Mais ne lui dis pas où nous sommes.

Elle s'empressa de prendre l'appel et plaça le téléphone contre son oreille.

– Allô, mon amour… Oui, désolée. Une décision de dernière minute, une histoire de filles. (Elle se leva et arpenta la pièce.) Tout va bien. Il y a un truc qu'Erica doit régler, et elle voulait que je vienne avec elle… Heath, s'il te plaît, ne me pose pas de questions maintenant. C'est compliqué. Mais on va bien. Je te le promets, dit-elle en me jetant un regard de biais. Oui, quelque chose comme ça. Je te reparlerai plus tard, d'accord, quand ce sera réglé… Oui, je t'aime aussi.

Elle raccrocha et me dévisagea.

– Tu m'es sacrément redevable.

– Je sais. Merci.

Elle posa une main sur sa hanche.

– Je ne sais pas toi, mais moi, je meurs de faim. Changeons-nous et allons dîner.

Je me forçai à me lever, chassant la fatigue accumulée tout au long de cette interminable journée émotionnellement éprouvante. J'aurais pu me coucher et dormir des jours, mais Alli avait raison. Nous avions besoin de manger, même si j'avais l'estomac noué depuis le matin.

J'ouvris mon sac de voyage pour chercher quelque chose de confortable à me mettre.

– Qu'est-ce que c'est ?

Alli hoqueta en attrapant une boîte rose que j'avais jetée dans mon sac à la dernière minute. Elle contenait deux tests de grossesse que j'avais achetés un peu plus tôt, en me répétant que j'étais complètement idiote de faire ça.

Je résistai à l'envie de la lui arracher.

– Ça ressemble à quoi ? demandai-je d'un ton que je voulais nonchalant, alors que j'étais déjà stressée qu'elle les ait trouvés.

Ses yeux s'écarquillèrent.

– Tu es enceinte ?

J'inspirai maladroitement.

– Je n'en ai pas la moindre idée.

N'était-il pas inepte de seulement l'envisager ?

– Tu plaisantes ? Tu crois que tu peux l'être, et tu n'as pas encore fait le test ?

Sa voix était montée dans les aigus.

– Je n'ai pas eu le temps.

C'était quasiment vrai.

– Eh bien, pour l'amour de Dieu, fais-le ! Ça me rend déjà dingue !

Empourprée par l'anticipation, elle entreprit d'ouvrir la boîte. Je la lui repris, mon anxiété atteignant de nouveaux sommets. Je me maudis de ne pas l'avoir mieux cachée.

– Je pensais qu'on allait dîner, dis-je, essayant désespérément de changer de sujet.

– Comme si je pouvais manger quelque chose en sachant que tu es peut-être enceinte. Ne dis pas d'âneries.

– Alli, arrête ! coupai-je.

Elle leva vers moi des yeux incrédules.

Mon cœur bondit dans ma poitrine. Je n'étais pas prête pour la réalité qui suivrait le résultat. Je ne pouvais pas…

– Je ne peux pas le faire pour l'instant.

– Bon sang, mais pourquoi ?

Je rejetai la boîte dans le sac de voyage et allai vers la fenêtre. Le soleil s'était couché, et Dallas brillait d'une myriade de lumières. Comment pouvais-je le faire maintenant ? J'étais au milieu d'une tempête. Le soleil ne pouvait pas briller là.

– Je ne suis pas sûre d'être prête à le savoir, dans un sens comme dans l'autre.

Alli se rapprocha et vint se placer à côté de moi.

– Vous avez essayé ?

Je fermai les yeux et pensai à Blake.

– Quelque chose comme ça.

Ma réponse avait été à peine un murmure.

– Évidemment. Question idiote. Tu ne prends plus la pilule et tu reviens d'un mois de lune de miel. Évidemment, que vous avez essayé. Quand as-tu eu tes dernières règles ?

– J'ai cessé d'y penser depuis la fusillade. Elles ne

sont pas encore redevenues régulières. Je ne sais pas. Si le test est positif, je vais flipper et angoisser. Je vais me demander s'il peut même simplement être viable. Et si le test est négatif, je ne suis pas sûre de vouloir savoir qu'après tout ce temps ensemble… après avoir essayé comme on l'a fait… que ça n'arrive toujours pas.

– Erica, les gens essaient parfois des années pour y arriver. Ne te condamne pas trop vite. Si ça doit arriver, ça arrivera. Mais ne pas savoir ne peut être qu'une torture. Au moins pour moi. Je n'arrive même pas à imaginer que ça pourrait être différent pour toi.

C'était vrai, le statut de mon utérus ne quittait plus mes pensées. M'imaginer enceinte était une joie, même si cela m'effrayait un peu. Mais imaginer que je ne l'étais pas et que je l'avais seulement rêvé était une vraie torture. Que cette hypothèse-là se réalise serait encore pire.

– Je ne sais pas si je pourrai tenir le choc, avec tout ce qui se passe pour l'instant, admis-je.

Alli retourna vers mon sac et me rapporta la boîte, l'un des tests dans la main.

– Je ne serai pas capable de faire quoi que ce soit tant que je ne saurai pas. Disons que c'est une faveur que tu me fais pour t'avoir accompagnée dans cette mission de folie. Et quoi qu'il advienne, on y fera face. Je suis là pour toi, dans tous les cas. Je te le promets.

Je tentai de secouer la tête, mais elle resta ferme, les mâchoires serrées, avec ce regard déterminé que je connaissais bien.

– Dire non n'y changera rien. Va là-dedans faire le test.

Après un long moment, je pris le test qu'elle me tendait et allai dans la salle de bains. Je fermai la porte, m'assis sur le siège des toilettes et regardai l'emballage encore scellé.

Je ne pouvais pas faire ça. Je ne voulais même pas savoir. Je me répétai cette litanie jusqu'à qu'Alli intervienne.

– Est-ce que tu l'as fait ?

J'entendis la question assez clairement pour comprendre qu'elle se tenait juste derrière la porte.

– Pas encore.

– Fais-le.

J'ouvris le paquet et inspectai le test. Ça paraissait assez simple.

– Erica !

Je fis une pause, sachant qu'elle n'avait pas vraiment envie d'entendre ce que je voulais dire. Pas maintenant. Peut-être demain. Ça peut attendre. Non... Elle n'accepterait rien de tout ça.

– Malédiction, Erica ! Je suis ta meilleure amie et j'exige que tu pisses sur ce bâtonnet.

J'ouvris de grands yeux. Je me demandai combien de temps s'écoulerait avant qu'elle commence à marteler la porte.

– J'y suis presque. Donne-moi une minute, merde.

Je continuai de jurer en silence. Sans m'inquiéter du mode d'emploi, j'y allai. Les petites fenêtres s'assombrirent, et j'attendis.

J'attendis et attendis, mon esprit fourmillant d'hypothèses. Est-ce que j'en parlerais même à Blake, si c'était négatif ? Pour lui dire que tous nos efforts, tout notre amour et notre foi en nous n'avaient servi à rien ?

Je me levai et me pomponnai face au miroir, m'efforçant de donner du volume à mes cheveux, n'importe quoi pour m'occuper l'esprit. À mesure que le test faisait son œuvre, j'essayai de me convaincre qu'il était négatif. Que tout espoir était perdu. Quand je parvins à le croire, j'en fus dévastée, frappée au même endroit où j'avais eu toutes mes nausées ces deux derniers jours.

C'était un signe, n'est-ce pas ? Ce que j'avais ressenti... Et si j'étais enceinte ? Et si nous allions réellement avoir un bébé ?

J'eus du mal à reprendre mon souffle en imaginant ce que je pourrais alors ressentir. La panique m'envahit quand je pensai à Blake et à ce qu'il allait dire. Mais c'était ce qu'il voulait, n'est-ce pas ? Nous avions tergiversé, peut-être parce qu'on était ni l'un ni l'autre absolument certains que c'était possible. Mais on avait essayé... On avait accepté cette éventualité avec la détermination aveugle qu'on appliquait à tout ce qu'on faisait, et pourtant j'étais envahie par le doute et la crainte.

Les souvenirs de notre dernière nuit aux Maldives me revinrent à l'esprit. Blake me faisant l'amour sous les étoiles. Les tentures de la pergola gonflées par le vent, seul rempart entre la nuit et nous. L'éclat de la lune et ses milliers de petits rais de lumière tandis qu'on jouissait ensemble, un objectif commun à l'esprit.

Ma main se reposa sur mon ventre, sur la cicatrice que j'avais parcourue plus souvent que je ne pouvais le dire. Ma blessure... et maintenant, peut-être une vie. J'expirai profondément en m'abandonnant à cette pensée.

– Qu'est-ce que ça dit ?

La voix d'Alli était quasiment hystérique.

J'allais crier n'importe quoi quand je posai de nouveau les yeux sur le test. Je cillai deux fois en voyant la ligne surnuméraire qui s'y était formée.

Les secondes passèrent, propulsées par le rythme accéléré de mon cœur. Oh mon Dieu ! Oh merde ! Waouh ! Oh mon Dieu !

– Je vais entrer maintenant. Que tu sois décente ou non.

Elle fit irruption dans la salle de bains, me prit le test des mains.

– Qu'est-ce qu'il dit ?

– Je crois qu'il dit que je suis enceinte.

Chapitre neuf

BLAKE

– Putain, où est-elle ?

Heath grommela, s'étira sous son duvet.

– Mon vieux, je te l'ai déjà dit hier soir, je ne sais pas.

– Et tu crois que je vais te croire ? Alli est avec elle, non ?

– Oui, mais elle ne veut pas me dire où elles sont. Je lui ai reparlé hier soir tard, et elle m'a dit que tout allait bien, qu'il ne fallait pas s'inquiéter.

Le manque de sommeil combiné à une nouvelle poussée d'adrénaline me rendit fou de frustration.

– Il ne faut pas s'inquiéter ? Putain, tu te fous de moi ? Ma femme a disparu, et personne ne veut rien me dire. Je crois que tu me connais assez bien pour savoir que je m'inquiète plus qu'un peu.

Heath se gratta le crâne et sortit du lit.

– Mon vieux, tu as besoin de respirer un bon coup. Je vais pisser, et quand je reviendrai on parlera. Fais un peu de yoga en attendant.

Je quittai la chambre en claquant la porte derrière moi. J'allai m'enfoncer dans le doux cuir sombre du canapé du salon. La petite table était couverte de magazines nuptiaux, ce qui me renvoya des images de mon propre mariage. Erica souriante, plus heureuse que je ne l'avais jamais vue.

Je fermai les yeux, laissant s'évacuer une partie de ma colère. Soudain, je rêvai de revenir à ce jour, l'un des plus beaux de ma vie.

À quelques pas de notre maison, nous avions échangé nos vœux. Même si je me serais contenté de le faire en comité restreint, les échanger devant nos amis et la famille avait été plus important pour moi que je ne l'aurais imaginé. J'avais rédigé les miens la veille au soir. Trouver les mots pour exprimer ce qu'elle signifiait pour moi avait été difficile, mais j'y étais tout de même parvenu et les avais mémorisés. Et quand elle avait marché vers l'autel, j'étais foudroyé. Sans voix.

Je ne pouvais plus détourner mon regard. C'était un régal pour les yeux : les cheveux apprêtés, mais avec quelques mèches rebelles sur le visage, un maquillage léger qui faisait ressortir ses yeux bleus rivés aux miens…

Sa robe, faite d'une douce dentelle blanche, était parfaitement ajustée à son corps. Le juge de paix parla, mais les seuls mots que j'entendis furent ceux d'Erica quand elle commença à prononcer ses vœux. Sa voix était douce mais forte, et elle me regardait dans les yeux.

– Quand je rêvais de cette journée, je n'aurais jamais imaginé l'amour intense et absolu que j'éprouverais pour l'homme qui serait là avec moi. Je pensais qu'un amour comme le nôtre n'existait que dans les livres. Je pensais que les hommes comme toi n'existaient que dans les contes de fées. Mais tu es là, mon rêve devenu réalité, mon « et ils vécurent heureux ». Et chaque jour que nous avons passé ensemble a été un cadeau, me rapprochant de toi. J'en serai toujours reconnaissante. Je promets de t'aimer, d'être à ton côté et de chérir chaque jour nouveau que nous passerons ensemble. (Elle s'interrompit, ses yeux bleus brillants d'émotion.) Blake, mon cœur t'appartient à jamais. Ma confiance t'est à jamais acquise.

Une brise océane de saison murmura entre nous, semblant me couper le souffle.

– Erica… murmurai-je.

Je passai la main sur sa joue parfaite. Elle leva les yeux vers moi, me regarda à travers ses cils noirs et appuya sa joue contre ma main. Je me retins de l'embrasser. « Pas encore », chuchota une petite voix dans ma tête.

Mon grand discours avait pris la clé des champs, emporté par le vent. Soudain, rien ne me parut avoir jamais eu autant d'importance que les mots que j'allais prononcer. Il fallait qu'ils soient sincères. Qu'ils viennent du plus profond de mon cœur, pour parler aux siens.

– Je promets de mériter ton amour et ta confiance. Tu ne manqueras jamais d'amour ou de confort ou de bonheur. Je te promets que tu auras toujours un havre dans mes bras et dans notre foyer. Je t'aimerai de tout mon cœur, chaque jour, pour le restant de ma vie.

Le juge commença à parler. Dès que j'entendis les mots « embrasser la mariée », je le coiffai au poteau en la prenant dans mes bras. Elle se laissa porter, ses bras comme des voiles de satin sur ma nuque, comme si elle avait tout autant attendu. Je posai mes lèvres sur les siennes et l'embrassai tendrement.

– Tu veux du café, demanda Heath quand il entra dans la pièce, m'arrachant à mes pensées.

Je clignai d'un œil. J'avais déjà bu assez de café pour alimenter un campus universitaire. Ça n'avait fait que me rendre encore plus nerveux.

– Tu as quelque chose de plus fort ?

Il ne répondit pas aussitôt.

– Il est neuf heures du matin, et tu sais que je ne bois plus.

– Je sais, soupirai-je. Désolé. Je n'y pensais plus.

Ma confiance t'est à jamais acquise.

Je me penchai en avant, enfonçant mon visage dans mes mains. Ses paroles étaient tatouées sur mon cœur, inscrites à l'encre indélébile dans mon esprit. Nous avions échangé nos vœux. Étaient-ce simplement les mots d'un couple follement amoureux le jour du mariage ? Sa confiance en moi était-elle si facilement ébranlée ? Peut-être que les autres prenaient de temps en temps des libertés avec leurs vœux, mais elle ne me ferait certainement pas oublier les miens.

Avait-elle aussi rapidement perdu confiance en moi ? Lui en avais-je donné des raisons ?

Si seulement elle rentrait à la maison…

Où était-elle ? On s'était disputés, et j'avais agi comme un crétin borné, mais je pensais qu'elle y était habituée à présent. Et je croyais aussi qu'elle ne s'enfuirait plus. On était mariés, maintenant. On devait apprendre à affronter ces choses-là ensemble. Elle ne pouvait pas juste s'en aller. Pas comme ça. Pas quand tout le reste s'effondrait autour de nous.

Quelque chose de froid tapota mon épaule. J'ouvris les yeux et découvris Heath qui me tendait une bière. Je la pris avec reconnaissance. Il s'assit sur le canapé en face, toujours en caleçon, une tasse de café à la main.

– Tu ressembles à un cadavre, tu sais, me dit-il en me regardant par-dessus le bord de sa tasse.

Je passai une main sur le poil dru de mon menton. J'avais attrapé les premiers vêtements à portée de main ce matin, c'est-à-dire la chemise froissée que je portais la veille. Erica disparue, mon apparence était bien la dernière chose à laquelle je pouvais penser. J'adressai un regard désespéré à mon frère.

– Où est-elle ?

Il secoua la tête, le regard hésitant.

– Alli m'a dit qu'Erica devait faire quelque chose. Elle n'a rien voulu dire d'autre, sauf que je ne devais pas m'inquiéter.

Une réponse putain de totalement inacceptable ! hurla mon esprit, mais je me forçai à rester calme.

– Tu lui as demandé ?

– Évidemment, que je lui ai demandé.

– Et… ?

Le regard de Heath se porta au-delà de moi, sa mâchoire se contractant nerveusement.

Je serrai les doigts autour de la bouteille que je tenais.

– Heath. Parle-moi, ou je jure devant Dieu…

– Elle est en colère, Blake. C'est ta femme, alors je suppose que tu le savais déjà. Qu'est-ce qu'il s'est passé avant son départ ?

– On s'est disputés.

– À quel sujet ?

Je portai la bouteille à mes lèvres et bus une longue rasade.

– Elle veut que je retrouve Trevor, ou au moins que je dise aux Fédéraux qui ils devraient chercher.

– Et tu ne le feras pas ?

– Il ne mérite pas qu'on lui consacre du temps. Ni Erica ni moi. Il…

– Il est quoi, exactement ?

– Il n'est pas la réponse. Les autorités ne pourront pas me faire porter le chapeau. Les envoyer à ses trousses serait une perte de temps.

Heath posa sa tasse sur la table et joignit ses mains.

– Tu sais que je n'aime pas les affrontements, mais ce connard te poursuit depuis des années. Peut-être que j'ai été trop occupé à saccager ma vie pour en parler jusqu'à maintenant. Mais il faut qu'il s'arrête. Le fait que quelqu'un d'aussi malin que toi n'y ait pas mis fin est absolument ridicule.

Je restai un moment sans répondre, retenant la diarrhée verbale que j'avais envie de déverser sur lui. Peut-être qu'il avait raison. Peut-être que lui et Erica avaient tous les deux raison. Je jurai intérieurement. Je me frottai les yeux pour lutter contre l'irritation due au manque de sommeil.

– Erica pense que c'est parce que je me sens coupable pour Brian.

– Et c'est le cas ?

J'avalai encore un peu de bière.

– Peut-être… confessai-je, presque trop bas pour être entendu.

– Tu étais jeune. Et ce gosse n'est pas Brian. Il est aussi cinglé, mais il n'a jamais été ton ami. Tu ne lui dois rien.

– Je sais.

– Vraiment ? Parce que, des fois, on a l'impression du contraire.

Je n'avais jamais rencontré Trevor en personne, mais d'une certaine façon il était toujours Brian dans mon esprit. Je ne l'admettrais jamais, mais j'étais incapable de les dissocier. Trevor était une ombre, un fantôme que personne ne pouvait attraper. Mais pour moi, c'était un fantôme dépositaire du souvenir le plus noir de ma vie. Brian avait été aussi malavisé que moi, mais il était allé trop loin. J'avais conçu le plan avec lui, mais c'était lui qui l'avait mis en œuvre, et bien au-delà du projet originel. Parce que la responsabilité lui en avait été attribuée, j'étais libre.

La menace d'un emprisonnement avait disparu, mais la culpabilité pour son suicide m'avait poursuivi. Des mois durant. Quand j'avais commencé à travailler pour Michael, je croyais l'avoir dépassée. Mais peut-être que ce n'était pas le cas.

– Je ne peux pas changer ce qui est arrivé.

– Personne ne le peut. Mais tu peux empêcher cette… menace… de bousiller ta vie. Si tu ne l'arrêtes pas, les Fédéraux vont t'enfermer, Blake. Tu n'as pas besoin que je te le rappelle, mais tu n'es plus mineur. C'est un putain de crime. Tu as une femme, une famille qui tient à toi, des centaines de gens qui dépendent de toi. Et tu vas planter tout ça parce que tu n'as pas les couilles de renverser les rôles et de t'assurer que Trevor ira en taule pour tout ça ?

– Il ne fait rien que je n'aie pas fait moi-même.

– C'est peut-être vrai, mais tu fais des tas de choses qu'il ne fait pas. Tu as créé des dizaines de sociétés qui apportent de bonnes choses au monde. Tu as aidé papa et maman. Tu m'as aidé, quand je t'avais donné de bonnes raisons de ne pas le faire. Tu es le pilier d'Erica, et tu la trahis en étant trop aveugle pour voir la différence. Pourquoi ne pas l'affronter ?

– S'il se montrait, je le ferais, tranchai-je.

– Tu vois ce que je veux dire.

– Je ne vais pas me laisser tyranniser par une ombre.

– C'est déjà le cas.

Je me levai et arpentai la pièce, les paroles de Heath résonnant dans mon crâne.

– L'affronter… je suppose que ça rend Brian de nouveau réel. Trevor veut me replonger dans ce cauchemar. Tout est là. Il veut faire de moi la personne que le FBI croit déjà que je suis.

– Tu n'es pas cette personne, Blake. Tu es tellement éloigné de l'ado que tu étais. Tu es un adulte. Tu as vécu des millions des choses. Tu es marié. Des gens ont besoin de toi, ils te donnent un but.

– Exactement. Je ne veux pas que mon but lui donne des munitions.

– Le simple fait que tu respires lui donne toutes les munitions dont il a besoin pour continuer de t'attaquer. Protège la vie que tu t'es construite. Voilà ce qui devrait être ton but. Et si ça signifie sortir ce petit connard du paysage, alors c'est ce que tu dois faire.

Je m'appuyai au canapé et expirai lentement.

– Quand tu t'es mis à réfléchir ?

– Ça, c'est vraiment de ta faute. Alli a dû tomber amoureuse d'un type complètement différent quand je me suis racheté une conduite.

Je hochai la tête.

– Tu as de la chance.

– Toi aussi. Tu as juste besoin de prendre conscience que tu t'es trompé du tout au tout, et que c'est pour ça qu'Erica n'est pas là. Remets tes idées en ordre, et elle reviendra. Je n'en doute pas une seconde.

Je lui adressai un regard implorant.

– On dirait que tu as des informations que je n'ai pas.

Il secoua la tête.

– Non, c'est juste une intuition. Si Alli me quittait sans un mot, je peux te garantir que je me demanderais en long et en large ce que j'ai pu faire de mal. Et aucun orgueil ne pourrait m'empêcher de m'amender pour la récupérer.

– Tu donnes de plus en plus l'impression d'être le frère aîné.

Il grimaça.

– Tu m'as sorti de suffisamment d'impasses. Je te dois bien ça.

* * *

ERICA

Quand je me réveillai le lendemain, le fait que je sois enceinte ne paraissait pas moins irréel. Une partie de moi voulait rentrer immédiatement à la maison pour se délecter de la nouvelle avec Blake, mais une autre se satisfaisait d'être un peu à l'écart. La vie nous avait donné de dures leçons, et j'avais besoin de tempérer cette vague d'excitation pour y comprendre quelque chose. Tant de choses étaient incertaines.

Ma priorité était d'obtenir la coopération de Michael. Je me levai tôt et pris un taxi pour me rendre à son bureau, tandis qu'Alli restait à l'hôtel. Le chauffeur s'arrêta devant l'impressionnant gratte-ciel au cœur de la ville, et je pris un ascenseur pour le dernier étage. J'avais appelé son assistante la veille, pour lui faire savoir que Blake serait en ville le lendemain et qu'il voulait le voir. Elle l'avait inscrit dans son emploi du temps sans une hésitation. À mon arrivée, quand j'eus expliqué que j'étais l'épouse de Blake et que j'avais l'intention de voir Michael de toute façon, sa secrétaire me fit entrer.

Michael était assis derrière un grand bureau au milieu d'une pièce immense. Pour un homme qui avait le monde à sa disposition, il semblait n'avoir rien autour de lui. Son bureau était presque nu, excepté un bloc-notes, un ordinateur portable et un stylo. Toutes les surfaces brillaient. Tous les éléments de décoration étaient impeccablement disposés.

Michael se leva. Il me regarda d'un air presque circonspect comme je m'avançais vers lui.

– Erica… Je ne vous attendais pas.

– Je sais. J'en suis désolée. C'était important.

– Évidemment. Asseyez-vous.

Il m'indiqua un coin salon dans ce qui semblait être l'aile ouest de la pièce. Il prit place dans un fauteuil assorti qui faisait face au luxueux canapé de cuir noir sur lequel je m'étais assise.

– Qu'est-ce qui vous amène à Dallas ?

– Je voulais vous parler de Blake. Je suppose que vous êtes déjà au courant de ses problèmes actuels.

Il acquiesça lentement.

– Oui, la police est venue me voir, alors je connais une partie de l'histoire. Je n'en ai pas encore parlé avec Blake, en revanche.

Je fus rassurée d'entendre que la police faisait au moins méticuleusement son travail, même si Blake restait leur principal suspect.

– Ils vous ont interrogé sur le code source de Banksoft ?

– Oui.

– Que leur avez-vous dit ?

Il me dévisagea un instant, ses lèvres en une ligne immobile.

– Je leur ai dit qu'à ma connaissance, excepté quelques rares membres de confiance de mon équipe, personne n'avait accès à ma copie du fichier.

– C'est la vérité ?

– Erica, je n'aime pas les devinettes. Où voulez-vous en venir ?

Je m'armai de courage pour dire ce qui m'avait fait traverser la moitié du pays.

– Je voudrais savoir si Max y a eu accès.

Michael eut un léger sourire et croisa les doigts.

– Possible. Max a été impliqué dans beaucoup de mes affaires.

– Je pense qu'il a transmis le code à un dénommé Trevor Cooper. C'est un hacker…

– Je sais qui c'est.

Abasourdie, je ne pus que marquer le coup.

– Vous savez qui c'est ?

– C'est un programmeur qui a travaillé pour Max un temps, qui l'aidait sur des projets annexes. Nous avons financé son travail par l'entremise d'une des sociétés d'investissements que Max et moi détenions conjointement autrefois.

– Tout cet argent a servi à tenter de détruire plusieurs des sociétés de Blake, y compris la mienne.

Michael soutint mon regard.

– Si c'est vrai, je suis désolé de l'apprendre. Comme vous le savez peut-être, Max et moi n'avons plus de liens financiers. Et quand nous en avions, il était rarement impliqué dans le quotidien de mes affaires. J'ai aidé à financer nombre de ses projets, ne serait-ce que pour éviter qu'il ait envie de trop s'impliquer dans les miens. Je ne connais Trevor que de nom, et parce que ma société lui a signé des chèques.

– Vous savez où Trevor se trouve maintenant ?

– Non. La société d'investissements a été liquidée, et tous ses comptes ont été fermés peu après vos fiançailles. Je ne sais pas ce qu'il est advenu de Trevor.

Malédiction. J'avais l'impression d'escalader une montagne dont le sommet était toujours aussi loin.

– Michael, j'ai besoin de votre aide pour le retrouver. Il s'est servi du code de Michael pour trafiquer l'élection du gouverneur, sachant que Blake serait impliqué. Si quelqu'un désire encore plus que Max voir souffrir Blake, c'est bien Trevor. Il lui en veut depuis longtemps, avant même que vous l'ayez remis sur le droit chemin.

– Je ne vois pas très bien comment je pourrais vous aider.

– Trouvez-le. Faites-le sortir de son trou. Ou bien dites au FBI ce que vous savez vraiment. Que Max lui a fort probablement donné le code. Si le FBI le savait, ils commenceraient au moins à chercher dans la bonne direction, et ils cesseraient de vouloir accuser Blake d'un crime qu'il n'a pas commis.

– Vous me demandez d'impliquer mon propre fils, Erica.

– Je vous demande d'aider à faire arrêter Trevor. Que ça vous plaise ou non, Max est impliqué, et il a essayé de mettre Blake hors jeu par tous les moyens pendant des années. Je pensais que vous teniez à Blake. Vous êtes prêt à le voir aller en prison pour ça ?

Son visage tendu trahissait son malaise. C'était pour cette raison que je n'avais pas téléphoné. Face à face, il ne pouvait plus nier la vérité. Et la vérité était que son fils, sa chair et son sang, avait pris part à tout ça.

– Il doit y avoir un autre moyen, dit-il enfin, les yeux baissés.

– Il n'y a pas d'autre moyen. Michael. S'il vous plaît, je vous en supplie… Aidez-moi à le retrouver. Je ne peux pas…

Je n'y arriverais pas toute seule. Je cherchais mes mots. Je m'efforçai de contrôler les émotions accablantes qui me submergeaient. Peut-être que je pourrais expliquer à Michael à quel point j'étais désespérée, mais je ne voulais pas perdre tout son respect en m'effondrant comme je risquais de le faire maintenant.

Avant que j'aie pu trouver quelque chose à ajouter, il vint s'asseoir à côté de moi. Il prit ma main. La sienne était chaude et sèche, tannée par le soleil. Ses yeux étaient doux et presque tristes.

– Erica, je sais combien c'est difficile pour vous. Et je sais que ce que vous avez vécu une terrible épreuve lorsque Max vous a agressée. Personne ne mérite de subir une chose pareille. J'en ai honte, à un point que je n'avais jamais connu de ma vie. Mais quand vous aurez des enfants, vous comprendrez que, quelle que soit la façon dont ils vous déçoivent, quelle que soit la façon dont ils vous blessent et vous humilient, ils seront toujours vos enfants. J'aime Blake comme un fils… mais ce n'est pas mon fils. Max est ma chair et mon sang. Je ferai tout ce que je pourrai pour aider Blake, mais pas aux dépens de Max. Je ne me suis jamais interposé entre eux, et je ne vais pas commencer maintenant.

Une larme réussit à s'échapper et roula sur ma joue. Il serra ma main.

– Erica, il faut trouver un autre moyen. Blake est malin… c'est l'un des hommes les plus intelligents que je connaisse. C'est pour cette raison qu'il n'est pas là. Parce qu'il connaît mon sentiment.

J'arrachai ma main de la sienne, elle me semblait maintenant condescendante.

– Il n'est pas là parce qu'il refuse de se défendre.

Je me levai et me dirigeai vers la porte. Je posai ma main sur la poignée et hésitai. De l'autre côté de la pièce, Michael était debout. Sa posture était informelle, son visage affichait une inquiétude évidente. J'avais toujours imaginé qu'il était différent, parce que Blake semblait penser qu'il l'était. Est-ce que je m'étais trompée à ce point ?

– Parfois, je pense aux hommes qui font partie de ma vie. Je vois combien d'entre eux paradent comme des dieux, agitant leur puissance et leur ego comme une arme sans s'inquiéter de ceux qu'ils blessent et des vies qu'ils détruisent. Et le reste d'entre nous est là pour ramasser les morceaux. Pour je ne sais quelle raison, j'avais toujours cru que vous étiez différent. Je suppose que j'avais tort.

Son silence confirma la pénible vérité. Je sortis de son bureau et pris un taxi pour l'hôtel, résignée à ma défaite.

Pour la première fois depuis que j'avais atterri à Dallas, j'allumai mon téléphone. Je patientai, imaginant le déluge d'appels que j'avais dû rater. Une douzaine de textos s'affichèrent aussitôt, un de James et tous les autres de Blake. Pour demander où j'étais, si j'allais bien, et me dire de rappeler.

Un message téléphonique. Je commençai à l'écouter, me préparant à ce que Blake avait à dire. Je ne m'attendais pas à une voix aussi calme.

– Erica, c'est moi.

Mon cœur se serra en entendant le son de sa voix.

– Je ne sais pas où tu es, et ça me tue. Je ne dis pas que je ne l'ai pas mérité, mais... s'il te plaît, rappelle-moi pour que je puisse entendre ta voix et savoir que tu vas bien. Je sais qu'Alli est avec toi, mais je ne peux pas m'empêcher de m'inquiéter. Je veux être avec toi où que tu sois, pour te protéger de tout ce qui pourrait t'arriver. Et je sais déjà ce que tu penses en cet instant même. Si je ne me protège pas moi-même, comment pourrais-je te protéger ? Et tu as raison. Je suis trop têtu pour mon propre bien, et tu ne devrais pas avoir à supporter ça. Même si tu as promis de le faire. S'il te plaît... rappelle-moi.

La tristesse dans sa voix me noua les tripes. Il me manquait plus que je ne m'étais forcée à le croire. J'entrai dans la chambre d'hôtel et trouvai Alli qui travaillait sur son ordinateur portable.

– Comment ça s'est passé ?

Je me contentai de secouer la tête, et elle laissa retomber ses épaules, accablée du même sentiment de défaite que j'éprouvais.

– Il n'aidera pas ?

– Pas si ça signifie impliquer Max.

Je me laissai tomber sur le lit à côté d'elle.

– Je suis désolée. (Elle passa son bras autour de mes épaules.) Qu'est-ce qu'on fait maintenant, *chica* ?

Je m'appuyai contre elle, me forçant à croire que j'allais trouver un autre moyen de faire éclater la vérité. Mais j'étais épuisée. Tout ce que je voulais maintenant, c'était le réconfort des bras de Blake. Si je pouvais le faire changer d'avis et le pousser à se battre pour nous, alors il y avait peut-être encore un espoir.

Je fermai les yeux et soupirai.

– Je veux rentrer chez moi.

Chapitre dix

BLAKE

J'avais dû l'appeler cent fois. Jamais de réponse. J'avais rappelé Heath une douzaine de fois. Pas de nouvelles. Tout ce que je savais, c'est qu'elle était partie, et je n'avais aucune idée de quand – ni si – elle reviendrait.

Je m'assis à la table de la salle à manger, perdu dans mes pensées. La dernière gorgée de scotch glissa dans ma gorge. Rien ne pouvait apaiser la douleur de savoir qu'elle n'était pas avec moi. Elle avait décidé de partir, et peut-être que je lui avais donné de bonnes raisons pour ça.

Je me frottai les yeux. Une nuit sans sommeil, maintenant deux. Je m'étais assoupi plusieurs fois, pour me réveiller aussitôt, paniqué. J'avais refait à chaque fois le tour de la maison, revérifié mon téléphone et mes mails. Rappelé Heath sans m'inquiéter de ses propres besoins de sommeil. Tout ça pour comprendre une fois de plus qu'elle était partie, et m'inquiéter jusqu'à que mes yeux ne tiennent plus ouverts.

J'entendis la porte principale se refermer. Clay était revenu jeter un coup d'œil. S'il n'avait pas été mon employé, il aurait probablement été plus explicite sur l'image que je devais projeter. Sur l'inanité de ma façon de réagir. Mais tout ce qu'on pouvait me dire n'y changerait rien. Les choses ne redeviendraient normales que quand elle serait rentrée. Si elle me donnait une chance de m'expliquer, j'arrangerais les choses.

Puis elle fut là.

Debout à côté de la table, vêtue d'un jean et d'un grand pull, l'air hésitant. Elle était plus proche qu'elle ne l'avait été depuis des jours mais semblait en même temps à des années-lumière de moi. Je me dégageai de ma chaise et m'avançai vers elle. Elle recula d'un pas comme si elle avait peur.

Je m'arrêtai net. Serrant les poings pour me retenir de la toucher, je m'efforçai de rassembler mes esprits, mais ce que je lisais dans ses yeux bleus limpides me déchirait le cœur.

– Mon cœur, je ne vais pas te faire de mal.

Elle déglutit, ses lèvres s'entrouvrant légèrement.

– Tu n'es pas en colère contre moi ?

– Non, je… Bon Dieu, viens là.

Je la ramenai vers moi, la soulevai du sol dès que je pus l'enlacer. Je mis la tête dans son cou et la respirai. Elle était plus enivrante que tous les alcools. Je prononçai son nom, encore et encore. Elle était rentrée. Saine et sauve. Dieu merci.

Je cherchai sa bouche, fis glisser mes lèvres sur les siennes avec révérence. Ce baiser me rappela celui qui avait scellé notre mariage. Jusqu'à que sa langue trouve la mienne. Douce d'abord, puis plus exigeante. Je gémis quand elle enfonça ses doigts dans mes cheveux, en saisit les racines. Je repris mon souffle, m'écartant suffisamment pour voir le feu renouvelé qui brillait dans ses yeux. Elle enroula ses jambes autour de ma poitrine, et je l'emportai dans le salon.

Je la déposai sur le canapé et couvris son corps du mien. La sensation de son petit corps chaud sous le mien avait un goût de paradis. Le désir me faisait frissonner, mais l'avoir déjà simplement près de moi me bouleversait. Je n'avais pas de mots pour ça. Je caressai sa joue, passai mon pouce sur ses lèvres entrouvertes.

– Bon sang, tu m'as manqué…

Quelque chose comme de la tristesse passa dans son regard. Avant qu'elle puisse expliquer pourquoi, je l'embrassai de nouveau. J'avalai toutes ces choses que je la savais vouloir me dire. Je l'embrassai, profondément et passionnément, jusqu'à ce qu'elle rompe le contact. J'avais envie de lui faire l'amour et d'oublier que ces deux derniers jours avaient même existé. Je voulais tout reprendre de zéro, mais je savais que ce ne serait pas si facile. À regret, je me redressai pour pouvoir la regarder dans les yeux.

– Il faut qu'on parle, dit-elle d'une voix haletante.

La tension noua mes muscles. Je n'allais pas la laisser me quitter. Peut-être qu'elle serait mieux avec quelqu'un de moins désaxé, mais je m'en fichais. Égoïstement, je me battrais de toutes mes forces pour la garder par tous les moyens.

Me préparant mentalement au déluge des réflexions qu'elle avait dû accumuler ces deux derniers jours, je m'assis. Elle fit de même, remontant ses genoux sur le canapé à l'opposé de moi.

– Il faut qu'on soit aussi loin pour se parler ?

– Je ne peux pas… Je n'arrive pas à penser clairement quand tu me touches, Blake, et j'ai besoin que tu m'écoutes.

Ma bouche s'assécha, mais je voulais savoir au plus tôt. Je refusais la torture des précautions oratoires.

– Tu veux me quitter ?

Ses yeux s'embrumèrent.

– Blake…

Une force invisible me frappa au plexus. Je frottai mes cuisses de mes mains, me préparant à faire tout ce qui devait l'être en cet instant.

– Tu avais raison. Je t'ai fait une promesse et je l'ai rompue. Je ne suis pas parfait, et je sais que ce n'est pas une excuse… mais il faut que tu saches que je t'aime, Erica. Plus que tout. Et je ferai tout ce qu'il faut pour te garder…

– Tu n'as pas à t'inquiéter pour ça, Blake, mais…

Une lueur d'espoir apparut au fond de mes craintes.

– Mais… mais quoi ?

– Blake…

Sa lèvre trembla et elle joua anxieusement avec l'ourlet de son jean. Je recommençai à craindre qu'il se passe quelque chose de terrible. Je voulais l'avoir près de moi, pour lui assurer que, quoi que ça puisse être, on pourrait s'en sortir. On avait déjà vécu l'enfer ensemble.

– Blake, je suis enceinte.

Tout l'oxygène disparut de la pièce. Tout devint noir et blanc, flou sur les côtés, excepté la femme assise devant moi. Ma femme. En couleur, en haute définition… les mots qu'elle venait de prononcer résonnant aussi clairement qu'un angélus.

Enceinte.

Plusieurs secondes s'écoulèrent vainement tandis que je m'efforçais d'assimiler ce qu'elle venait de dire. J'inspirai finalement un air dont mes poumons avaient bien besoin, et qui apporta un peu d'oxygène à mon cerveau flanchant.

– Tu le sais depuis quand ?

– Je viens de l'apprendre. J'ai fait un test pendant

que j'étais au Texas. Enfin, plus exactement, Alli m'en a fait faire plusieurs, mais tous étaient positifs.

Je secouai la tête, espérant éclaircir tout ça.

– Attends… Au Texas ?

La tristesse revint dans son regard.

– Je suis allée parler à Michael. J'espérais qu'il nous aiderait.

Au fond de moi, je me traitai de tous les noms pour lui avoir fait croire qu'elle devait faire ça.

– Ma belle… Pourquoi faire une telle chose ?

– Parce que je savais que tu ne le ferais pas.

Je fermai les yeux. Elle avait raison, mais plus rien de tout cela n'avait d'importance, maintenant. Je les rouvris et l'attirai vers moi. Nous n'avions pas besoin de cette distance. Elle vint de son plein gré, s'installa à califourchon sur mes cuisses.

Je touchai sa joue et tins son visage, portant ma bouche à la sienne, suivant la courbe de son menton jusqu'à sa gorge qui pulsait sous mes lèvres. Je voulais la toucher partout, comme si ça allait tout rendre réel. Cette folle chose qu'on ne pouvait pas voir. Rien n'était différent vu du dehors, mais les mots qu'elle venait de prononcer avaient soudain tout changé. Tout.

– Tu es vraiment enceinte ?

J'avais besoin d'entendre encore ces mots. Elle continua de mâchouiller sa lèvre jusqu'à que je la libère du pouce.

– Je voulais attendre pour te le dire…

– Pourquoi ?

Elle baissa les yeux, joua avec le col de ma chemise.

– Je ne sais pas. Juste au cas où, tu vois, ça ne durerait pas. Je m'étais dit qu'il valait mieux que tu n'aies pas à vivre ça toi aussi.

Ma détermination se renforça, et je chassai la possibilité d'une fausse couche de mon esprit. Le fait qu'elle était enceinte était trop nouveau, trop extraordinaire pour le diluer dans les inquiétudes. Je lui relevai le menton, dirigeai son regard vers le mien.

– Tout va bien se passer. Je te le promets. Et quoi qu'il arrive, je serai là. Je veux vivre ça de bout en bout à côté de toi.

Ses lèvres tremblèrent.

– J'ai besoin que tu sois là, Blake. C'est ce que tu ne comprends pas. Je ne peux pas y arriver seule. Je ne veux pas élever un enfant seule, sans père. Je sais ce que c'est, de ne pas avoir cette part de soi, et je ne vais pas rester là à les regarder nous priver de toi.

La façon dont elle le dit fit battre mon cœur plus fort.

– Je ne permettrai pas que ça arrive. On va être une famille.

Ces mots étaient étrangers à ma bouche, mais instinctivement je savais que c'était vrai. En un battement de paupières, notre avenir avait pris un sens nouveau.

– On ne peut pas simplement compter sur notre bonne étoile. Il faut trouver Trevor et mettre fin à tout ça. Promets-le-moi.

– Je te le promets, répondis-je sans même y réfléchir.

Le fait que j'avais pu me disputer avec Erica pour une telle chose me paraissait soudain absurde. À quoi je pensais…

Ses yeux s'éclairèrent, brillants de larmes.

– Tu es vraiment sincère ?

– Je n'ai jamais été plus sûr de ma vie.

– Alors, comment va-t-on le trouver ? Si Michael ne peut pas nous aider, je ne vois pas vers qui on va pouvoir se tourner.

Même si je n'avais aucune intention de le suivre, j'avais déjà un plan.

– J'ai besoin du code qui a été utilisé pour trafiquer les machines. Trevor fait du travail bâclé. Il ne peut qu'avoir laissé derrière lui des choses qui le trahiront.

– Tu ne crois pas qu'après tout ce temps les Fédéraux auraient trouvé, s'il y avait quelque chose ?

– Pas nécessairement. C'est mon code. Ça a beau faire dix ans, je le connais dans ses moindres détails. Et puis, ce sont des gentils. Ils ne sont pas aussi retors que moi. Trevor est un hacker. Il faut lui ressembler pour le comprendre, je suppose.

– Et comment va-t-on obtenir le code ?

– Ils ont les yeux braqués sur moi, Erica. Sans ça, je suis sûr que je pourrais me le procurer.

– Sid pourrait ?

Je haussai les épaules.

– Peut-être. Ça dépend s'il est prêt à courir ce risque.

– Il a déjà fait des recherches non conventionnelles pour moi.

Je souris, une sensation étrange. Ça faisait donc si longtemps que je n'avais pas souri ? Il s'était écoulé des jours depuis qu'elle était partie.

– Des recherches non conventionnelles ? C'est comme ça que ça s'appelle, maintenant ?

– Je ne juge pas ce que tu fais, Blake. Je ne suis peut-être pas toujours d'accord, mais je sais que tu es honnête. Sid l'est, lui aussi. Ses règles éthiques sont probablement plus compatibles avec ma notion de la normalité, cela dit.

– D'accord. On va voir ce qu'il en dit.

J'attrapai une boucle de ses cheveux blonds et en fis rouler les mèches soyeuses entre mes doigts. Notre bébé allait-il être blond ? Aurait-il des yeux bleus qui me fascineraient tous les jours, comme ceux de sa mère ?

– Gove est au courant, pour Trevor ?

Je secouai la tête, arraché à des pensées autrement plaisantes. La culpabilité reprit le dessus.

– Vas-tu au moins lui en parler et voir ce qu'il en pense ? Evans ne te croira peut-être pas, mais ça suffirait peut-être tout de même à ce qu'ils te lâchent un peu.

Cette tension dans mon estomac revint, pour disparaître aussitôt. Je n'en étais pas certain, mais je crois que c'est ce qu'on appelle avoir pris une bonne leçon.

– Je lui parlerai demain.

Ses lèvres s'incurvèrent en un sourire, et l'anxiété dans l'océan sans fin de ses yeux disparut.

– Tu m'as manqué, chuchota-t-elle en m'embrassant suavement.

Je la pris dans mes bras et la serrai comme si elle pouvait disparaître. Sa langue se glissa entre mes lèvres, exploratrice et excitante. Elle était veloutée, moelleuse. J'y mis la même passion, me délectant du plaisir singulier qu'étaient son goût, son contact, son parfum exquis.

Je pouvais dire d'après ses mouvements lascifs et la façon sensuelle dont elle se mouvait au-dessus de moi qu'elle attendait. Elle attendait que je prenne ce qui m'appartenait – son corps, son plaisir. Bon sang, j'en avais follement envie, mais quelque chose me retenait. La femme que je tenais dans mes bras n'était plus la même.

* * *

ERICA

Le bruit de la porte de la douche se refermant me tira de ma torpeur. Je m'étirai dans les draps. La fatigue passée disparut à mesure que je recouvrais mes esprits. Le réveil indiquait 22 heures, je n'avais donc dormi que quelques heures. J'enfonçai ma tête dans l'oreiller et regardai le plafond. Surtout, Blake était revenu à la raison, et pour la première fois depuis des jours je me sentais soulagée.

J'étais heureuse d'être rentrée, aussi. De retour dans le lit conjugal, et dans les bras de Blake. Sauf que ce n'était pas allé plus loin. Depuis que je lui avais annoncé ma grossesse, il semblait dans l'expectative, comme si j'allais me casser s'il laissait la moindre trace de passion s'insinuer dans ses doigts.

Peut-être que les hormones avaient pris le dessus. Peut-être que j'avais simplement envie de cette proximité avec mon mari, tout autant que d'habitude. Peut-être que la façon dont j'aimais Blake s'était transformée, à l'idée que je portais notre enfant, que nous avions créé la vie ensemble. Quelle qu'en soit la raison, j'avais sacrément envie de lui, et je n'allais pas le laisser nous en priver, ni lui ni moi.

L'eau cessa de couler, et peu après Blake émergea, une serviette autour de la taille. Sa poitrine était fièrement dénudée, des gouttes ruisselaient de ses cheveux mouillés. Il avait le corps d'un dieu, ce qui ne calmait vraiment pas ma libido en folie. Je me rehaussai sur mes coudes pour profiter de manière éhontée du spectacle.

– Je t'ai réveillée ?

Je secouai la tête, relevant les commissures de mes lèvres en un sourire suggestif.

– Viens te coucher.

– Tu as voyagé toute la journée. Tu devrais te reposer.

– Je suis fraîche et dispose. Viens là.

Je repliai les genoux. La friction entre mes cuisses et l'image de ce qu'il pouvait précisément me faire au même endroit firent aussitôt grimper ma température.

Sa langue caressa lentement sa lèvre inférieure.

– J'arrive dans pas longtemps. Il faut que je travaille un peu.

Merde.

Je quittai le lit et marchai vers lui. Je n'attendis pas qu'il m'y invite. Je ralentis pour planter mon regard dans ses yeux magnifiques, maintenant d'une teinte de vert à faire fondre mon cœur.

Mes mains effleurèrent son torse.

– Je t'aime.

– Je t'aime aussi. (Ses yeux furent assombris par l'émotion.) J'aimerais que les mots suffisent à exprimer mes sentiments, Erica. Je te l'ai dit cent fois, mais chaque jour je t'aime plus, et les mots restent les mêmes.

Mon cœur se serra. Je détestai qu'il ait été blessé à ce point. Il était propre et rasé maintenant, frais et alerte, mais quand j'étais rentrée, c'était une épave. Je ne l'avais jamais vu dévasté à ce point.

Je n'aurais jamais dû le laisser aussi soudainement. Je savais qu'il m'avait pardonné, mais une partie de moi voulait expier mes actes. Je voulais nous réunir. Je voulais réunir nos corps.

– Je n'aurais jamais dû partir comme ça. J'étais furieuse, et si effrayée…

– Je sais, répondit-il calmement.

Après avoir quitté Blake en lui laissant un rappel des engagements que nous avions pris, j'avais beaucoup réfléchi à nos vœux et à ce qu'ils signifiaient – leur symbolique et les mots en eux-mêmes. Il s'agissait de promesses à partir desquelles on pouvait construire, et non pas de lois qui attendaient d'être violées. Nous étions humains. Imparfaits. Encore jeunes de bien des façons, même si nous avions très largement fait connaissance avec les réalités du monde.

Nous nous étions blessés l'un l'autre. Nous avions échangé des coups puissants, puis nous avions retrouvé la voie de l'amour et de la compréhension. Nous avions changé. Nous avions appris. Et chaque dure leçon nous avait rapprochés durant notre odyssée.

Rien ne pouvait ébranler mon amour pour Blake, et ce soir mon vœu était de me battre pour cet amour. J'enfonçai les doigts d'une main dans ses cheveux, et de l'autre main caressai sa mâchoire sculpturale. Mon magnifique amant.

– Même si on se dispute et que ça déraille, on trouvera toujours un moyen de réparer. Je te le promets.

– Tu n'imagines même pas à quel point j'avais envie de croire que c'était vrai. (Il repoussa une mèche de mes cheveux derrière mon oreille.) Mais ç'aurait tout de même été plus facile si tu avais répondu à mes messages.

Je fermai les yeux.

– Je suis désolée.

Sa douleur résonna en moi.

J'avais dit les mots, mais j'avais besoin de lui en montrer la réalité. Et ce que je ressentais ne pouvait être exprimé par une simple caresse. Amour et désir, tous deux hautement inflammables, alimentaient la petite fournaise qui brûlait déjà en moi.

Je pressai mes lèvres sur sa poitrine. Laissant filer mes doigts le long des masses dures de ses abdos, je trouvai le nœud de sa serviette, et tirai.

– Erica…

Je lui soufflai de ne rien dire et laissai tomber la serviette sur le sol. Je fis voltiger ma langue sur le disque soyeux d'un de ses tétons, jusqu'à le rendre sensible au moindre souffle. Puis je fis de même avec l'autre. Je couvris sa clavicule de baisers, puis son cou, que je suçai insolemment jusqu'à lui arracher un gémissement. Il palpa mes fesses, me serra contre lui. Son érection était immanquable, chaude contre ma peau.

Je fus envahie d'un pur plaisir féminin. Je voulais le satisfaire. Je voulais tout lui donner ce soir.

J'ôtai mon tee-shirt, et ses mains se posèrent sur moi, me caressant jusqu'à que j'en frissonne. Le regardant dans les yeux, je me mis lentement à genoux.

Je laissai glisser mes mains le long de ses jambes fermes, révérant les courbes de son corps d'une tonicité impressionnante. De ses lèvres sculpturales à ses pieds, c'était un spécimen remarquable. Heureusement pour moi, son cœur était aussi beau que toutes les autres parties de son corps.

Je posai mes mains sur mes hanches. Je fermai les yeux et me penchai en avant, laissant mon front reposer contre lui. Je soupirai d'aise, tellement heureuse d'être là en cet instant. Nonobstant l'excitation et le plaisir qui s'ensuivait toujours, une partie de moi avait toujours été un peu rétive à cette position. Mais quelque chose était différent ce soir.

Je ne m'était jamais crue naturellement soumise, malgré tout ce que Blake avait pu vouloir ou avoir besoin que je le sois. Je serais toujours prête à mener tout combat qui le méritait.

Je n'étais pas soumise… mais amoureuse. Profondément et irrévocablement. Et j'appartenais à Blake maintenant, d'une façon que je n'avais jamais connue auparavant. Et il était mien. Je n'en doutais pas le moins du monde.

Maintenant, tout ce que je désirais, c'était la force de ses mains sur moi, son corps puissant me donnant le plaisir que lui seul pouvait me donner. Je voulais sentir la domination de son contact et, par ma soumission, lui donner ce dont il avait besoin et que je désirais.

– Pas ce soir, Erica.

Je levai la tête, pour le regarder.

– Je t’ai fait vivre un enfer, tu te souviens ?

Il se laissa tomber devant moi, ses genoux heurtant le sol. Ses yeux fixèrent les miens.

– Ça n’a aucune importance. Je t’ai déjà pardonné. Tu méritais mieux que la façon dont je t’ai planté là l’autre jour.

Il m’embrassa tendrement.

– Pardonne-moi.

– Seulement si tu me fais l’amour, murmurai-je.

Chapitre onze

BLAKE

Bon sang, que j'avais envie d'elle ! Je désirais tout ce qu'elle m'offrait. J'envahis sa bouche à grands coups de langue, à la façon dont je voulais pénétrer les profondeurs de son corps, avec un élan si éhonté qu'elle sentirait encore ma présence le lendemain. Nos mains s'affolèrent. Nos bouches se fondirent. Je me relevai et l'emportai sur le lit. Me glissant dans l'espace entre ses cuisses, je grimpai sur elle.

Nos membres se mêlèrent, avides et exigeants. Je fermai les yeux et la sentis tout autour de moi. Ses douces caresses se firent plus impatientes. Mes hanches heurtèrent sèchement les siennes en réaction à la course de ses ongles sur mon dos.

– Putain de merde !

Je laissai retomber mon front dans l'oreiller à côté d'elle.

– Qu'est-ce qui ne va pas ?

Qu'est-ce qui n'allait pas ? Je n'arrivais pas à chasser de mon esprit l'idée qu'elle était enceinte. Voilà ce qui n'allait pas. À l'œil nu, rien n'avait changé. Mais la savoir enceinte, et qu'elle portait ce qui serait peut-être notre unique chance d'avoir un enfant, stoppait net mes ferventes ardeurs. Soudain, rien n'avait plus d'importance que ce fait, et la baiser comme une bête en rut n'était pas un risque que je pouvais prendre – et si je la blessais ?

Elle me dévisagea l'air interrogateur.

– Qu'est-ce qu'il y a ?

– J'ai peur de te faire mal, dus-je reconnaître.

Elle haussa les sourcils.

– Me faire mal ?

– En te baisant trop fort. Je ne sais pas… faire mal au bébé, je suppose.

Elle sourit.

– Tu es bien monté, Blake, et c'est impressionnant, mais je te le promets, tu ne vas pas faire de mal au bébé.

Je la regardai intensément, avec une profonde envie de la croire.

– Je ne tiens rien pour acquis.

– Ça fait des semaines que tu me fais l'amour, et je vais bien.

– Je ne peux pas m'en empêcher. Tu le sais aussi bien que moi.

Mes pensées s'évadèrent, tandis que je m'aventurais sur sa poitrine, sur les courbes de ses seins. Quand je me vis prendre entre les dents cette petite boule rose tendue, un flot de sang envahit mon sexe déjà gonflé.

Elle me fit retomber sur le dos et me chevaucha. Même si le spectacle me mettait l'eau à la bouche, je n'étais toujours pas dans le bon état d'esprit. Peut-être que si je la prenais à ma façon…

Elle fit pivoter ses hanches, ramenant sur moi le tissu humide de sa culotte. Je laissai échapper un grognement de frustration. Cette culotte devait disparaître…

– Tu ne m'aides vraiment pas, tu sais…

J'avais juste envie de l'empaler sur ma bite.

Ses yeux brillaient tandis qu'elle se mordait la lèvre inférieure.

– Alors, pourquoi j'ai l'impression que tu veux juste me baiser comme une bête sauvage en cet instant même ? me répondit-elle.

C'était une version très édulcorée de ce que je voulais lui faire. Je voulais la prendre sur mes genoux et la fesser jusqu'à qu'elle en hurle. Je voulais passer mes dents sur sa peau et la sentir frissonner à l'orée de la douleur. Je voulais lui écarter grand les cuisses et la pilonner jusqu'au tréfonds. Sa bouche, sa douce petite chatte, et tous les autres endroits où elle m'accueillerait. Les bêtes sauvages étaient loin d'être aussi dépravées que moi.

– Tout le problème est là. Je ne me fais pas confiance, et tu ne devrais pas me faire confiance non plus.

Elle s'inclina sur moi, nous amenant poitrine contre poitrine. Sa peau douce, soyeuse, paradisiaque.

– Je te fais confiance pour me donner exactement ce dont j'ai besoin. Tu connais mon cœur et mon corps mieux que quiconque. C'est ce qui fait de toi mon mari, et non une bête sauvage.

Je retins ma respiration, me répétant intérieurement ce qu'elle venait de dire. Le sang pulsait à mes tempes, projetant désir et ardeur depuis mon cœur vers tous mes membres.

Elle entremêla nos doigts et frotta ses lèvres sur les miennes.

– J'aime bien tout de même que tu sois un peu sauvage. Je sais ce dont tu as besoin, Blake. Maintenant, donne-moi ce que je veux.

J'avais envie de lui faire l'amour depuis l'instant où elle avait réapparu. Bon sang, c'était un combat sans espoir.

Sans plus réfléchir, je la rebalançai sur le dos et lui arrachai sa culotte sans attendre. Je me concentrai sur la toison bouclée au-dessus de sa chatte onctueuse. L'eau me vint à la bouche, et je m'imaginai faire courir ma langue sur cette peau lisse, plonger dans le miel divin qu'elle enveloppait. Mais autant j'en avais envie…

Mon regard lubrique croisa le sien. Sa poitrine se soulevait au rythme de ses halètements. Elle s'agitait sans cesse, et je sus exactement ce qu'elle voulait.

Je la pris par les hanches et la positionnai sous moi. Je ne pouvais plus attendre d'être en elle. J'appuyai ma bite contre l'entrée de sa chatte et m'enfonçai en elle.

Elle crispa ses ongles sur mon avant-bras et se cambra dans un sursaut. Je serrai les dents. Une petite voix lointaine me dit d'être doux quand je voulais la fracasser contre la tête de lit. J'obéis, décidé à la choyer ce soir et à garder en cage l'animal qui voulait que ce soit puissant et violent. Je le libérerais un autre jour.

Quand elle se laissa retomber, je pris ses lèvres.

– Parfait, lui murmurai-je.

Elle tremblait légèrement, les yeux dans le vague. J'adorais l'abandon qui envahissait ses traits quand les dernières barrières entre nous tombaient – quand je faisais partie d'elle, et quand elle s'était emparée de moi. Je ne me retirai que pour mieux la reposséder, lentement, en prenant mon temps, en frottant ma bite contre la partie innervée juste à l'entrée. La force avec laquelle son corps se contracta m'indiqua qu'elle avait eu raison. Je connaissais son corps. Je connaissais tous ses secrets.

Ainsi allait mon amour, centimètre par centimètre, coup de reins après coup de reins. Réguliers et mesurés. J'en perdais presque l'esprit.

Nos mains se serrèrent plus fort. Elle s'accrocha à moi, retenant l'orgasme que je sentais grandir dans chaque gémissement incontrôlé, dans chaque tressautement nerveux. La peau rougie, mon nom sur ses lèvres… elle s'en approchait. J'aurais pu jouir avec elle, mais quelque part dans les brumes de mon désir, je préférais me retenir. Je voulais lui donner une nuit de plaisir, pas un simple pic.

Je soulevai ses hanches, me calai sur ses mouvements, frappai cette cible cachée en elle, encore et encore. Sa chatte vibrait de spasmes qui rythmaient ses cris.

– Vas-y, Erica ! m'exclamai-je, si concentré sur son ascension que j'en oubliais la mienne.

– Je veux jouir avec toi.

Ma poitrine serrée et ma bite douloureuse me rappelèrent à quel point j'avais envie de céder aussi. Trop de temps s'était écoulé. Trop d'émotions m'avaient déchiré en son absence, et tout ça me revenait d'un coup.

– Erica.

Je me raidis pour maîtriser le besoin presque violent de la pilonner vite et fort. Je pouvais presque sentir la promesse de jouissance.

Son sexe se referma sur le mien. Ses ongles agrippèrent ma poitrine. Tout devint rouge, et le hurlement qui m'échappa résonna dans la pièce, ponctué par les cris filants et haletants d'Erica.

* * *

ERICA

Je m'éveillai, enveloppée de la chaleur de Blake. Je m'étirai, m'incurvant contre son corps. Je me retournai, pour m'apercevoir qu'il était déjà habillé, une odeur de café flottant encore sur lui.

– Bonjour, me dit-il.

Je souris. Il avait l'air mieux. Et de mon côté, j'étais

sacrément plus en forme. Je jouais avec ses cheveux, les ébouriffant juste comme il l'aimait.

– La nuit dernière était incroyable.

Un pli d'inquiétude se forma sur son front.

– Comment te sens-tu ?

Je cataloguai mentalement les comptes rendus des diverses parties de mon organisme. Chaque jour semblait légèrement différent, et maintenant que je savais que j'étais enceinte, je comprenais pourquoi.

– Hormis une fatigue chronique, qui paraît être ma nouvelle réalité, je me sens bien.

Il posa une main sur ma poitrine, fit glisser ses ongles jusqu'à mon nombril. Il n'aurait pas pu exprimer ses pensées plus distinctement. J'immobilisai sa main.

– Blake, vraiment, je vais bien.

– Je ne fais que demander.

Il avait parlé d'une voix innocente, mais je savais à quoi m'en tenir.

– Dis-moi, je vais devoir t'attacher chaque fois que j'ai une envie obscène ?

Il m'adressa un regard noir.

– Je suis sûr que ce ne sera pas nécessaire.

Je souris, une idée me venant à l'esprit.

– Je ne sais pas. Si tu es tellement anxieux de me blesser, peut-être que tu devrais me laisser les rênes jusqu'à que ça te passe.

– Très drôle, maugréa-t-il sèchement.

– Je n'essayais pas d'être drôle.

Je faisais semblant d'être sérieuse, mais il l'était bien assez pour nous deux.

– Je crois que tu sais que je ne peux pas faire ça.

Son ton était faussement calme, ses paroles tout à fait explicites.

– Tu ne peux pas ou tu ne veux pas ? insistai-je.

Il fronça les sourcils.

– Les deux. Je crois que nous avons fait la preuve que les entraves sont au-delà de mes limites.

J'ouvris de grands yeux et glissai ma main sous sa chemise, appréciant les muscles bosselés qui menaient à une certaine excroissance dans son pantalon.

– Être dominé n'est pas si mal, Blake. Ça peut être amusant, à petite dose.

– Tout en moi hurle un grand « non » quand tu dis de telles choses. C'est courir droit à la catastrophe.

Je souris, fit claquer ma langue de manière provocante.

– Qu'est-ce qu'on va bien pouvoir faire de toi, Blake ?

Il pinça les lèvres et m'amena possessivement sur lui.

– J'ai bien quelques idées.

Son regard incendiaire me stimula.

– Moi aussi. Maintenant, il ne reste plus qu'à te convaincre.

Je parsemai son menton de petits baisers, pris le lobe de son oreille dans ma bouche et le mordillai. Il gronda, redressa ses reins – si bien que son érection entra en contact avec mon clito. J'étais encore chaude et extrêmement sensible. S'il ne faisait pas attention, il allait devoir changer de jean.

La chaleur envahit ma peau, et les souvenirs de la nuit précédente m'envahirent. Peut-être que le convaincre de ne plus se retenir ne serait pas si difficile, finalement. Nous n'étions plus qu'à quelques secondes de nous arracher nos vêtements l'un l'autre.

Sauf que la dernière fois que j'avais pris l'initiative dans la chambre, Blake avait indéniablement été secoué. D'un autre côté, il ne s'était pas attendu à ce que je le ligote au milieu de la nuit.

– Je t'ai pris par surprise, la dernière fois. Donne-moi une autre chance.

Il repoussa l'idée d'un rire, cela m'incita plus encore à insister.

– Écoute, c'est toujours toi qui contrôles mon plaisir.

– Et tu adores ça, coupa-t-il crûment.

– C'est vrai, mais je mentirais si je disais que je n'ai jamais pensé à faire la même chose. Il n'y a pas que le rêve de puissance, tu sais. Pour les choses qu'on fait… tu donnes toujours plus que tu ne reçois.

– Et alors ? Tu veux dire que tu veux inverser les rôles ?

Je me redressai, renfrognée.

– Peut-être.

Le côté direct de sa question avait empourpré mes joues. Finalement, l'idée de prendre le contrôle me plaisait plus que je ne l'aurais cru.

– Et cette… domination… impliquerait… ?

Il ramena les bras derrière sa tête avec un sourire désarmant.

Un petit frisson me parcourut.

– Eh bien, tu n'es pas vraiment ce que j'appellerais *obéissant*, a priori. Il faudrait donc commencer par un dressage vigoureux, que tu apprennes à connaître ta place.

– Qui est… ? demanda-t-il d'une voix grave et vibrante qui résonna en moi.

Je laissai échapper un petit ronronnement et me penchai sur lui.

– Sous moi, murmurai-je contre ses lèvres, en passant ma main sur sa bite turgescente. Sauf si je veux que tu sois ailleurs, évidemment.

Il gronda et rehaussa ses reins vers ma main impatiente.

– Je suis sous toi en cet instant même. Il semblerait qu'une récompense soit de rigueur.

– N'en demande pas trop.

Je souris intérieurement, de savoir combien de fois il m'avait dit la même chose. Il n'était patient que lorsqu'il s'agissait de me titiller. Quand son propre désir serait en jeu, sa position pourrait bien changer.

Il plissa les yeux.

– J'ai créé un monstre.

– Tu peux m'appeler Maître, plaisantai-je avec un sourire coquet.

Il rit encore.

– Je crois que Maîtresse serait plus approprié, en ces circonstances.

– Je crois que j'aime bien la façon dont ça sonne.

Une partie de moi ne pouvait pas croire que nous avions cette conversation, même s'il ne faisait que se prêter à mon jeu. D'un autre côté, j'étais rentrée depuis moins de vingt-quatre heures de la mission que m'avaient confiée mes hormones : parler à Michael et donner à Blake une leçon qui s'était révélée cuisante. Qui savait ce qu'il pensait vraiment en cet instant ?

Mais son regard malicieux le trahissait.

– Je suis intrigué. À quand la première leçon ?

– Peut-être ce soir, mais seulement si tu te tiens bien, répondis-je d'un ton léger.

Je n'avais aucune idée de ce que je faisais, mais ça pouvait devenir amusant s'il laissait ça se développer.

Il libéra ses mains et me caressa paresseusement les cuisses.

– Tu veux dire que tu vas m'envoyer travailler avec en tête des images de toi me chevauchant toute la nuit ?

Je me rembrunis.

– Tu travailles, aujourd'hui ?

Nous avions jusqu'ici toujours réussi à garder les week-ends pour nous. Et, après la semaine que nous venions de vivre, je pensais qu'on le méritait maintenant plus que jamais.

– Je pensais aller voir Gove et lui parler de Trevor.

– Oh ! m'exclamai-je.

Là, je ne pouvais rien dire. Je sentis ce qu'il restait de mon stress commencer à disparaître, de savoir qu'on allait enfin dans la bonne direction.

À contrecœur, je libérai Blake et quittai le lit pour vaquer à mes occupations. On descendit, et je décidai de me faire une tasse de thé. Blake vint se glisser derrière moi et m'embrassa dans le cou avant de tout me prendre des mains pour le préparer lui-même.

– Je m'en occupe. Va t'asseoir.

– Tu me gâtes, opinai-je en allant m'asseoir derrière l'îlot central.

– Il va falloir t'y habituer. Qu'est-ce que tu veux pour le petit déjeuner ?

Je retroussai le nez. Mon estomac était toujours aux abonnés absents.

– Pas faim.

Il pinça les lèvres d'une façon qui me fit comprendre qu'il n'était pas satisfait de ma réponse.

Il s'éclaircit la gorge, regarda dans le réfrigérateur et en sortit des fruits déjà coupés en dés avec un pot de yaourt.

– Pendant que tu dormais, j'ai pris rendez-vous chez le médecin pour toi.

– Tu as choisi un médecin sans moi ?

– Le docteur Henneman est la meilleure obstétricienne de la ville, et tu n'auras que le meilleur pour toute cette partie-là. Je serai intraitable à ce sujet.

Toute vulnérabilité que j'avais pu voir précédemment dans son regard avait disparu. Je n'étais pas certaine de l'instant où la passation de pouvoir avait eu lieu, mais c'était bien le cas.

J'ouvris de grands yeux.

– Je vois que tu es de retour aux commandes.

– Quand il s'agit de ta santé, ce sera toujours le cas. Avec tout ce que ton corps a enduré, je veux que toi et le bébé receviez les meilleurs soins.

Le bébé. La façon dont il l'avait dit paraissait si certaine. Avec toutes les probabilités contre nous, j'avais eu du mal à me convaincre que dans neuf mois je tiendrais un bébé dans mes bras. Mais je me raccrochai à la foi que j'avais professée à Blake dans les îles. J'allais y croire, tant qu'on ne me dirait pas le contraire.

– D'accord.

– Tu as rendez-vous lundi. Je l'ai fait confirmer.

Je bus une gorgée de thé.

– Tu viens avec moi ?

– Je serai avec toi tout le temps, je te le promets. (Il déposa un petit bol de baies et de morceaux de melon surmontés d'une bonne cuillerée de yaourt devant moi.) Maintenant, essaie de manger un peu, s'il te plaît.

Chapitre douze

ERICA

Je réfléchissais à la façon dont j'allais passer la matinée sans Blake, quand Alli appela.

– Salut ! Je me suis dit que j'allais t'appeler pour voir si tout allait bien.

– Oui, tout va bien, répondis-je en souriant.

Elle laissa échapper un soupir de soulagement.

– Dieu merci… Je ne supporte pas quand vous êtes en froid tous les deux.

Je sentis renaître ma culpabilité, maintenant que je voyais les choses d'une autre manière et que j'avais mesuré à quel point Blake avait été bouleversé. Je n'imaginais même pas ce qu'il avait dû faire subir à Heath, de ne pas savoir où j'étais.

– Je suis désolée, Alli. Je n'aurais pas dû t'entraîner là-dedans.

– Ça va. Tu avais besoin de mon soutien, et je suis là pour ça. Je suis contente que tout soit arrangé.

– C'est le cas. Tout est réglé.

– Super. Eh bien, je vais vous laisser à vos retrouvailles.

– De fait, Blake est allé en ville pour voir l'avocat. Je me contente de tuer le temps.

– Ah… Dans ce cas, que dirais-tu d'une petite thérapie

lèche-vitrine ? J'ai besoin de réapprovisionner ma garde-robe, maintenant qu'il fait un peu froid.

– Bien sûr, ne pus-je que répondre à une aussi plaisante proposition.

Une heure plus tard, j'étais sur Newbury Street, à faire les boutiques avec Alli. On papota, on rit, on échangea des conseils quand on hésitait entre deux achats. J'achetai plus de choses que je ne l'aurais cru, bien que nous soyons venues pour renflouer la garde-robe d'Alli et non la mienne. Mais après un mois de voyage avec Blake qui ne s'interdisait aucune dépense nulle part, je commençais à m'habituer à un niveau de vie bien plus élevé. Par ailleurs, savoir que je dépensais mon propre argent et non celui de Blake ne pouvait qu'aider. La vente des parts de Clozpin m'offrait toute latitude financière, sans que je doive puiser dans notre compte joint pour autre chose que les dépenses courantes. Blake pouvait bien s'en plaindre, je n'en avais cure. Je tenais à mon indépendance financière et au fait que je l'avais gagnée.

Après quelques heures de shopping, on se réfugia, Alli et moi, dans un petit restaurant méditerranéen pour le déjeuner. Mon embarras matinal avait disparu et j'avais une faim de loup. On se partagea quelques hors-d'œuvre, simple mise en bouche.

Alli sirotait son vin. La lumière dansa sur le liquide et fit miroiter une pierre rouge suspendue à une chaîne épaisse et courte qui lui ceignait le cou.

– C'est nouveau ? C'est joli.

Elle la caressa du bout des doigts.

– Merci. Heath me l'a offerte il y a un petit moment. Mais je la trouve un peu trop voyante pour la porter au bureau, alors tu ne l'as probablement jamais vue auparavant.

Je la trouvai de bon goût puis me demandai s'il ne la lui aurait pas offerte pour une autre raison. Leur relation n'avait pas toujours été stable, mais depuis son retour de désintox, elle était devenue extrêmement solide. Ils avaient été inséparables durant le mariage. Je ne pouvais pas manquer les étoiles qui dansaient dans les yeux d'Alli, et une partie de moi espérait que la magie de notre grand jour communiquerait à Heath l'envie de franchir le pas avec elle. Je la savais prête. Peut-être qu'il l'était aussi.

– Comment ça va, entre vous deux ?

– Bien. Ça a un peu soufflé au moment où on a quitté Clozpin, toutes les deux, mais ça va, maintenant. Mieux que jamais.

Je baissai les yeux vers ma serviette et me demandai si Sophia avait quelque chose à voir avec tout ça. C'était moi qui avais averti Alli que Heath avait pu avoir un passé pas si innocent que ça avec Sophia. J'espérais sincèrement que ça n'avait pas ouvert un fossé entre eux ; mais après ce que Sophia nous avait fait vivre à toutes deux, je m'étais dit qu'Alli devait connaître la vérité – au moins dans les limites de ce que j'en savais. Seuls Heath et Sophia savaient tout de ce qu'il s'était passé.

– Il vous est arrivé de parler de Sophia, tous les deux ?

Elle hocha la tête et mâchonna sa salade en silence. Je me traitai immédiatement d'idiote pour avoir formulé mes pensées à haute voix.

– Désolée, Alli. Je ne voulais pas être indiscrète. C'est entre vous deux.

Elle haussa les épaules.

– Pas de problème. Je n'essaie pas de te le cacher. C'est juste que… si Blake savait, je crois que ça pourrait créer un malaise entre eux deux. Ça ne me plairait pas plus qu'à toi.

Je fus de nouveau en colère contre Sophia, cette fois pour Alli. Non seulement elle avait perdu son boulot à cause de cette sorcière malfaisante, mais elle avait fort probablement, en plus, dû être confrontée au fait que cette dernière avait couché avec Heath. Si ce qu'elle avait ressenti ressemblait à ce que je ressentais à l'idée que Sophia avait aimé Blake et l'aimait certainement encore, ça avait dû lui faire mal.

– Ne te sens pas obligée de me parler de choses que tu n'as pas envie de me dire, mais tu peux être certaine que je ne laisserai jamais plus Sophia foutre en l'air nos vies. Elle a fait assez de dégâts. Elle trouvera peut-être toujours un nouveau moyen de m'atteindre, mais en tout cas je ne me laisserai plus faire. Je me le suis juré le jour où on a quitté Clozpin.

Alli laissa échapper un long soupir.

– Eh bien ! la vérité, c'est qu'après qu'elle m'a viré, j'ai mis les points sur les *i* avec Heath. Je lui ai laissé entendre – en me montrant peut-être très légèrement explicite – que je savais qu'il avait pu y avoir un peu plus que de l'amitié entre eux deux. Je lui ai dit que je voulais connaître la vérité, même si ça faisait mal à entendre.

Ses sourcils se rapprochèrent tandis qu'elle regardait par la fenêtre.

– Et qu'a-t-il dit ?

Elle se retourna vers moi et me regarda dans les yeux.

– Il ne l'a pas nié. Je dois lui reconnaître ça.

– Ils ont couché ensemble ?

Elle acquiesça, incapable de masquer son dégoût.

– Une fois. Ils faisaient la fête avec des amis communs, à l'époque. Ils étaient défoncés, évidemment. Blake était en voyage, alors il ne l'a jamais su.

Soudain, je haïs de nouveau Sophia.

– Et elle qui jure qu'elle l'aime…

– Apparemment, il y avait déjà de l'eau dans le gaz. Une chose en amena une autre. Les drogues et l'alcool. De mauvaises décisions. Heath ne l'a jamais dit à Blake parce qu'il ne voulait pas le blesser, en particulier après tout ce que Blake avait fait pour lui. Je suppose que Heath s'est toujours dit que Sophia se servait de leur amitié pour rester près de Blake.

– Ça ne m'étonnerait pas d'elle. Elle ne reculera devant rien pour récupérer Blake.

Elle me l'avait déjà prouvé par sa conduite méprisable envers moi.

– Même au plus bas, Heath a un cœur d'or. Je crois qu'il était trop gentil pour la mettre au pied du mur. Mais évidemment, il n'a plus eu de nouvelles dès que Blake a coupé tous les liens financiers. Rien de surprenant, je suppose.

Heureusement, Sophia avait disparu de nos vies depuis des mois. Je ne pouvais qu'espérer qu'elle avait abandonné l'idée de me reprendre Blake. On était mariés, avec un bébé en vue, maintenant. Je détestais le fait qu'une partie du passé de Blake lui appartienne, mais au moins son avenir était mien. J'en étais certaine.

Alli jouait avec son collier d'un air absent.

– Tu aurais préféré ne pas savoir ? demandai-je.

– Au début, c'est ce que je me suis dit. J'étais en colère, évidemment. Nous avions déjà eu bien assez de problèmes. Je n'avais pas envie de l'imaginer avec d'autres femmes, en particulier celle qui m'a virée aussi salement. J'étais furieuse, et aussi dévastée que toi à l'époque. Mais c'est la vie. Ça ne sert à rien de vivre dans le passé quand on a un avenir magnifique devant soi.

J'étais bien d'accord et je me sentis ragaillardie. Leur bonheur me faisait toujours cet effet-là. Ses joues s'empourprèrent, et elle regarda ailleurs.

– Quoi ?

– Rien, répondit-elle.

Quelques secondes s'écoulèrent, et son sourire mystérieux ne s'effaça pas de ses lèvres.

– Alli, ne joue pas à ça. Crache le morceau.

Elle secoua la tête.

– Bon sang ! je n'arrive pas à croire que je t'en parle. (Elle prit une longue inspiration et souffla précipitamment.) Heath et moi, on s'est dit qu'on allait se marier en douce.

J'en restai bouche bée.

– Tu es sérieuse ?

– Je n'ai jamais vraiment caché mes rêves de mariage, tu sais. On en a pas mal discuté, et on penche pour cette façon de faire.

– J'imaginais bien que vous en aviez parlé, mais je ne pensais pas que vous alliez filer et vous marier sans en parler à personne. C'est de la folie !

Elle haussa les épaules en souriant.

– Je ne sais pas. Plus j'y repensais, plus je trouvais ça romantique. D'autant que je me suis un peu sorti tous mes rêves de mariage de la tête à l'occasion du tien. Tu étais si accommodante que j'ai fini par y appliquer une bonne partie de mes idées.

Je fis un peu la moue.

– Oh, je suis désolée.

Elle s'esclaffa.

– Il n'y a pas de raison. J'ai trouvé ça formidable. C'était un mariage superbe. Je ne l'oublierai jamais et je n'ai pas le moindre regret. Tu méritais ce jour incroyable, et j'étais ravie de pouvoir y participer à ma manière.

Elle me sourit chaleureusement, et je sus qu'elle était sincère. On avait bien envisagé, Blake et moi, de se marier en secret, mais je savais que ses parents s'attendaient à une cérémonie et auraient regretté de la manquer. Et le jour venu, je n'avais pas regretté notre choix. Alli et Fiona avaient fait un boulot de préparation impressionnant pendant ma convalescence, sans oublier aucun détail, et grâce à elles la journée fut parsemée de cent instants particuliers avec d'innombrables petites touches personnelles.

Malgré toutes mes hésitations passées quant à un grand mariage en famille, une petite partie de moi voulait la même chose pour Alli. Mais au fond, je lui souhaitais ce qu'elle voulait. Mon rôle de meilleure amie était de la soutenir comme elle m'avait soutenue, quoi qu'elle décide.

– Et Heath est partant pour ça ?

– Oui. Je veux dire, il est tellement bonne pâte tout le temps. Et un mariage dans la plus stricte intimité est tellement plus son style. Au début, quand il a abordé le sujet, ça m'a un peu refroidie. J'avais envie qu'il me fasse sa demande, tu vois ? La bague, la robe blanche, la grande réception. Toutes ces petites choses dont j'avais toujours rêvé. (Elle secoua la tête et reprit.) Je ne sais pas. Je crois que j'ai finalement compris que ça ne se fait pas toujours dans l'ordre. J'ai passé la moitié de ma vie à imaginer mon mariage avec quelqu'un que je n'avais pas encore rencontré. C'était un peu idiot de se dire qu'on allait nécessairement vouloir les mêmes choses.

– Je suis sûr qu'il serait d'accord pour un grand mariage, si tu le voulais.

– Je sais qu'il le ferait. Mais sincèrement, plus j'y pense, plus je me dis que ce sera mieux s'il n'y a que nous.

Tous mes doutes sur leur projet s'envolèrent. Ils s'aimaient, avec une passion aussi particulière que la nôtre, à Blake et moi. Soudain, rien ne me parut plus romantique que de les imaginer sceller leur union seuls, en privé, entre les deux personnes les plus importantes.

– Ça a l'air vraiment romantique, Alli. Égoïstement, je serai triste de ne pas être là, mais je sais que ce sera merveilleux.

– On prendra des photos, sourit-elle. Beaucoup de photos.

Je pris sa main par-dessus la table, d'autant plus reconnaissante qu'elle fasse partie de ma vie. Quand elle était partie vivre à New York, quelques mois plus tôt, j'avais craint que notre amitié ne s'étiole. Les circonstances nous avaient réunies, et maintenant l'amour allait lier nos vies à jamais.

– Nous allons être belles-sœurs. Tu le crois, ça ?

Elle serra ma main, les yeux brillants.

– Pour moi, tu as toujours été ma sœur, alors la reconnaissance officielle sera un bonus.

– Tu as toujours fait partie de ma famille, Alli. Même quand je ne te rendais pas les choses faciles.

Sa bouche se pinça.

– Tu as toujours été flamboyante, mais je t'aime bien pour ça.

Je pris le temps de songer à son affirmation. Est-ce que j'étais flamboyante ? Je préférais « déterminée », mais peut-être les hormones qui prenaient le pas sur mon organisme avaient-elles grillé les plombs et altéré mes capacités de décision. Je n'étais pas vraiment convaincue, mais j'étais certaine que Blake aurait eu beaucoup de choses à dire à ce sujet, étant donné les événements récents.

– Je suis sûre que Blake serait d'accord. Heureusement qu'il est aussi indulgent que toi.

Son expression badine se fit plus sérieuse.

– Comment ça s'est passé, quand tu es rentrée ?

Je repensai à la veille au soir. Je savais que rentrer à la maison et expliquer mon absence à Blake n'allait pas être facile, mais il m'avait terriblement manqué. On avait tant de choses à se dire, tant de choses à faire. Cela m'avait brisé le cœur de le voir assis seul à la table. Maussade, les yeux dans le vague. Puis, soudain, il était revenu à la vie quand j'étais entrée dans son champ de vision. Le souvenir de sa douleur et de son affliction me serra de nouveau le cœur et je me languis de lui.

– Ç'a été intense, comme d'habitude. Parfois, on a du mal à accorder nos violons, surtout sur des sujets qui nous tiennent à cœur à tous les deux. Il est carrément obstiné et, franchement, moi aussi.

– Eh bien, j'imagine que vous avez trouvé un moyen terme, d'une façon ou d'une autre. Tu as l'air de ne pas avoir beaucoup dormi, conclut-elle avec un clin d'œil.

Un sourire se dessina sur mes lèvres.

– Ça s'est arrangé. On s'est parlé comme on aurait dû le faire avant mon départ. On s'est… réconciliés.

– Et… ? demanda-t-elle en haussant les sourcils.

Je n'avais jamais vraiment parlé à Alli de ma vie sexuelle avec Blake, et encore moins depuis qu'elle s'était liée avec son frère. Nous avions parlé de nos aventures dans le passé, mais j'avais toujours été trop accaparée par ma relation avec Blake pour vraiment entrer dans les détails. D'autant qu'ils auraient en grande partie frisé l'illégalité dans certains États. Je ne pouvais être certaine que la moitié des choses que nous faisions entre quatre murs n'allait pas horrifier ma meilleure amie. Mais aujourd'hui, peut-être était-ce le jour des confidences.

– Je crois que ma grossesse lui a fait un choc. Il ne sait plus trop par quel bout me prendre, dis-je en espérant rester simple.

Elle émit un petit bruit compréhensif et se tapota la lèvre. Ses yeux brillèrent malicieusement.

– Peut-être qu'il a besoin de motivation ?

– Je me fais peut-être des idées, mais j'ai l'impression que tu as quelque chose en tête.

Je n'arrivais pas à déchiffrer ses pensées.

– Peut-être. Je crois qu'on va devoir encore aller dans deux ou trois boutiques.

* * *

BLAKE

J'entrai dans le bar sportif à quelques pâtés de maisons du Fenway Park, le stade des Red Sox, et jetai un coup d'œil alentour. Dean était au bar, le regard fixé sur les téléviseurs. Sa tenue était décontractée, jean et polo. Une vieille casquette de base-ball enténébrait son regard. Je pris le tabouret près de lui.

– Pas de costume cravate ?

– C'est samedi. Et puis j'emmène les enfants voir un match de base-ball cet après-midi.

– Désolé. Je ne voulais pas parasiter ta vie familiale.

Pour la première fois de ma vie, je le pensais vraiment. J'avais toujours été un bourreau de travail sur des projets exigeant souvent l'expertise d'un avocat. Mais d'ici quelques mois, j'allais consacrer chaque minute disponible à notre petite famille.

C'était dur à envisager. Tout allait changer.

Dean s'éclaircit la gorge, interrompant mes rêveries.

– Je sais que je suis très populaire auprès de toi, mais à quoi dois-je ce plaisir ?

Je regardai les écrans qui transmettaient un autre match. Je n'étais pas encore prêt à entamer la confession de ce que je lui avais caché durant tant d'années. Ça paraissait étrange en y repensant, mais Dean était l'un de mes plus proches amis. Même si on ne s'était jamais fréquentés en dehors du travail, il me connaissait bien mieux que la plupart des autres. Les circonstances l'avaient exigé.

– Tu sais ce qu'il y a d'amusant ? Chaque fois que je te vois, c'est parce que quelque chose a tourné au vinaigre dans ma vie. Tu as de la chance que je ne t'en tienne pas pour responsable.

Il s'esclaffa.

– C'est toi qui te mets toujours dans des situations insensées, pas moi.

– Pas cette fois.

Il baissa les yeux vers le bar, fit tourner son dessous de verre en petits cercles.

– Alors, que se passe-t-il ? Qu'est-ce qui a tourné au vinaigre, cette fois-ci ?

– Du nouveau du côté d'Evans ?

La réponse m'intéressait, mais j'avais tout de même posé la question pour gagner du temps. Je n'avais pas eu de nouvelles de Dean pendant l'escapade d'Erica – et durant cette période, je n'aurais de toute façon rien écouté.

– Pas que je sache. Heureusement, tant lui que la police n'ont fait aucun progrès. En revanche, la commission électorale a effectué un recomptage des voix. Le poste de gouverneur va à l'adversaire de Fitzgerald. Fitzgerald n'a pas fait de communiqué depuis l'annonce de la nouvelle, vendredi. On verra bien cette semaine s'il a quelque chose à dire.

Une immense satisfaction s'empara de moi. Je savais que la réaction d'Erica à la nouvelle serait plus mitigée, mais il n'y avait rien de mitigé dans mon envie de voir Daniel ressentir tout le poids de cette défaite. Je voulais qu'il le ressente aussi profondément et aussi longtemps que possible. Il ne me semblait pas être homme à tolérer l'échec – un peu comme moi, en fait.

– Un week-end ne sera probablement pas de trop pour digérer la nouvelle, finis-je par dire.

– À l'évidence. Je suis sûr que son monde en est tout retourné. Heureusement, ça ne complique pas les choses pour nous.

Je n'arrivais pas à imaginer ce que Daniel allait faire après une telle humiliation publique, mais Dean avait raison se demander d'abord de quelle façon l'événement affecterait ma propre situation.

– En fait, je voulais te parler de l'élection, justement.

Il répondit d'un court hochement de tête, attendant à l'évidence une nouvelle confession.

– Je sais qui a manipulé les machines à voter.

Il m'adressa un regard éberlué.

– Tu peux répéter ?

– Je ne peux pas prouver que c'est lui, et c'est pour ça que je ne t'en avais pas parlé auparavant.

Il se tourna sur son tabouret et piqua un fard.

– Tu sais qui est derrière tout ça, et tu ne m'en as pas parlé ?

Je fis abstraction de sa réaction et m'employai à lui relater les faits en détail. Mon premier accrochage adolescent avec la police – qu'il connaissait ou dont il avait entendu parler –, les années d'acharnement de Trevor contre mes intérêts, et son partenariat toxique avec Max.

L'expression de Dean était passée de l'agitation au scepticisme, une qualité que j'estimais et pour laquelle je le payais bien.

– On dirait qu'il a de sacrés antécédents dans sa façon de te pourrir la vie. Tu crois que ce gosse aurait pu trafiquer une élection de gouverneur ?

– Quand il en a eu assez de lancer des attaques contre mes sites et ceux d'Erica, il s'est associé à Max et à une des anciennes collègues d'Erica pour créer un site concurrent du sien. Un travail bâclé, évidemment. Je l'ai démoli assez facilement, et ensuite il s'est évanoui dans la nature. Disparu des écrans radars. Jusqu'à maintenant. Il a fait grimper les enjeux, apparemment, et il m'est difficile de le rechercher parce que les Fédéraux ont les yeux braqués sur moi.

– Donc, tu te bats contre lui depuis quasiment aussi longtemps que tu me connais, et tu ne m'en as jamais parlé ?

Vu comme ça, je devais bien admettre que ça durait depuis longtemps. Heath avait raison, et Erica aussi. Trevor devait être mis hors d'état de nuire, d'une façon ou d'une autre.

– Je pensais qu'il ne méritait pas qu'on sorte la grosse artillerie, jusqu'à aujourd'hui.

– Putain de merde… (Il releva sa casquette et se frotta le front.) Bon, très bien. Comment on le trouve pour qu'Evans change de cible ?

– D'abord, on doit prouver qu'il l'a fait. Ensuite, il faudra le retrouver. Il est anonyme dans tous les sens du terme.

– Qu'est-ce que ça veut dire ? Tout le monde laisse des traces.

– Il n'y a pour ainsi dire aucun moyen de remonter jusqu'à lui. Erica l'a retrouvé une première fois, mais il a redisparu aussitôt après.

Il haussa les sourcils.

– Erica l'a retrouvé ?

– Je ne le cherchais pas. Elle le cherchait. Je suis sûr que si j'y avais mis un peu plus d'énergie, je l'aurais débusqué.

Il retint difficilement une grimace amusée.

– Bien sûr. Mais comment l'a-t-elle retrouvé ?

– Elle a découvert que sa mère vivait dans la région. Elle est allée la voir – sans mon assentiment, faut-il le préciser –, et les choses se sont un peu emballées. Quand elle est repartie, on n'a pas eu le temps de dire ouf que Trevor et sa mère avaient déménagé sans laisser d'adresse.

– Si on connaît son identité, c'est déjà quelque chose. Un début de piste, en tout cas.

– C'est vrai. J'ai juste besoin de creuser un peu.

Dean écarquilla les yeux.

– Ça, non ! Tu ne creuses pas, Blake.

– Je connais des gens qui pourraient peut-être aider. Ça ne remontera jamais jusqu'à moi.

– Putain, ça vaudrait mieux. (Il secoua la tête.) Bon sang, tu vas me filer un ulcère.

– Si tu n'en as pas déjà un, c'est que tu ne travailles pas assez dur.

Il laissa échapper un petit rire, son anxiété s'atténuant un peu.

– Heureux d'apprendre que tu t'inquiètes autant pour ma santé après une décennie à ta disposition. (Il prit son téléphone et tapa quelques notes.) Très bien. Fais tes recherches, avec vraiment toutes les précautions possibles. J'en ferai autant de mon côté. Informe-moi de ce que tu trouves, et on pourra réfléchir à la façon d'en parler à Evans. Je crois que se contenter de lui balancer le nom d'un harceleur quasi inconnu ne ferait que l'énerver.

– Exactement ce que je pense.

Un texto tinta sur mon téléphone.

E : « Quand penses-tu rentrer ? »

B : « On a quasiment fini. Je serai à la maison dans une heure. »

E : « Attends-moi dans le salon. »

J'hésitai, me demandant ce qu'elle avait bien pu préparer pour la soirée. Je n'avais pas pris notre conversation matinale trop au sérieux. Erica avait l'habitude de vouloir prendre les commandes jusqu'à que je la fasse supplier de la dominer de nouveau.

Mais peut-être y avait-il plus qu'une boutade derrière sa proposition. Peut-être qu'elle partageait mes inquiétudes. Et peut-être qu'en cela elle avait raison. J'étais mal à l'aise et excité à la fois.

B : « Je devrais être inquiet ? »

Je maintins mon doigt au-dessus de la touche envoi pendant une minute, peu certain de vouloir qu'elle réponde à ça. Finalement, je l'envoyai. Le temps que Dean finisse sa bière, la réponse était apparue.

E : « Terrifié. »

Putain de petite débauchée.

Chapitre treize

ERICA

La voix de Blake résonna dans le vaste salon.

– Je suis rentré !

Mon cœur battait à un rythme hallucinant. Je finis de tendre le deuxième bas noir sur ma cuisse et enfilai mes talons noirs favoris. Je gonflai mes cheveux, déposai une nuance de rouge profond sur mes lèvres avec un petit bruit de bouche. Les mains sur les hanches, je me toisai dans le miroir.

Alli m'avait aidée à choisir le corset parfait – après en avoir sélectionné un pour elle, ce qui m'aurait choquée si je n'avais pas admis qu'il n'y avait aucune raison pour que Heath ait moins de penchants que Blake au rayon des fantasmes.

Le cuir noir brillant du corset moulait parfaitement mon torse, repoussant mes seins hors de leur décolleté, tellement échancré qu'il couvrait à peine mes mamelons. J'imaginais déjà la façon dont Blake pourrait l'en extraire sans effort, au prix de quelques boutons à défaire. Je complétai la tenue d'une fine culotte et de jarretières noires.

Comme d'habitude, je n'avais pas la moindre idée de ce que j'allais faire, mais ma tenue avait des chances de convenir. Blake allait soit m'éconduire dans un immense éclat de rire, soit essayer de me dévorer. Je saisis la petite cravache que j'avais achetée un peu plus tôt en pensant à ce cas de figure précis. Je préférais me présenter en dominante, armée pour renforcer ma position.

Mes joues s'empourprèrent, s'accordant au rouge profond de mes lèvres. Je connaissais Blake depuis longtemps, et je m'étais livrée à toutes sortes de débauches avec lui. Il connaissait intimement chaque partie de mon corps. Je ne comprenais pas pourquoi je me sentais soudain embarrassée. Je pris une profonde inspiration et lui répondis.

– J'arrive !

Il me restait à descendre un étage pour pouvoir grimper bien plus haut.

Le rez-de-chaussée s'enténébrait. Les bougies que j'avais allumées un peu plus tôt papillotaient sur les diverses petites tables qui entouraient les canapés. Blake était affalé sur l'un d'entre eux, concentré sur un point invisible du plafond.

– Bienvenue à la maison.

J'entrai en me déhanchant, espérant paraître plus langoureuse que ridicule. Une dose d'insécurité pour deux doses de lubricité alimentée aux hormones.

Nos regards se croisèrent dans la pénombre. Il me suivit des yeux tandis que j'approchais, et je ralentis. L'expectative accéléra les battements de mon cœur, et dans mon esprit tourbillonnèrent un millier de pensées incontrôlées. Mais la convoitise que je lus dans ses yeux me coupa le souffle.

– Tu prends cette histoire de domination plutôt au sérieux, dit-il dans un murmure dangereusement bas et grave.

– Tu préfères que je retourne m'habiller de façon plus… sobre ? le défiai-je en inclinant la tête.

– Aucun risque, rétorqua-t-il en tendant la main vers moi. Viens là.

Oh, j'en avais envie, mais une petite voix s'interposa et me donna du courage.

– C'est moi qui commande ce soir, Blake. (Je posai le bout de ma cravache sur le bas de son tee-shirt et le relevai.) Enlève-moi ça.

Un sourire démoniaque se dessina sur ses lèvres. Il se redressa et enleva lentement son tee-shirt. Il le jeta sur le sol avant de reprendre sa pose nonchalante sur le canapé.

– Et je suis censé faire le gentil comme ça pendant neuf mois ?

Plus qu'un peu enhardie, je m'avançai entre ses genoux.

– Être tout le temps aux commandes est épuisant. Tu mérites une pause.

Il haussa les sourcils, caressa paresseusement l'intérieur de ma cuisse.

– Vraiment ?

Je sursautai quand le dos de sa main se rapprocha du petit bout de tissu qui couvrait mon sexe. Je mouillais déjà, et je pensais à toutes les façons incroyables qu'il aurait de me faire réagir si les rôles étaient inversés. J'espérais qu'il ne s'en rendrait pas compte, mais la lueur prédatrice dans ses yeux montrait que pas un des signaux que mon corps émettait ne lui échappait. Il s'aventura plus haut, suivit l'ourlet de ma culotte.

Je repoussai sa main et parcourus de la cravache le contour de l'érection persistante qui tendait son jean.

– Je crois que le pantalon va devoir disparaître aussi.

Il se leva lentement, à quelques centimètres de moi. Il baissa son jean, découvrant son caleçon gonflé. Je me léchai les lèvres. Que ne ferais-je pas pour tomber à genoux et le décorer de la couleur de ce rouge à lèvres ridicule… Mes doigts brûlaient de le toucher, de le caresser. Je ferais ça plus tard.

Du bout de la cravache, je parcourus son gland à travers le caleçon.

– Et ça aussi.

– Ça me paraît un peu à sens unique, dit-il en le baissant avant de l'ôter.

– Comme ça doit l'être, répondis-je, le regard fixé sur son membre, comme aimanté.

Il glissa un doigt sous la fine bande de ma culotte.

– On pourrait tout de même se passer d'elle.

– On ne touche pas, ordonnai-je d'une voix moins confiante que je ne l'aurais voulu.

– Ce n'est pas drôle.

Il grimaça et la relâcha.

– On ne peut pas faire confiance à tes mains. Tu pourras te servir de ta bouche, mais seulement quand je te le dirai.

Ses yeux se teintèrent d'un désir ténébreux.

– Un jeu intéressant.

Je le repoussai dans le canapé et attendis un instant avant de me mettre à califourchon sur ses genoux. Sa bite massive était déjà tendue, plus que prête pour moi. Je m'abaissai et la frôlai de mon sexe. Un flot de désir envahit aussitôt mon clito, me rendant folle d'envie. Si ma culotte bougeait, il serait immédiatement en moi, et je savais qu'il n'était pas non plus opposé à l'idée de me l'arracher. Avant de me convaincre que c'était très bien, et même une éventualité souhaitable, je repris le contrôle sur mes divagations.

Attrapant l'attache qui maintenait le corset serré sur mes seins, je la libérai. Ma poitrine se gonfla contre le cuir, créant une pression que j'étais impatiente de relâcher.

J'avais autant envie de les sortir que de sentir la bouche de Blake sur eux.

– Ouvre la bouche, dis-je.

Il sourit.

– Seulement si tu promets de mettre quelque chose de délicieux dedans.

– Tu parles trop.

Je me relevai un peu sur les genoux et tendis le bord ouvert du corset. Il se pourlécha les babines avant de prendre la bande de cuir brillante entre ses dents. Il me regarda alors, et j'aurais pu jurer en cet instant que quelque chose dans ses yeux me promettait que je paierais pour ça plus tard. Ma poitrine se soulevait au rythme de ma respiration saccadée. J'étais complètement dépassée.

– Tire.

Sans attendre un seul instant, il secoua puissamment la tête en tous sens, libérant cinq attaches d'un coup. Soulagement et désir m'envahirent quand il se pencha en avant, léchant la peau douce entre mes seins. Je soupirai et résistai à l'envie de me baisser et de me frotter contre son érection. Nos efforts de volonté à l'un et l'autre n'y survivraient pas.

– Blake… arrête.

Au lieu de ça, il enfonça plus avant ses lèvres entre mes seins, lécha et picora. Je l'attrapai par les cheveux et le forçai à pencher la tête en arrière. Ses yeux se firent de braise. Ses poings se serrèrent des deux côtés de son corps.

– On peut passer à la partie où je me sers de ma langue, ma belle… avant que je n'arrache ce corset de ton corps ? demanda-t-il entre ses dents serrées.

Un peu trop aux anges à la vue de sa frustration grandissante, je le lâchai et libérai mes attaches une par une, me dénudant jusqu'à la taille. Son attention s'y fixa.

Je souris et laissai le vêtement tomber.

– Tu peux utiliser ta langue, mais…

Il n'attendit pas une seconde de plus pour prendre possession d'un mamelon dans un puissant baiser. Je gémis lorsqu'il engloutit le téton dans sa bouche, d'une ardente aspiration. La sensation mêlait le plaisir d'une nuance de douleur.

– Attention, Blake. Ils sont encore tendres.

– Désolé, souffla-t-il d'une voix rauque, se calmant juste un peu. Hum… Et gonflés, aussi. Je ne voyais déjà qu'eux depuis l'autre bout de la pièce.

Il prit le mamelon dans sa bouche. Sa langue était comme du velours sur le téton durci. Il n'utilisa pas ses dents. Au lieu de quoi, il parsema ma peau autour du mamelon de petits suçons, décorant ma poitrine d'une douzaine de petites marques rosacées. Des éclairs de plaisir pur me parcoururent.

J'enfonçai mes mains dans ses boucles brunes plus doucement qu'avant, le guidant vers l'autre sein, qu'il couvrit des mêmes ferventes attentions. Le feu brûlait sous ma peau partout où nous nous touchions, et partout où je voulais être touchée. J'étais trempée. Et chaude comme la braise. Je rejetai la tête en arrière, m'abandonnant à la sensation électrique de sa bouche qui me tourmentait merveilleusement.

Sa volonté avait dû s'effondrer aussi vite que la mienne. Ses mains quittèrent ses flancs pour venir envelopper mes fesses, me serrant fort contre son érection. Je gémis, et mes hanches parurent se mettre en mouvement de leur propre chef. Il avança vers mon bassin, ses doigts mettant de nouveau à l'épreuve la résistance des fins bords noirs de ma culotte.

– On ne touche pas, le morigénai-je gentiment, en attrapant son avant-bras pour immobiliser sa main baladeuse.

– Mais c'est à moi, grinça-t-il en contournant la barrière de ma culotte pour envahir ma moiteur.

– Ah ! gémis-je.

Il massa mon clito, traça des cercles magiques autour avant de s'aventurer plus avant, ouvrant ma chatte du bout des doigts. Je me tendis sur lui, n'attendant que ça, ne voulant que ça…

Mais quelque extraordinaire que ce soit, une petite voix me rappela les règles que j'avais décidé d'appliquer. Je perdais déjà le contrôle que j'avais été si déterminée à conserver.

Sans réfléchir, je fis claquer le bout de la cravache sur le haut de sa poitrine. Un éclair d'irritation remplaça la concupiscence avec laquelle il me regardait quelques secondes plus tôt. Son humeur paraissait maintenant aussi sanguine que la petite trace rouge que j'avais laissée sur ses pectoraux. Je restai bouche bée, des excuses se formant sur mes lèvres, quand…

– Fait chier ! s'exclama-t-il en m'arrachant ma culotte de ses doigts recourbés.

Je sursautai. Une seconde plus tard, j'étais sur le dos, les jambes ouvertes autour de sa masse inflexible. Ses mains immobilisèrent mes poignets contre mes flancs.

– Blake ! protestai-je d'un grondement.

Il me parcourut du regard du haut en bas, les mâchoires serrées. Je me débattis sous lui, en pure perte. Il était aux commandes. J'étais comme quelqu'un qui voyait son arme retournée contre lui dans un moment d'inattention ou de faiblesse. Mon cœur battit plus vite à l'idée de la cravache utilisée sur moi, me brûlant la peau. Je n'étais pas certaine de vouloir ça. J'étais aussi sensible que dévergondée.

Merde. Mon plan était complètement torpillé. Pendant que je me débattais contre mon incapacité à maîtriser les tendances dominatrices de Blake, sa bouche revint sur ma poitrine. Il flatta doucement un sein de la langue avec plus de retenue que je n'en aurais attendu, vu son récent changement d'humeur. Il passa à l'autre, puis sa langue descendit lentement le long de mon ventre, plongeant brièvement dans mon nombril. Il prit le temps d'aller embrasser ma cicatrice, comme il le faisait maintenant chaque fois qu'il en avait l'occasion. Puis il se retrouva entre mes jambes, embrassant et titillant l'intérieur du haut de mes cuisses, juste au-dessus de l'extrémité des bas.

Je fermai les yeux. Oh ! j'adorais ça…

J'exhalai dans un soupir.

– Je vais te baiser avec ma bouche, Erica. Et tu vas soit me dire exactement comment tu veux que je le fasse, soit me supplier de te faire jouir comme je l'entends.

– Ce n'était pas le plan, Blake.

– Tu fais les règles. Je les adapte juste un peu.

Il prit mon clito dans sa bouche, fit papillonner sa langue sans pitié sur ce nœud sensible. Il se recula juste assez pour exhaler une bouffée d'air frais sur mes chairs excitées.

Une chaleur de lave m'envahit. Je me tendis et résistai à son emprise.

– Dis-moi ce que tu veux, chef.

Je décalai mon bassin, frustrée mais avide.

– Malédiction !

– Ce n'est pas assez explicite. J'attends mes ordres.

Je redressai la tête juste assez pour le regarder dans les yeux.

– Pinailleur.

Il eut un sourire retors et déposa le plus léger des baisers sur une chair vibrant du besoin d'une pression plus forte.

– Elle reviendra plus tard. Si on commençait par ce que tu veux que je fasse de ma langue ?

Je laissai retomber ma tête en arrière en soufflant.

– Je ne vais pas supplier.

– Si tu en as vraiment envie, il va au moins falloir que tu demandes. Parle, et ma bouche sera là pour t'obéir.

Il ponctua son affirmation d'un grand coup de langue sur toute la longueur de la fente de ma chatte.

Je m'agitai désespérément et m'arquai pour me rapprocher, mais il se recula.

– Crois-moi, je brûle vraiment d'enfoncer mon visage dans ta douce petite chatte. Parle-moi, ma belle.

Putain de merde.

– Lèche-moi.

– Hum, c'est un bon début.

Puis il obéit, prenant mon intimité dans la chaleur de sa bouche experte. Le sang pulsait dans mes veines. Dans mes poignets, qu'il retenait. Dans mon ventre, où le désir croissait et hurlait. Mes cuisses se resserrèrent sur lui, la passion s'exprimant dans tous les endroits où nos peaux se touchaient. Sauf que ce n'était pas encore à la mesure de mon besoin. J'avançai les hanches, exprimant en silence que j'en voulais plus.

– Vas-y, Blake, suppliai-je.

Je venais de le supplier, là ? Et merde.

– Plus précisément ?

– Plus fort, dis-je en inclinant la tête sur le côté.

Il augmenta la pression, m'amenant au bord de là où je voulais aller. Mais j'avais besoin d'un tout petit peu plus encore.

– Blake !

– Tu as le vocabulaire d'une universitaire. Sers-t'en.

Un gémissement torturé franchit mes lèvres.

– Touche-moi avec tes doigts.

Il libéra une de mes mains pour passer son pouce sur mon clito. Le plaisir fut comme du miel dans mes veines lorsqu'il doubla son geste avec sa langue.

– À l'intérieur. Rentre à l'intérieur.

– Comme ça ?

Le bourdonnement de sa voix fit vibrer mon sexe, comme il enfouissait profondément deux doigts au milieu de mes tissus sensibles.

– Ahh ! criai-je en me cambrant sur sa main, des étoiles apparaissant aux limites de mon champ de vision. Enfonce-les encore ! ajoutai-je en haletant.

Il alla plus avant, encore et encore, massant les points sensibles à l'intérieur. Dans le même temps, il continuait de me dévorer comme si j'étais son dernier repas. Je commençai à trembler de manière incontrôlable. Tendu et s'efforçant de l'agripper plus fort, tout mon corps en exigeait plus.

– Oh ! mon Dieu, oui, comme ça !

L'échauffement des sens qu'il me prodiguait avait fait place à un véritable assaut de sensations. Pour cela, je remerciai tout ce qui était saint d'un cri qui s'arracha à ma bouche. Je luttai contre sa retenue, mais il restait inflexible dans un choix qui ne pouvait que m'entraîner plus haut.

– Ne t'arrête pas !

Je ne pus dissimuler le désespoir dans ma voix, tandis qu'il me faisait décoller.

Puis je fus dans les airs. Des couleurs éclatantes dansaient derrière mes paupières. Chaque pensée était concentrée sur sa façon de me toucher. Subjuguée par des sensations, je jouis dans un hurlement rauque. Tous mes muscles se tendirent, et mon corps tressauta sous ses attouchements experts.

Le souffle coupé, et encore tremblante de ce puissant

orgasme, je m'efforçai de reprendre mes esprits. Mais Blake ne bougea pas. Il continua de me lécher. Une série de coups de langue moelleux et adorateurs créa autant de petites ondes de choc qui me parcoururent. De ma main libre, je pressai son épaule, quémandant silencieusement un peu de répit.

Il leva la tête vers moi. Une lueur diabolique dans ses yeux accompagnait sa bouche luisante, preuve de l'affolant plaisir que lui seul pouvait m'offrir.

– Je pourrais te dévorer pendant des heures. Si je n'avais pas tellement envie de te baiser, c'est probablement ce que je ferais. Mais je suis égoïste et je veux jouir dans ta petite chatte serrée maintenant. Ça te plairait ?

– Oui, soufflai-je en me demandant comment j'avais bien pu me retrouver mariée à un dieu du sexe à la langue aussi bien pendue.

Il me relâcha, se glissa plus haut sur mon corps et le frottement de sa peau contre la mienne mit à nouveau le feu à mes terminaisons nerveuses. Toutes ces histoires de le vouloir sous moi n'avaient été que calembredaine. Rien au monde n'était plus divin que de le sentir pressé au-dessus de moi, son corps puissant m'écrasant par le haut ou par le bas, qu'importe l'endroit où il avait décidé de me baiser.

– Dis-moi comment tu veux ça.

Le timbre grave de sa requête me fit trembler. Je rejetai la tête sur le côté, déglutis avec difficulté. Impossible de réfléchir. Je n'étais même pas certaine d'avoir envie de réfléchir.

– Par derrière ? poursuivit-il. C'est plus profond, si tu peux le supporter.

Je clignai des yeux, envisageant les possibilités qui, toutes, promettaient des orgasmes tonitruants.

– … Ou tu préfères me chevaucher, ma savoureuse petite dominatrice ?

Sa langue courut sur ma poitrine, ma clavicule, mon épaule.

Avec un soupir langoureux, je m'enfonçai dans le canapé telle la poupée de chiffon défaite que j'étais redevenue. Ma tête vibrait encore de l'orgasme exquis dans lequel il venait de m'entraîner.

Je l'entendis glousser.

– Bon sang, ma belle, tu abandonnes déjà ? Tu m'as rendu tout chose avec ton attirail de dominatrice.

– Attends un peu que je retrouve mon deuxième souffle, maugréai-je en me concentrant sur son beau visage.

– Hum. Voyons si je peux te ranimer.

Il se pencha et prit ma bouche. Je sentis mon goût dans ce baiser intime qui relança mes frissons. Lorsqu'il s'écarta, mon désir brumeux se dissipa un peu à la vue du spectacle qui s'offrait à moi. Je souris, frottant sa lèvre inférieure de mon pouce.

– Tu as les lèvres toutes rouges.

– J'arriverai à survivre, répondit-il avec un grand sourire. Sauf si tu me demandes de sortir comme ça… je n'ai pas le goût de l'humiliation publique.

Un peu confuse, je me rembrunis.

– Laisse tomber, poursuivit-il, je devrais arrêter de te donner des idées. Maintenant, si tu as retrouvé ce second souffle que tu cherchais, tourne-toi et lève ce joli cul bien haut.

Intérieurement, je bronchai à cet ordre. Juste assez pour dire :

– Non.

Il me dévisagea un temps.

– Je n'arrive pas à déterminer si tu es une bonne dominatrice ou une mauvaise soumise.

– Même chose.

Il s'esclaffa, un bruit plein de gaieté qui se mua en hoquet quand je pris sa bite dans ma main. Je la caressai jusqu'au gland puis jusqu'à la racine, prenant ses bourses de l'autre main tout en passant doucement mes ongles contre la peau tendre.

Ses yeux se fermèrent, son visage tendu laissant paraître sa vulnérabilité.

– J'ai besoin d'être en toi, Erica. Maintenant.

– Je ne vais tout de même pas devoir tout t'expliquer…

Je remontai ma main serrée jusqu'en haut, extrayant une petite perle humide de son membre. Je passai mon pouce sur la fente et en portai le goût à mes lèvres d'un coup de langue langoureux. Le gémissement ravi que j'émis ne fut pas simulé. Avoir sur la langue la preuve de son désir m'inspira toutes sortes de nouvelles idées pour le narguer et le titiller.

– … Ça gâcherait mes effets, conclus-je.

Sa bouche s'ouvrit une microseconde.

– Ce n'est vraiment pas rien, tu sais…

Je me pourléchai les babines, imaginant que s'y trouvait la tendre couronne de sa bite.

– Qui se ressemble s'assemble.

– Tu continues de vouloir être au-dessus, ma douce ?

– Oh, je suis bien là, rétorquai-je, me sentant en position de force.

Son érection s'épaissit et tressaillit dans ma main. Tout serait allé pour le mieux s'il n'y avait eu dans son regard cette lueur dangereuse qui fit soudain battre mon cœur plus vite.

– Pas pour longtemps, lâcha-t-il d'une voix rauque.

Sans crier gare, il attrapa mon poignet au vol et me retourna à plat ventre. Il me remonta un peu, pour que mes épaules reposent sur l'accoudoir du canapé.

Ses mollets bordaient les miens, leurs poils chatouillant ma peau. Et, comme il venait de me le demander, mon derrière était relevé et à sa disposition pour ce qu'il avait projeté. Il passa la paume de sa main sur la courbe de mes fesses et en serra une avant de lui administrer une claque rapide.

– J'ai envie de t'attacher des pieds à la tête et de te donner une bonne fessée pour m'avoir fait ce petit numéro.

Ma peau s'enfiévra quand je l'imaginai mettre sa menace à exécution. Je gémis et me frottai contre lui. Maintenant que j'avais été privée de mon pouvoir, je n'aurais pas été contre une petite dose de ça aussi. Après tout, j'avais été une méchante fille.

Il pressa son corps contre le mien, porta ses lèvres à mon cou.

– Mais je ne le ferai pas. Je me contenterai de te regarder te décomposer sous moi.

Son souffle chaud me fit violemment frissonner. *Des paroles en l'air*, me dis-je vaguement. Puis tout se contracta quand je sentis ses doigts puis son membre s'enfoncer en moi. Il fut délicat, mais alla néanmoins au plus profond en quelques secondes.

Le plaisir me cisailla comme une lame affûtée.

– Oh ! merde…

Il me saisit fermement, se retira et s'enfonça de nouveau.

– J'ai à peine commencé.

Sur ces mots, il se mit à me baiser, à me pilonner coup après coup. J'enfonçai mes ongles dans la toile du canapé, ballottée par la tempête qui enflait en moi.

Il n'y avait plus rien de dominant dans ma position maintenant. J'étais offerte, maintenue par son emprise, enfermée dans la concupiscence qui unissait ainsi nos corps. Chaque cellule avait plus de vie. Chaque terminaison nerveuse demandait toujours plus de cette délicieuse stimulation.

Mes cuisses étaient serrées. Je frottais mes pieds dans leurs bas de soie l'un sur l'autre. Mes orteils étaient électrisés et recourbés. Je ne pouvais plus rien faire, sinon accueillir ses coups de boutoir.

Et plus il en donnait, plus j'en voulais.

– Mon Dieu, c'est tellement bon !

– Ta chatte est incroyable.

Son emprise sur mes hanches se resserra, et il pompa plus vite. J'étais au bord du gouffre, prête à m'envoler vers le septième ciel, quand il se retira soudain. Il me remit sur le dos. Je haletais et tremblais de désir.

– Blake !

Si c'était un nouveau jeu pour me faire pleurer de frustration, il allait y arriver…

Sa bouche s'écrasant sur la mienne mit fin à cette crainte. Je m'ouvris à lui, désirant son goût sur ma langue autant que je désirais respirer. Il se cala entre mes cuisses, passa une de mes jambes autour de sa hanche et nous unit de nouveau. Je gémis de soulagement et de plaisir.

Quand je croisai son regard, ma poitrine se serra.

– Je veux voir tes yeux quand tu jouiras, chuchota-t-il.

Ça recommençait. Il m'avait menée de la gaieté à la concupiscence, à une intimité fascinante qui élevait tout à un autre niveau. Il savait aller au-delà de mon corps et toucher mon cœur. La fièvre charnelle qui s'empara de moi n'en fut que plus puissante.

Je rivai ma bouche à la sienne et on s'embrassa à s'en couper le souffle. Chaque coup de reins proclamait la passion. Chaque agrippement possessif était une promesse.

Des vagues de ravissement déferlèrent sur moi l'une après l'autre, jusqu'à ce que j'en reste toute tremblante.

Les muscles de ses épaules se bandèrent sous mes doigts. Il se déploya, alla me frapper plus profondément encore. Un orgasme qui me semblait impossible après la série qu'il venait de me donner vint me fracasser.

Ses hanches battirent contre moi, et mon nom s'échappa de ses lèvres dans un cri rauque. Son corps vibra et tressauta tandis qu'il m'emplissait.

S'effondrant sur moi, sa bouche sur mon épaule, il s'efforça de reprendre son souffle.

– Bon sang… souffla-t-il.

– Oui, fut la seule chose que je pus articuler.

Je me coulais autour de lui, me délectant de son contact. Même après avoir été aussi intimement liée à lui, je ne voulais pas m'éloigner de son corps.

Il se hissa sur ses coudes, encore pantelant. Avec son sourire satisfait, il était l'image même de la satiété. De l'épuisement. De la beauté. Et peut-être un peu trop content de lui, aussi. Je passai un doigt sur ses lèvres entrouvertes.

– Ne prend pas cet air fat.

Il haussa les sourcils d'un air amusé.

– Fat ?

– On dirait que tu viens de ramener un trophée à la maison.

Il rit, et je me retins de sourire.

– C'est bien le cas. Tes orgasmes sont comme des trophées, et j'essaie d'en collecter autant que je peux.

J'ouvris de grands yeux. Quelques points de plus pour Blake.

Il fit courir sa main sur mon torse, descendit et remonta le long de ma cuisse, puis fit claquer la jarretière en haut de mon bas.

– Je les adore. Mais si tu remets ce corset, je ne réponds plus de mes actes.

Je repoussai ses mains sur sa poitrine.

– Tu es un mauvais soumis.

Il me prit dans ses bras, me serra contre lui.

– Oui, mais en fait, toi aussi.

Je ne réussis pas à faire la grimace. Plus qu'un peu déçue de voir ma tentative de domination être allée à ce point à vau-l'eau, mais indéniablement satisfaite du résultat.

– Tu n'es pas aux commandes, tu sais.

Au lieu d'une répartie sarcastique, Blake me regarda en silence, écartant une mèche humide de mon front.

– Je sais, maugréa-t-il. Il y a quelque chose de bien plus important que toi ou moi aux commandes, maintenant.

Il prit mon menton dans sa main, me regarda dans les yeux. Puis il toucha doucement mon ventre. Sa main s'y déploya en une légère caresse.

– Notre bébé. Mon amour fou pour toi. Tout ce que je ressens maintenant et que je ne pourrais pas contrôler, même si je le voulais.

Je fermai les yeux, couvrant sa main de la mienne. Mon cœur battit plus fort de la vision qui s'imposa à moi. Mon ventre n'était plus plat, mais plein et arrondi par notre bébé. Des petits coups de pied sous nos mains, l'attente dans nos cœurs. Je voulais ça plus que tout.

Et il avait raison. Rien n'était plus important.

Chapitre quatorze

BLAKE

On venait de passer un week-end intense à se réconcilier et renouer nos liens après une séparation qui nous avait secoués tous les deux. Mais le lundi après-midi vint vite. Je n'étais pas du genre nerveux mais, assis dans la salle d'attente du docteur Henneman, je me sentais un peu comme un poisson hors de l'eau.

Sa main dans la mienne, j'attendais à côté d'Erica qu'on appelle notre nom. Je n'étais pas un grand adepte de la patience, mais la voir parcourir sans cesse la salle d'attente de ses yeux écarquillés valait bien ça. Une jeune mère assise en face de nous portait une robe de grossesse tendue par son ventre. Son poids limitant ses mouvements, elle s'efforçait d'empêcher son fils d'étaler tous les magazines par terre. Elle le gronda gentiment, nous adressant un sourire d'excuse quand il se mit à crier.

Je n'arrivais toujours pas à m'y faire. J'avais souvent vu des femmes enceintes autour de moi – j'avais même parfois été leur employeur. Mais ce n'était jamais associé à quelque chose que je pourrais vivre en tant que père, en tant que mari. Pourtant j'étais là, et si tout se passait bien, on allait bientôt vivre ça aussi, empêcher un petit enfant d'attraper tout ce qu'on possédait.

J'étais impuissant à contrôler le cours des choses, mais secrètement déterminé à remuer ciel et terre pour qu'Erica ait une grossesse sans nuages en faveur de l'enfant que nous désirions maintenant tous les deux avec ferveur. J'allais être là pour la soutenir à chaque instant. Les mois de grossesse. Les nausées matinales, les désagréments. L'accouchement…

Avant que mes pensées ne repartent pour un tour, on appela son nom. Je me levai et la suivis dans la salle d'examen toute blanche, où l'infirmière mesura ses constantes. Quelques minutes plus tard, la gynécologue nous rejoignit. C'était une jolie femme mince et grande, avec des cheveux blancs coupés à la garçonne.

– Erica ?

Erica serra la main tendue depuis la table d'examen sur laquelle elle était assise.

– Oui, et voici mon mari, Blake.

– Ravie de vous rencontrer, Blake. Félicitations. Vous devez être enchantés.

Elle sourit chaleureusement, mais l'angoisse me nouait les tripes. J'acquiesçai rapidement, mâchoires serrées. Tous mes fantasmes sur la vie de famille à venir passèrent au second plan dès que je pensai aux risques, aux dangers et à la possibilité bien réelle que ces rêves soient balayés par la femme qui se tenait devant moi. Erica était bien enceinte. Mais qu'elle puisse aller jusqu'à terme était une autre histoire et, même si je n'en avais jamais parlé, ses inquiétudes ne faisaient que refléter les miennes.

Mon impuissance face à cette vie suspendue dans la balance me mit mal à l'aise.

– Je ne sais pas si vous avez eu l'occasion de lire le dossier d'Erica, commençai-je.

La gynécologue s'assit sur son tabouret et me dévisagea.

– Oui, en fait. Il m'a été faxé ce matin.

– Alors vous êtes informée des blessures qu'elle a subies.

– Oui.

Son air enjoué s'atténua un peu. Son attention alla vers Erica, qui affichait la même expression qu'elle.

– J'imagine que ce que vous avez vécu a été traumatisant. Je vais être honnête, je suis plutôt surprise que vous ayez réussi à concevoir aussi vite.

– Nous l'avons été aussi, répondit-elle d'une voix calme.

– Mais nous y voici, et l'expression du docteur Henneman s'éclaira. Et je peux vous dire que les résultats des analyses semblent excellents. Vos taux d'hormones sont tout à fait normaux, alors mon idée pour aujourd'hui est de vous faire passer une échographie, et nous devrions pouvoir vous donner une date d'accouchement.

Avant que j'aie le temps de mitrailler la gynéco de questions, elle fit étendre la future mère sur la table d'examen. Elle baissa les lumières, et deux minutes plus tard l'écran gris de l'échographe prit vie. Je tins la main d'Erica, partageant la situation de tous ceux qui vivent ça pour la première fois et n'ont pas la moindre idée de ce qui les attend. Les maths, la science, la technologie avaient toujours été à ma portée ; mais il n'y avait rien de technique dans le petit orbe sur l'écran et le minuscule scintillement en son centre.

– Voilà votre bébé, dit la gynéco en indiquant l'ovale flou.

La main d'Erica serra la mienne. Je la portai à mes lèvres et l'embrassai sans détourner le regard de l'écran. Un torrent d'émotions étranges m'envahit, des impressions inconnues, non répertoriées. Je savais seulement que tout allait changer. Sous nos yeux, le monde avait pris un sens nouveau. La gynéco poursuivit son examen, se concentrant sur les petits battements de cœur. Mon propre cœur s'emballa quand elle nous les fit entendre.

Après quelques impitoyables minutes de plus, elle nous annonça la date de l'accouchement, début juillet. Erica était enceinte de sept semaines, ce qui ramenait la date de conception à notre nuit de noces.

Wouah ! Je souris et me tapotai mentalement le dos. Mais je ne parvenais toujours pas à me libérer de mes inquiétudes.

La gynéco imprima quelques images de l'échographie, et me les tendit pendant qu'Erica s'essuyait le ventre.

– C'est tout ?

J'hésitai, ne sachant par laquelle de la centaine de questions qui tourbillonnaient dans ma tête commencer, toutes concernant la santé d'Erica.

La gynéco sourit chaleureusement.

– Pour l'instant, oui. Tout me semble aller bien.

– Vous êtes optimiste.

Elle s'esclaffa.

– Vous préféreriez que ce ne soit pas le cas ?

– Je préfère le réalisme à tout le reste. Ce qui est arrivé à Erica était très sérieux. Ça nous pèse, depuis.

Son sourire se fit compatissant.

– Je comprends, plus que vous ne pourriez le croire. Je me suis spécialisée dans les grossesses à risque, alors je rencontre beaucoup de parents qui s'attendent au pire. Vos inquiétudes sont compréhensibles, mais Erica est en pleine santé et j'ai bon espoir.

Je passai le pouce sur le bord de l'image. J'avais envie de la croire. J'en avais vraiment envie.

– Vous avez déjà traité des cas comparables ?

Elle hocha la tête.

– J'ai traité des couples confrontés à des probabilités extrêmement défavorables en termes de conception. J'en ai vu certains réussir, d'autres non. Vous avez de la chance.

– Comment quantifieriez-vous ses chances d'avoir une grossesse normale ?

Un regard vers Erica, et j'eus envie de me flageller, au vu de l'appréhension que je lus dans ses yeux.

Je ramenai mon attention vers la gynéco, dont l'expression n'était plus compatissante mais sérieuse.

– Pour l'instant, je dirais cent pour cent, tant que je n'ai pas vu de sujet d'inquiétude.

Au fond de moi, la tension se relâcha. La gynéco inclina la tête.

– Gardez confiance, Blake. Ne gâchez pas cet instant très particulier par des inquiétudes. Tout est parfait jusqu'ici. Revenez me voir dans un mois, et j'espère que je pourrai vous rassurer de nouveau. Nous ferons cela tous les mois, et vers la fin, toutes les quinzaines. Et je serai toujours là pour répondre à vos questions et apaiser les craintes qui pourraient naître.

Je soufflai et regardai Erica, qui semblait partager mon soulagement. J'aurais dû m'imposer une expression plus confiante, pour son bien ; mais seuls les médecins avaient les réponses à nos questions, et Erica était la patiente. Ç'avait été l'occasion d'obtenir de vraies réponses, parce que les recherches sur Internet à ce propos m'horrifient. Dans ce cas précis, l'accès à la technologie n'était pas un cadeau.

– Et le sexe ne pose pas de problème, au cas où vous auriez été inquiet.

Je me rembrunis. Cette femme n'avait aucune idée de la façon dont je baisais, et je n'allais pas lui donner des détails.

– Aucun problème, conclut-elle avec un clin d'œil.

On se leva, et elle aida Erica à descendre de la table.

– Vous disposez d'un futur père très protecteur, Erica.

Erica ouvrit de grands yeux et sourit.

– Croyez-moi, je suis au courant.

* * *

ERICA

On prit le chemin du retour. Les feuilles mortes tourbillonnaient dans les bourrasques et s'éparpillaient sur les pelouses, mornes d'avoir perdu leur vert estival éclatant. La nature mourait, mais je portais la vie, une promesse ténue et fragile.

Je n'avais pas trop su ce que je pouvais attendre de ce rendez-vous mais n'aurais pas pu être plus heureuse. J'avais envie de crier la nouvelle sur tous les toits, même si je savais qu'il valait mieux attendre encore un peu. Je n'arrivais pas à croire à notre chance.

– Tout va bien ?

Blake prit ma main et la tint sur ses genoux. Je croisai son regard et souris.

– Oui. Je suis tout simplement heureuse.

– Bien, dit-il, et sur son visage l'inquiétude laisse la place à un amour débordant que je ressentais de mon cœur jusqu'au bout des ongles. Désolé si je t'ai un peu fait blêmir, là-bas.

– Pas de problème. Tu as posé pas mal de questions que j'avais en tête. C'est dur quand on a l'impression de ne pas comprendre ce dont son propre corps est capable.

– Si toi tu ne comprends pas, moi je suis complètement dans le noir.

Je ris. En ce qui concernait la grossesse, au moins, je supposais que c'était vrai. Au-delà de ça, il semblait ne savoir que trop bien ce dont mon corps était capable. Je rougis un peu à cette évocation.

Bonjour, les hormones. Aussitôt, j'eus envie d'être à la maison. Je voulais être dans ses bras. Je voulais faire la fête et me délecter de la bonne nouvelle, encore et encore.

La sonnerie du téléphone de Blake, transférée sur le tableau de bord de la Tesla, vint briser mes rêveries. L'identification de l'appelant afficha Rémy. Blake fronça les sourcils.

– Tu vas répondre ?

– Pas maintenant. Je le rappellerai plus tard, s'empressa-t-il de dire.

Il lâcha ma main pour mettre fin à l'appel.

– Parle-lui maintenant.

Avant qu'il ait eu le temps de m'arrêter, j'acceptai l'appel depuis la console.

Il me lança un regard intense tandis que l'accent de Rémy se faisait entendre dans la voiture.

– Blake, bonjour. Vous avez une minute ?

– J'ai exactement une minute. Que voulez-vous ?

La tension dans la voix de Blake était indéniable.

– C'est au sujet de Sophia.

Un nœud commença à se former dans mon estomac, chargé d'inquiétude et de regret. J'avais voulu connaître la raison de l'appel de Rémy, mais je n'en avais soudain plus envie. Je ne voulais de sa présence autour de nous en aucune manière.

La tension crût en Blake également, comme l'indiquait la contraction de sa mâchoire.

– Qu'est-ce qu'il y a ?

– Elle a été blessée.

Blake, son attention restant concentrée sur la route, demanda posément.

– Que s'est-il passé ?

– Ça a eu lieu au club. Un client, plutôt nouveau. Je suppose qu'on l'a tous les deux sous-estimé, tant elle que moi. Mais vous savez comment elle est. Elle… (Il s'éclaircit la gorge.) Vous connaissez ses exigences. Elle l'a défié, et il a mordu à l'hameçon. Malheureusement, il est allé trop loin.

– Putain de merde. On aurait dû le prévoir. Elle va bien ?

– Elle est à l'hôpital.

Je fis mine de regarder ailleurs, comme si je pouvais lui donner un peu d'intimité. Mais tout en faisant au moins semblant, je vis du coin de l'œil que les mains de Blake s'étaient crispées sur le volant.

– Vous devriez aller la voir. Elle le voudrait. Personne ne va comprendre. Vous êtes le seul proche qu'elle ait, dit Rémy, une note implorante dans la voix.

Je hurlai mentalement une longue série de protestations impitoyables. Peut-être que ce n'était pas l'un de ses plans sinistres élaborés pour leurrer Blake et le ramener dans sa vie, mais c'était bien ce qu'elle devait espérer à partir de là. Je la connaissais assez bien pour savoir ça.

– Il n'y a pas que moi. Appelez ses parents.

– Ils ne comprendront pas, Blake, répondit-il d'une voix plus basse. Vous le savez bien.

– Alors peut-être qu'il est temps qu'elle leur en parle. Je n'étais pas ce qu'elle voulait à l'époque, et aujourd'hui je ne suis pas ce dont elle a besoin. Aller la voir maintenant, ce n'est pas la réponse. C'est une fichue masochiste de compétition, et vous le savez. Vous l'avez laissée seule avec un putain de cinglé, Rémy.

– Je ne nie pas avoir manqué à toutes mes obligations, mais ne la laissez pas tomber vous aussi.

Blake prit une inspiration et parla d'une voix placide.

– La réponse est non. Appelez ses parents.

– Je ne connais pas…

– Je suis au volant, pour l'instant. Je vous envoie un texto avec leurs coordonnées dès mon arrivée.

Blake mit fin à l'appel sans un mot de plus. Une sensation aigre s'insinua en moi au souvenir que Blake l'avait aimée autrefois. Peut-être que ça ne pouvait être comparé au sentiment qui nous unissait maintenant, mais ce n'en était pas moins douloureux.

– Je suis désolé, ma belle.

Je regardai par la fenêtre, en quête du bonheur que je ressentais avant cet appel.

– Tu n'as pas à être désolé.

– Elle te contrarie, et j'avais juré que je ne la laisserais plus jamais te faire ça. Et précisément aujourd'hui. C'est bien le moment… Bon sang ! je suis désolé.

– Ça va, mentis-je.

Je n'avais plus laissé Sophia m'empoisonner la vie depuis des mois, mais elle avait quand même fini par réapparaître dans notre monde, exprès ou pas. Je me morigénai pour m'être laissé affecter, pour avoir maudit une femme assez gravement blessée pour être hospitalisée. Par égard pour Blake, je m'efforçai d'avoir un peu de compassion. Mais je n'imaginais pas ce qui avait pu se passer. Entre les murs du club, où les pratiques les plus dépravées devenaient acceptables, voire courantes, les possibilités ne manquaient pas.

– Que lui est-il arrivé, à ton avis ? demandai-je.

– N'en parlons pas, d'accord ?

– Tu crois qu'elle est gravement blessée ?

Ses épaules retombèrent.

– C'est tout à fait possible. Si ce type l'a battue assez fort pour qu'elle finisse à l'hôpital, ce n'est probablement pas bon signe. Les choses qu'on fait, toi et moi… ce n'est rien, comparé à ce qui se passe au club, Erica. Les seuils acceptables en termes de douleur et de comportement sont vraiment bien plus élevés. Pour que quelqu'un dépasse les limites, la blesse…

– Peut-être que tu devrais aller la voir, me forçai-je à dire.

Mais peut-être avait-elle plus besoin de Blake que je l'imaginais. Il entra dans l'allée, se gara et se tourna vers moi.

– Non.

Le soulagement et un inexplicable besoin d'empathie s'affrontèrent en moi.

– Ce n'est pas un problème, Blake. Je ne vais pas te cacher combien je méprise Sophia, mais tu l'as aimée autrefois. C'est une situation bien particulière, et je comprendrais.

Il haussa les sourcils.

– Mais je n'en ai pas envie.

– Si tu crois que tu le devrais…

– Tu es ma priorité. Tu es toute ma vie. Toi et notre bébé, et la protection de notre avenir sont les seules choses qui me préoccupent maintenant. Les problèmes de Sophia sont bien plus profonds que tout ce que je pourrais jamais arranger. C'est pour ça que je l'ai quittée, et si elle veut avoir une chance d'aller mieux, elle doit les affronter. Que je la voie maintenant ne l'aiderait en rien à long terme. Mais le moment est peut-être venu pour elle de parler à sa famille.

– Et si elle ne le fait pas ?

Il hésita.

– Rémy sera là pour elle.

– Comment le sais-tu ?

Il s'enfonça dans son siège.

– Parce qu'il est amoureux d'elle.

Amoureux ? Même si mes échanges avec Rémy n'avaient duré que quelques minutes, il m'avait fait une certaine impression. Le propriétaire du club érotique que Blake fréquentait autrefois était aussi intense qu'intimidant. Il était également bel homme et charismatique, d'une façon que je n'aurais pas su décrire. Sophia avait fréquenté ce club autrefois avec Blake, mais l'associer à Rémy me paraissait étrange. C'était un dominant, sans le moindre doute, peut-être à l'égal de Blake ou plus encore. Mais je ne pouvais pas imaginer Blake partageant une femme, même aussi vile que Sophia, avec qui que ce soit.

– Comment… si tu étais avec Sophia ?

– Il a été honnête avec moi quant à son attirance pour elle. Quelque chose en elle le fascinait. Il voulait la partager, au moins physiquement. Disons simplement que je ne suis pas partageur. J'ai refusé, et il n'en a plus reparlé. À notre séparation, je lui ai donné ma bénédiction.

– Ils sont sortis ensemble ?

Blake serra les machoires.

– Quelques mois plus tard. Sophia s'est bien assurée de me le faire savoir. Une dernière tentative pour exciter ma jalousie et me récupérer, je suppose. Mais pour ce que j'en sais, ce n'est jamais allé beaucoup plus loin entre eux.

– Parce qu'elle te voulait encore ?

– Je suppose qu'on peut dire qu'ils n'étaient pas compatibles.

– Mais c'est un dominant.

– Les dominants ne sont pas tous les mêmes, comme tu peux le voir avec celui qui l'a envoyée à l'hôpital.

Disons simplement que sur l'échelle de l'intensité, les inclinations de Rémy sont plus proches des miennes. De toute façon, ça n'a aucune importance. Je suis désolé qu'elle soit blessée, sincèrement, mais je refuse de la laisser nous voler une minute de plus de notre temps.

Je pris sa main et la tins dans la mienne. Je parcourus du bout du doigt les lignes de sa paume. J'étais ravie et reconnaissante qu'il le vive de cette façon. Que quoi qu'il advienne, notre avenir lui importait plus que la femme qui avait tout fait pour nous séparer. Je l'aurais aimé et compris même dans le cas contraire, mais sa ferveur et sa loyauté me touchaient au plus profond.

– Merci, murmurai-je.

– Je le pense vraiment, dit-il doucement.

Il releva mon menton pour plonger ses yeux chaleureux dans mon regard. Son visage s'était détendu. L'amour avait remplacé l'inquiétude et le malaise qui avaient gâché notre moment de bonheur.

– Je le sais, et je t'en suis reconnaissante. Je veux que tu saches que si tu changes d'avis…

– Ça n'arrivera pas.

Je me contentai de hocher la tête, percevant quelque chose de définitif dans sa manière de parler.

– Tu es une personne bien meilleure que moi, Erica. Je ne sais pas si je pourrais te laisser voir un autre homme qui aurait emporté ton cœur.

J'entrelaçai nos doigts.

– Tu es le seul homme qui ait jamais emporté mon cœur, Blake.

– Dieu en soit remercié, dit-il en m'embrassant. Viens. Rentrons.

Chapitre quinze

BLAKE

Erica n'était pas allée travailler le lundi à cause de son rendez-vous, et la journée s'était terminée au lit. Juste elle et moi entre les draps.

Je n'étais jamais rassasié de son corps, et c'était réciproque, bien sûr. Mais Erica changeait. Elle était à la fois plus fougueuse et plus sensible. Plus réactive et plus tendre. Physiquement, c'était comme la découvrir de nouveau. Il y avait quelque chose de magique et de terrifiant dans tout ça, mais je ne me serais lancé dans ce grand huit émotionnel avec personne d'autre.

Je me réveillais au matin fasciné par la femme étendue auprès de moi. Ses cheveux blonds couvraient l'oreiller. Ses lèvres étaient entrouvertes, dans son profond sommeil.

J'avais couché avec beaucoup d'autres femmes, mais l'ensemble des nuits de débauche passées à La Perle ne pouvait se mesurer à une seule des nuits avec Erica. Personne ne m'avait jamais fait chavirer le cœur ainsi. Personne.

Mes pensées vagabondèrent vers Sophia, la seule avec laquelle j'avais cru connaître l'amour. J'étais étendu sur le dos, m'efforçant d'ignorer les images de l'hôpital que mon esprit faisait naître. Elle était blessée. À quel point, je n'en avais pas idée. J'aurais voulu le savoir, et dans le même temps je ne le voulais pas. Je l'avais complètement exclue de ma vie, mais ma conscience revenait à la charge. Ce matin, ma conscience parlait d'une voix un peu trop proche de la sienne, pour me rappeler de façon insistante qu'elle avait besoin de moi.

Sophia s'était bien souvent trouvée sur le fil du rasoir, en ce qui concernait son mode de vie. Et j'en avais souvent fait de même avec elle, avec d'autres. Mais je n'avais jamais bataillé autant à ce sujet qu'avec Erica. Quand j'avais réalisé, au tout début de notre relation, qu'elle avait eu un passé sexuel violent, j'avais décidé de mettre de côté tout ce qui pouvait lui rappeler ces terribles souvenirs. Je n'étais pas certain d'y parvenir, mais de toute façon Erica ne m'avait pas donné une chance d'essayer. Elle n'avait jamais remis en question mes désirs les plus vils en termes de sexe. Même ce week-end, sa deuxième tentative avortée de domination avait été une autre preuve de son ouverture d'esprit. La battante en elle semblait vouloir tester ses limites et aller au-delà, quand je voulais parfois qu'elle le fasse avec plus de précautions, pour son propre bien. Et pour le mien.

Mais chaque fois, d'une façon ou d'une autre, nous trouvions notre plaisir. Nous nous trouvions l'un l'autre.

Rien d'aussi profond ne s'était jamais matérialisé avec mon ex. Mes appétits de dominant s'étaient facilement adaptés au goût de la soumission de Sophia, mais j'avais vite réalisé que ses besoins allaient bien au-delà. Elle recherchait la douleur – du genre qui laissait des marques pendant des jours, du genre qui menaçait de laisser des cicatrices.

Si mes désirs étaient devenus plus sombres, c'est parce qu'ils avaient été inspirés par quelque chose de bien plus noir encore en elle. Malgré toutes ses supplications pour que je revienne, Sophia n'avait pas besoin d'un maître. Elle avait besoin d'un monstre, et je ne pouvais pas en être un pour elle.

Je n'étais sorti de mes gonds qu'une fois. J'étais rentré à New York par un vol de nuit depuis la Côte Ouest, épuisé et prêt à la rejoindre. Au lieu de quoi je l'avais trouvée au lit avec Heath, dans les vapes et à demi nue. Je n'avais pas pris la peine de demander s'ils avaient baisé. Une demi-douzaine d'autres inconnus dans le même état post-orgiaque encombraient l'appartement. J'avais mis Heath et tout ce petit monde dehors.

Quand j'étais allé la retrouver dans la chambre, passant par toutes les nuances de la fureur, elle n'avait même pas cillé. Ses yeux luisaient de satisfaction, comme si elle avait orchestré toute cette histoire pour attiser ma jalousie et dévoiler un aspect de moi que je regretterai toujours. Rien dans la punition que je lui infligeai au ceinturon ne me réconforta, pourtant. Comme toujours, elle avait exigé d'aller encore plus loin, quand elle en avait déjà encaissé plus que je ne pouvais en assumer. Elle voulut ensuite que je la baise, que je reprenne possession de ce qui m'appartenait. Mais elle n'était plus à moi. Quelque chose en moi le savait : que ce que j'avais pu posséder d'elle avait été souillé. Et le ver avait toujours été dans le fruit.

Malgré tout ce qu'elle aurait voulu faire croire à notre entourage, je n'avais plus jamais couché avec elle. Ç'aurait été dangereux, émotionnellement et physiquement. De fait, Sophia ne m'avait jamais réellement laissé le contrôle. Quelque part au fond de moi je l'avais toujours su, même si l'obsédé du contrôle que j'étais avait refusé de l'admettre.

Peut-être avait-elle besoin de moi maintenant, mais il n'était plus question que je la laisse m'envahir l'esprit. Et je n'allais certainement pas la laisser pénétrer dans un cercle de ma vie partagé par Erica. C'était fini.

Erica s'étira, et je me tournai pour admirer son corps encore endormi. Sophia appartenait au passé. À un passé si lointain qu'un seul regard sur Erica la rendait quasiment invisible à mes yeux.

Toute impression de vide s'évanouit devant la plénitude que m'inspirait sa vue. Elle était rentrée. Ensemble, on ne faisait qu'un.

Préférant la laisser se reposer, je descendis au rez-de-chaussée lui préparer un petit déjeuner léger. Elle avait peu d'appétit le matin, mais avoir quelque chose dans l'estomac semblait atténuer les nausées qui survenaient dans la journée. Dieu merci, ces nausées étaient irrégulières, sans quoi je ne l'aurais jamais lâchée. D'un autre côté, ce n'était que le début. Je n'avais aucune idée de ce à quoi j'allais devoir m'attendre dans les huit prochains mois. Je pris mentalement note d'aller dans une librairie cette semaine-là, pour me renseigner sur ce que je ne savais pas et qui risquait d'être monumental.

On frappa bruyamment à la porte, brisant la quiétude matinale. Mes parents avaient tenu leur promesse de ne jamais passer à l'improviste, mais je m'attendais tout de même à voir ma mère de l'autre côté de la porte chaque fois que je l'ouvrais.

Au lieu de quoi je me retrouvai face à l'agent Evans et au détective Carmody.

– Qu'est-ce que vous faites là ?

Carmody me toisa rapidement.

– Vous feriez mieux d'aller vous habiller.

– Donnez-moi une seule raison.

La mâchoire d'Evans se crispa. Les yeux de Carmody

le trahirent, et d'une certaine façon je pus entendre tout ce qu'ils ne disaient pas, clair comme de l'eau de roche.

– Donnez-moi une minute, repris-je.

Sans un mot de plus, je remontai à l'étage. Erica était encore endormie, et j'hésitai à la réveiller. Non. Elle n'avait pas besoin de voir ça.

J'enfilai quelques vêtements. Alors que j'allais repartir, elle s'assit.

– Coucou.

Il y avait quelque chose de doux et de fatigué dans son expression. Ses cheveux étaient adorablement ébouriffés.

– Coucou, ma belle. Ne bouge pas, d'accord ? Evans est en bas. Je suis sûr que ce n'est rien. Prends ton temps pour te préparer.

Elle se rembrunit, toute torpeur disparue de son visage.

* * *

ERICA

Ignorant ce qu'avait dit Blake, je me glissai dans ma robe et le suivis en bas, pieds nus. Il jura tout le long de l'escalier. À mon adresse ou à celle d'Evans, je n'en sus rien. Je n'arrivais pas à réfléchir. J'avais encore du sommeil plein les yeux, et le FBI et la police à la porte.

Evans était dans le salon, Carmody à quelques pas de lui. Le visage d'Evans affichait un sourire plein de satisfaction qui me retourna l'estomac. Quelque chose n'allait pas, je pouvais le sentir.

– Que se passe-t-il ? demandai-je.

Carmody sortit une paire de menottes et avança d'un pas vers Blake.

– Blake Landon, je vous arrête. Vous avez le droit de garder le silence.

Quelque chose dans sa gestuelle paraissait presque contrit, à côté d'Evans dont le corps entier exsudait la haine à l'encontre de Blake.

– Non. Vous ne pouvez pas faire ça !

Ma voix s'était brisée.

– Nous le pouvons et nous le faisons. Voici le mandat, répondit Evans en me tendant une feuille de papier pliée.

Je la regardai, incapable d'en lire un seul mot. Le papier tremblotait dans ma main. Ça ne pouvait être qu'un rêve. Sauf que je savais que ce n'en était pas un. Ils arrêtaient Blake sous mes yeux. Mon corps tremblait et s'enfiévrait sous l'effet de l'adrénaline. Les paumes de mes mains me démangeaient, et les nausées que je ressentais comme chaque matin étaient amplifiées. Je portai la main à mon estomac pour apaiser mon envie de vomir.

Carmody passa les bras de Blake dans son dos et finit de lui lire ses droits. Blake cilla quand les menottes claquèrent bruyamment, lui entravant les poignets.

Les larmes me brûlèrent les yeux, troublant ma vision.

– Il n'a pas fait ça.

– Dites-le au juge.

Un sourire sinistre incurva les lèvres d'Evans. Je le dépassai pour me diriger vers Blake. Ils ne pouvaient pas l'emmener. Pas aujourd'hui, ni un autre jour. Avant que j'aie pu les rejoindre, Evans me prit par le bras et me repoussa en arrière. Les yeux de Blake s'enflammèrent.

– Ne la touchez pas.

– Alors, dites-lui de se calmer ! cria Evans, plus à mon intention qu'à celle de Blake.

– Blake… sanglotai-je, impuissante, en tentant de m'écarter.

Evans resserra son étreinte, me tirant en arrière. Je glapis, le griffai pour me libérer.

La voix de Blake tonna, résonnant dans la pièce.

– Elle est enceinte, sale bâtard. Ôtez vos putains de mains d'elle.

Carmody plaça une main ferme sur la poitrine de Blake, les yeux grands ouverts et en alerte. Evans relâcha son emprise et plissa les yeux tout en se plaçant lentement entre Blake et moi.

Je tremblais de la tête aux pieds. L'adrénaline, la panique de voir l'homme que j'aimais emmené loin de moi. Les larmes roulèrent sur mes joues.

– Blake, ne me quitte pas. S'il te plaît. Tu ne peux pas. Dis-leur la vérité.

Ses lèvres s'ouvrirent, mais aucun mot ne sortit de sa bouche.

– Allons-y, dit Carmody en le poussant vers la porte.

Les mâchoires serrées, les yeux vides, Blake le suivit sans un mot.

La porte se referma et je tombai à genoux, incapable de retenir plus longtemps les violents sanglots qui me déchiraient la poitrine.

* * *

BLAKE

La vision d'Erica, le visage ravagé de larmes, restait gravée dans mon esprit. Elle était tout ce que je voyais. Et par-dessus les claquements de portes et les cris et le tumulte, je pouvais encore entendre son cri au moment où la porte s'était refermée. J'appuyai mes paumes sur mes yeux, incapable de me débarrasser de la douleur qui me relançait chaque fois que je voyais mentalement la scène. Je pris plusieurs longues inspirations et me mis à espérer – à espérer que ce cauchemar prendrait bientôt fin et que je pourrais retourner vers ma femme.

J'étais incarcéré et j'attendais que Dean apparaisse après avoir réglé la caution. Mais les heures passaient, et toujours pas un mot de lui. La nuit tomba sans que vienne le sommeil. Pas à cause de la couche minable sur laquelle j'étais étendu. Pas à cause du bruit du poste de police, et des gens qui entraient et sortaient des cellules toute la nuit. Mais parce que mon esprit envisageait un à un tous les scénarios et toutes les solutions possibles.

N'importe qui aurait eu les nerfs à vif ici, mais j'avais déjà été en cellule, et je m'en souvenais. J'étais jeune et sous le coup d'émotions diverses, dont la moindre n'était pas la peur de passer le reste de ma vie adulte derrière les barreaux. Ils m'avaient retenu pendant des jours, confronté à cette éventualité fort plausible.

En supposant qu'ils avaient réuni suffisamment de preuves pour m'accuser d'avoir trafiqué l'élection de Daniel, j'allais devoir affronter à nouveau ces mêmes craintes.

Épuisé, accablé, je fus mené au tribunal au matin, pour l'audience de libération sous caution. Ils m'installèrent dans une petite pièce, où j'attendis Dean. Je tapotai des doigts sur la table en rythme en l'attendant, en attendant des réponses.

Il arriva enfin, dans son costume, son habituelle tenue impeccable. Pas un cheveu ne dépassait, mais tout en lui était signe de tension. Il n'y avait rien de rassurant dans son langage corporel.

– Merci d'être venu, maugréai-je.

Son visage était crispé.

– J'ai essayé d'arranger une caution hier. Aucune possibilité.

– Tu peux commencer par m'expliquer pour quelle putain de raison je suis ici ?

Il s'assit, déboutonnant son manteau dans le mouvement.

– Qui est Parker Benson ?

Je fronçai les sourcils.

– Quoi ?

– Parker Benson. Le type sur lequel tu as fait des recherches la nuit avant qu'ils confisquent tout dans ton bureau. Ça te rappelle quelque chose ?

– Il sort avec ma sœur. Je voulais savoir qui c'était.

– Oui, eh bien, certaines personnes feraient une recherche Internet, ou paieraient pour une forme légale de vérification des antécédents. Apparemment, tu t'es introduit dans ses archives bancaires et tu as piraté son compte mail à l'université. Rien de cela n'est légal.

Je me penchai en avant.

– Tu te fous de moi ? C'est pour ça que je suis là ?

– Je t'avais dit qu'ils cherchaient tout ce qui traînait, même si c'étaient des peccadilles ou que ça n'avait aucun rapport avec l'affaire en cours. Et tu m'as affirmé que tu étais méticuleux avec ce genre de choses.

– Je l'ai été.

Je revis mentalement cette nuit-là, m'assurant que c'était bien le cas.

– Alors, comment ont-ils trouvé ?

Pour la première fois depuis longtemps, je restai sans voix.

– Ils ont dû piéger mes ordinateurs pendant que j'étais absent, pour pouvoir retracer mes activités après mon retour de voyage de noces. Je ne savais pas encore qu'ils me surveillaient à l'époque. Putain de merde.

– La bonne nouvelle, c'est qu'ils n'ont toujours rien sur l'élection. Ils te tiennent pour ça et espèrent trouver autre chose. Mais techniquement, c'est déjà suffisant pour te mettre vraiment dans la merde.

Je m'enfonçai dans mon siège, et dans mon déni.

– Ça ne suffit pas.

– Ce serait bien si c'était vrai, mais je pense qu'on sait tous les deux que ce n'est pas le cas. Ils ne vont pas te faciliter la tâche.

Un coup sur la porte nous signala qu'il était temps d'y aller.

– C'est ton tour, dit Dean en se levant. Allons fixer ta caution et te faire sortir d'ici.

Vingt minutes plus tard, nous étions devant la juge.

– Nous demandons la liberté sous caution, dit Dean.

La procureure semblait avoir la cinquantaine. Elle était petite, avec de courtes boucles blondes en spirale encadrant son visage. Dès qu'elle ouvrit la bouche, en revanche, je sus qu'elle était là pour me clouer au pilori.

– Nous demandons que la caution soit refusée à M. Landon.

Dean secoua la tête, apparemment perplexe.

– Il s'agit d'un crime sans violence, Votre Honneur.

– Cet homme est une arme ambulante, poursuivit la procureure. Il n'a besoin que d'un ordinateur pour commettre son prochain crime et s'emparer d'informations sensibles.

– Mon client a un casier vierge, insista Dean.

– Il n'y a pas trois mois, il a été arrêté pour une agression.

– Les charges ont aussitôt été abandonnées.

– Ce n'est pas surprenant pour un homme de son influence, rétorqua-t-elle.

La juge regarda par-dessus ses lunettes.

– Vous remettez en question l'intégrité du tribunal, maître ?

– Bien sûr que non. Je dis simplement que cet homme est sous le coup d'une enquête pour fraude électorale. Personne ne sait ce dont il est capable.

– Les accusations portées conte lui en ce qui concerne

l'élection sont jusqu'ici sans fondement et n'ont aucune incidence sur cette affaire, argua Dean.

– Bien au contraire. M. Landon est un hacker notoire, et nous commençons seulement à mettre au jour ce qui pourrait être tout un ensemble d'activités frauduleuses. En une soirée, il a été capable de s'introduire dans les systèmes d'une institution bancaire majeure et d'une université d'État. Il dispose de vastes ressources financières et informationnelles. Il ne doit pas être sous-estimé.

– Tout cela n'est que spéculation, fit remarquer Dean.

– Si l'on considère les accusations portées contre lui aujourd'hui, l'identité et les données personnelles de chacun seraient menacées, y compris les vôtres, Votre Honneur.

– La caution est refusée.

– Votre Honneur… tenta Dean.

Il fut interrompu par la courte détonation du marteau.

– L'audience est levée.

L'effroi m'envahit, ponctué par un sanglot que je reconnus immédiatement pour être celui de ma mère. Je me tournai et la vis à plusieurs rangées de là. Le bras de mon père entourait ses épaules, la serrant contre lui. Fiona était en larmes, et j'imaginais qu'elle n'était même pas encore au courant de la moitié de l'histoire. Putain de Parker.

Je voulais l'en blâmer, mais en fait tout était de ma faute. À part quelques messages de ce qui semblait être d'anciennes passades remontant à des mois et auxquelles il n'avait pas répondu, Parker s'en était tiré avec les honneurs. Et j'étais là parce que j'avais laissé mon inquiétude prendre le dessus.

Le reste de ma famille semblait être venu assister à mes funérailles. Et puis il y avait Erica. Stoïque. Le visage tendu. Les yeux las et gonflés. Sous cette façade forte, je savais à quel point elle devait être dévastée.

Le nœud dans mon estomac grossit, apportant avec lui une sorte de rage sourde.

Je me tournai vers Dean, dévisageai cet homme qui cillait rarement mais avait la décence en cet instant de paraître inquiet.

– Règle ça.

– C'est pour ça que tu me paies.

Il avait l'air confiant, mais ses yeux racontaient une tout autre histoire. Ils se détournèrent de moi, survolèrent l'effervescence de la salle d'audience.

Mon attention revint à Erica, qui quittait la salle d'audience avec le reste de ma famille. Elle me tournait le dos, et tout en moi brûlait d'aller vers elle. Je voulais la tenir dans mes bras à travers la tempête, sachant qu'on s'en sortirait ensemble d'une façon ou d'une autre. Mais nous n'allions pas être ensemble. Nous allions être à des kilomètres l'un de l'autre, passer chaque nuit à s'inquiéter l'un de l'autre.

Je déglutis et la regardai s'éloigner, dégoûté.

L'huissier s'approcha, et j'adressai un regard froid à Dean.

– Transfère mes comptes à Heath. Fais tout ce qui est nécessaire. J'ai besoin d'être sûr qu'Erica ne manquera de rien si tout ça tourne au vinaigre.

– Considère que c'est fait. Mais je vais tout de même commencer par essayer de te sortir de là.

– Moi, ça va. C'est elle, ta priorité.

– C'est toi, la priorité, Blake. Si Erica peut vivre avec toi, elle sera assez forte pour supporter tout ça. Elle s'en sortira bien.

L'huissier me passa les menottes. Comme le métal froid se refermait sur ma peau, mon cœur bondit et mon corps s'enfiévra désagréablement. Je les aurais suivis de mon plein gré, mais c'était la troisième fois en deux jours que je devais accepter d'être attaché, et je fis appel à toute ma volonté pour ne pas résister.

Quelque chose me parut définitif, cette fois. Leur claquement rapide quand elles se mettaient en place était un bruit auquel je devais m'habituer.

La bouche de Dean continuait de se mouvoir, mais la partie de moi qui aurait pu s'intéresser aux quelconques paroles rassurantes qu'il pouvait trouver était mourante. Erica était une battante. Moi, je n'étais plus sûr de rien.

Chapitre seize

ERICA

Je sortis du flot de la foule et tirai mon téléphone de mon sac. La famille de Blake, à l'extérieur de la salle d'audience, s'était regroupée autour de l'avocat qui répondait à leurs questions. Je me serais jointe à eux si j'avais pu accorder le moindre crédit au système judiciaire pour rectifier cette injustice.

Les mains tremblantes, je sélectionnai le numéro de Daniel, appelai et laissai sonner. Sa messagerie prit le relais. Je raccrochai et rappelai. La seconde fois, comme il ne répondait toujours pas, j'écoutai le message enregistré jusqu'au bout. Bref, froid. Comme lui.

– Daniel, c'est moi, Erica. Je sais que vous ne voulez plus avoir affaire à moi, dis-je, fermant les yeux, luttant contre le désarroi près de se surajouter à ma douleur pesante. Mais j'ai vraiment besoin de vous parler. C'est important. Et si vous ne me rappelez pas, je continuerai d'appeler. Si vous me connaissez, et je crois que vous me connaissez mieux maintenant, alors vous devez savoir que je n'abandonne pas facilement. Merci.

Je raccrochai et, après un dernier regard en direction de Gove et des visages lugubres de la famille, je tournai les talons.

Les lourdes portes de bois du tribunal s'ouvrirent d'une simple poussée. Dehors, une poignée de journalistes se précipita vers moi. Leurs questions fusèrent toutes en même temps. Leurs voix se mêlaient, – « Daniel, Blake, élections, implication… »

– Ces nouvelles charges contre votre mari ont-elles un rapport avec l'élection du gouverneur ?

– Avez-vous un commentaire sur l'invalidation de la victoire de Fitzgerald ?

Mon esprit déjà embrumé n'était pas en état d'assimiler ce qui venait de se passer au tribunal, et encore moins de formuler des réponses pour les journaux télévisés. Comme j'essayais de les éviter, je n'entendis qu'une voix traverser la cohue, une voix criant mon nom. Puis je vis Marie se glisser entre deux hommes, les yeux écarquillés sur un mélange de frustration et d'inquiétude. Elle me tendit le bras.

– Viens avec moi.

Je pris sa main et on partit au pas de course vers sa voiture. Les journalistes abandonnèrent quand on les eut distancés. Je m'assis à l'arrière de sa berline, me coupant du bruit et du froid en fermant la porte sur moi.

Un regard vers la meilleure amie de ma mère suffit pour faire couler mes larmes. Elle se pencha par-dessus le siège avant pour m'enlacer. J'enfouis mon visage dans son manteau, m'efforçant de ne pas m'effondrer complètement.

– J'ai vu les nouvelles ce matin, et je suis venue dès que j'ai pu.

Je reniflai et me renfonçai dans la banquette.

– Merci.

– Je savais que ça ne s'annonçait pas bien pour Daniel, ce type vendrait son âme pour être élu, mais je ne pensais pas que Blake pouvait être impliqué.

Je m'essuyai les yeux.

– Il ne l'est pas. Il n'a rien à voir avec cette élection. Mais c'est le seul suspect auquel ils s'intéressent, alors ils font de sa vie un enfer et l'ont mis en détention sous le coup de cette charge.

La colère m'envahit. Je haïssais la femme qui s'était interposée entre Blake et sa caution. Forte de sa détermination, elle n'avait aucune idée de la douleur qu'elle nous infligeait en nous séparant. Je serrai les poings, essayant de me raccrocher à ma fureur, ne serait-ce que pour retenir la douleur ravageuse qui s'accumulait juste derrière.

– Pourquoi ne m'as-tu pas appelée ?

Je secouai la tête et baissai les yeux.

– C'était trop. C'est trop pour que qui que ce soit puisse arranger ça.

Alli avait passé la plus grande partie de la nuit à la maison, pour s'efforcer de me ramener à un état émotionnel à peu près stable. La dernière chose dont j'avais envie, c'était de commencer à parler à tort et à travers alors que j'avais si peu de réponses.

Nous avions parlé sérieusement et fait le point autant que possible, pour aller voir Sid après l'audience et savoir s'il serait capable de trouver le code. Je ne pouvais pas lui demander de mettre sa liberté en péril, mais mon désespoir grandissait sans discontinuer. Hormis la petite lueur d'espoir du côté de Sid, je ne voyais plus la moindre lumière au bout de cet affreux tunnel. Quant à retrouver Trevor, on n'était pas plus avancés qu'à mon retour de Dallas.

J'étais probablement encore en état de choc d'avoir vu Blake emmené menottes aux poignets la veille. Et maintenant, ça… Maintenant, il n'allait même plus pouvoir venir me retrouver à la maison.

– Ils lui ont refusé sa liberté sous caution, Marie. Je ne peux même pas le voir. Je ne sais pas ce que je vais faire maintenant. On était partis pour aller au fond de cette histoire ensemble, et maintenant il n'est même plus là.

Marie essuya mes larmes qui continuaient de couler, m'apaisant doucement jusqu'à que mes sanglots se calment. Je hoquetai, m'efforçant de reprendre mon souffle au milieu de tout mon malheur.

– Mon bébé, regarde-moi. Ça va s'arranger, murmura-t-elle.

Je plongeai mon regard dans les merveilleux iris caramel de ses yeux. Ses cheveux tombaient en longues volutes autour de son visage. C'était une femme belle, au beau cœur. Mais quand on en venait aux dures réalités de la vie, elle pouvait se montrer naïve. Je l'avais vue trop souvent le cœur brisé pour croire qu'elle pourrait arrêter dans sa lancée le train fou dans lequel j'étais piégée.

– Je vois la peur dans tes yeux, mais j'y vois aussi du feu. Je sais que tu voudrais que Blake soit ta force. Pour te protéger, je crois qu'il sera toujours là. Mais il a besoin de toi en cet instant. Il a besoin que tu sois forte.

Forte. Qu'est-ce que ça voulait dire maintenant, dans ce contexte ? Je me considérais comme forte. Imparfaite, sensible certainement. Mais dans la difficulté, quand la vie offrait son pire visage, j'avais toujours trouvé un moyen de me relever.

Mais si j'avais été quelqu'un de fort toute ma vie, revenir seule n'était plus la même chose. J'avais affronté mes souffrances, mes batailles, mes coups du sort. Maintenant que je les partageais avec Blake, on avait beau vouloir lutter seuls contre nos démons, quand l'un de nous deux était affecté, l'autre souffrait. On avait conjugué nos joies et nos peines.

Et rien ne pouvait plus défaire le lien qui nous unissait à présent…

– Je suis enceinte, Marie.

Un mélange de joie et d'inquiétude emplit ses yeux.

– Oh, mon Dieu ! Oh, mon Dieu ! Erica, pourquoi tu ne me l'as pas dit plus tôt ?

– Je ne l'ai appris qu'il y a quelques jours. On est allés voir la gynéco lundi et tout à l'air de bien de passer. On ne l'a encore dit à personne.

D'autres larmes me vinrent au souvenir de cette joie passée. Comment les choses avaient-elles pu changer aussi vite ? Juste au moment où on n'aurait pas pu être plus forts ou plus heureux, Blake et moi, la fatalité menaçait de tout nous enlever.

Marie resta un long moment silencieuse. Lorsqu'elle parla, ses yeux brillaient.

– Je n'arrive pas à imaginer ce que tu dois ressentir, mon bébé.

Je pressai mes doigts sur mes paupières pour endiguer les larmes qui ne cessaient de couler.

– Je peux sentir la présence de Patricia, qui nous regarde en cet instant même…

Je relevai la tête à travers mes larmes vers le visage de Marie. Dans toute cette effervescence, je n'avais pas pensé à ma mère. Mais soudain je crus la percevoir aussi… à travers l'amour de Marie.

– Et je sais qu'elle est heureuse, éclatant de joie. Ce que tu traverses n'est pas facile, Erica, et ça me brise le cœur, mais il y a une raison pour que ce bienfait t'ait été donné. Raccroche-toi, bats-toi pour lui. Fais-en ta raison de rester forte pour vous tous.

Un faible espoir naquit en moi. Je le saisis, mais j'étais encore bien loin d'un quelconque réconfort. Mes pleurs s'étaient calmés, et je pris une inspiration saccadée.

– J'aimerais croire que l'avoir ici et maintenant avec moi arrangerait les choses de quelque façon. C'est juste que je ne vois pas comment ça pourrait être pire.

Elle essuya mes larmes et repoussa mes cheveux.

– Pourquoi ne pas venir chez moi pour un moment ?

Je la dévisageai et jouai nerveusement avec mon alliance, encore et encore, sans lui répondre.

– Tu ne devrais pas rester toute seule dans cette grande maison. Installe-toi chez moi, même si ce n'est que pour un jour ou deux. Ça ne te ferait pas de mal de changer de décor.

Je venais à peine de rentrer chez moi. Mais elle avait raison. Chaque seconde passée à la maison soulignait l'absence de Blake.

– Il faudrait que j'y retourne. Les parents de Blake ne sont pas loin, si j'ai besoin de quelque chose, maugréai-je.

– Je sais, mais ils ont leur propre souffrance à gérer. Laisse-moi m'occuper un peu de toi, jusqu'à que Blake puisse rentrer. Tu es épuisée et bouleversée. Je te connais. Tu vas te replier sur toi et te rendre malade. Viens chez moi, on pourra en parler.

Peut-être qu'elle avait raison. Je hochai la tête, me rendant à ses arguments.

– D'accord. Je vais rentrer préparer mon sac.

– Tu veux que je t'y conduise ?

– Non, ça va. Je vais rentrer avec Clay, et il me déposera chez toi plus tard. Je veux aussi parler aux parents de Blake, voir ce qu'a dit l'avocat.

Et il fallait que je passe au bureau. Même dans l'état où j'étais, je ne pouvais pas aller me cacher chez Marie, panser mes plaies jusqu'à que tout soit terminé. Je devais suivre toutes les pistes possibles jusqu'à ce qu'elles me rapprochent de la vérité.

– D'accord. Appelle-moi quand tu seras en route ou s'il se passe quelque chose.

– D'accord. Merci pour tout.

Je laissai échapper un long soupir, débarrassée de mes larmes mais pas rassérénée pour autant. Marie prit ma main et la serra.

– Je serai toujours là pour toi. Quoi qu'il advienne.

Je la remerciai encore, sortis de la voiture et la regardai s'éloigner. Je trouvai Clay de l'autre côté du parking. Il me ramena à Marblehead et me déposa chez les parents de Blake. Je m'arrêtai devant leur porte, me demandant si je devais frapper, puis décidai d'entrer.

Fiona, Catherine, Alli et Heath étaient dans la cuisine.

– Que va penser Parker ? demanda Heath.

Fiona se pinça le haut du nez.

– Sincèrement, je ne sais vraiment pas quoi lui dire. Je peux essayer de lui expliquer que Blake essayait juste de me protéger, mais à l'évidence c'est une sacrée atteinte à sa vie privée.

La porte se referma derrière moi et je m'avançai.

– Erica, ma chère, entre, dit Catherine avec un grand signe.

Elle m'étreignit quand je fus assez près. Tout mon corps se crispa. Je ne pouvais plus pleurer. J'avais décidé la nuit dernière que j'avais versé bien assez de larmes, mais j'avais quand même craqué aujourd'hui. Elle me relâcha avec un soupir nerveux.

– Viens. Allons nous asseoir.

Elle nous entraîna dans le salon, où tout le monde prit place. La silhouette de Greg attira mon attention. Il était sur la terrasse, accoudé à la balustrade, nous tournant le dos.

L'Océan était agité aujourd'hui et allait se perdre à l'horizon dans un morne ciel gris. Parfois, je me demandais ce que ça pouvait faire d'être là-bas, au milieu des vagues et du froid, à la merci d'une nature impitoyable. C'était un peu ce que je ressentais en cet instant. Et peut-être n'étais-je pas la seule.

Mon cœur souffrait pour Catherine et Greg. Pour moi, la journée avait été dévastatrice. Je pouvais à peine imaginer l'effet qu'elle avait sur eux. Et ils n'étaient même pas encore au courant pour le bébé. Alli et Heath savaient, mais je me félicitais qu'on n'en ait pas encore parlé au reste de la famille. Maintenant que la liberté de Blake était compromise, ce n'était pas le moment de leur annoncer la nouvelle.

– Qu'a dit l'avocat ? demandai-je.

– Ça ne va pas être facile, dit Heath. La police a suivi les activités de Blake sur la Toile quand vous êtes rentrés de votre lune de miel. On sait tous qu'il a piraté les comptes de Parker. Sans intention criminelle, mais ils vont essayer de le coincer pour ça.

Le téléphone de Fiona sonna.

– C'est Parker, dit-elle. (Elle secoua la tête et passa le téléphone sur vibreur.) Je n'arrive même pas à croire que Blake ait pu faire ça. Qu'est-ce qui lui est donc passé par la tête ?

– Il ne faisait que veiller sur toi, Fiona, dit Catherine.

– Il aurait mieux fait de réfléchir. Bon sang ! il n'apprendra donc jamais ?

Elle leva les yeux au ciel, furieuse comme je ne l'avais jamais vue.

– Il est comme ça, Fiona. Tu sais qu'il ne respecte pas toujours les règles, commenta Heath.

– Ce qu'il fait, c'est investir dans l'immobilier et dans le développement de logiciels. Je ne savais pas qu'il avait aussi l'habitude de s'infiltrer illégalement dans les affaires des autres.

Catherine secoua la tête, les yeux brillants.

– Après tant d'années, nous voilà revenus à la case départ. C'est un cauchemar. Un vrai cauchemar.

À côté de moi, Alli restait silencieuse. J'avais la main sur mon ventre. Je n'aurais pu dire si je rassurais le bébé ou cherchais à ce qu'il me rassure. J'avais l'impression qu'on faisait équipe, dans cette pièce où il n'y avait que la famille.

– C'est sa façon d'être, finis-je par dire. Ça ne me plaît pas plus qu'à vous, mais c'est un talent quelque part. Amoral, sans doute, mais il est comme ça, et c'est grâce à ça qu'on sera toujours à l'abri du besoin. On ne peut lui en vouloir pour ça.

Le silence s'imposa. Catherine se moucha et quitta la pièce sans mot dire. Elle revint, une bouteille de vin sous le bras et les mains pleines de verres.

Heath la regarda d'un air inquiet.

– Maman, il n'est même pas onze heures.

– Comme si j'en avais quelque chose à faire, maugréa-t-elle.

J'entendis la porte de la maison s'ouvrir et, quelques secondes plus tard, Parker nous rejoignit dans le salon.

Les yeux de Fiona s'illuminèrent.

– Parker… Qu'est-ce que tu fais là ?

Il pinça les lèvres.

– Tu ne réponds pas à mes appels, alors je m'inquiétais.

Elle repoussa ses cheveux courts derrière ses oreilles et évita son regard.

– J'imagine qu'il faut qu'on parle.

Il grimaça.

– Je suis déjà au courant. Que ton frère soit une sale fouine, dit-il en nous regardant tous tour à tour, je m'en fous. Mais pas de ne pas t'avoir parlé ni vue quand il se passait tout ça.

Fiona laissa son regard remonter lentement vers le sien, la lèvre tremblante.

– Je suis désolée. Je croyais que tu serais furieux.

Il la fixa comme si elle était la seule personne dans la pièce.

– Fiona… Tout ça ne change rien.

Elle souffla et se leva. Il alla vers elle. Elle prit sa main et il l'enlaça. Ils restèrent un instant dans les bras l'un de l'autre, puis Fiona, toute rouge, l'entraîna rapidement hors de la pièce loin de nous.

Catherine soupira et secoua la tête. Elle marmonna un « Dieu merci ! » entre ses dents avant de commencer à verser le vin dans les verres.

– Je vais me faire du thé, si ça ne vous dérange pas, dis-je quand elle posa un verre devant moi.

– Laisse-moi te le faire, ma chère, répliqua-t-elle.

– Je vais y arriver, insistai-je avant de disparaître dans la cuisine.

Une minute plus tard, Heath vint se poser à côté de moi et prit une autre tasse dans le placard. Les voix de Catherine et des autres n'étaient qu'un murmure. Fiona et Parker n'étaient nulle part en vue.

– Tu vas bien ? demanda-t-il en prenant un sachet de thé.

– À ton avis ?

Ses yeux noisette étaient pleins d'une inquiétude que je partageais.

– Gove va le tirer de là, Erica. Blake ne sera pas le premier riche à s'en sortir sur un vice de forme.

Je fermai les yeux et posai les mains sur la table.

– J'en ai assez d'entendre des gens me dire que tout va bien se passer. J'en ai assez de traverser la vie avec cette foi aveugle que tout va s'arranger par magie. Que je peux faire confiance à tout le monde, qu'ils vont se sentir concernés, faire leur travail, découvrir une vérité que personne ne semble vouloir trouver autant que nous.

Son visage se ferma.

– Gove veut commencer à transférer une partie des actifs de Blake à ton nom et au mien, au cas où les choses empireraient.

– Non, me contentai-je de dire.

Ses lèvres se serrèrent.

– Tu veux avoir la foi ? Ou tu veux être prête, y compris face à la pire hypothèse ?

– Ni l'un ni l'autre. Je veux régler ça.

Je lui fis face.

– Et c'est ce que je vais faire.

– Laisse quand même Gove faire ce qu'il doit…

– Tu veux me motiver, Heath ? (Je levai les yeux vers lui d'un air résolu.) Alors, dis-moi de ne pas le faire. Dis-moi que je ne peux pas ou que je ne devrais pas.

– Tout ce que je sais, c'est que Blake veut plus que tout que tu sois protégée.

– S'il veut s'occuper de moi, qu'il rentre à la maison et le fasse. Sinon, je vais moi-même prendre soin de moi, et je vais régler cette histoire, quoi qu'il m'en coûte.

Avant qu'il puisse répondre, mon téléphone tinta dans ma poche. Je le sortis. Un texto s'afficha, provenant d'un numéro local que je ne reconnus pas.

« J'ai ce que vous cherchez. Station Park Street. »

Je le lus et le relus, le cœur battant. C'était peut être Daniel…

Heath finit de préparer nos tasses de thé, pendant que je réfléchissais à ma réponse.

E : « Quand ? »

« Dans une heure. Je vous trouverai. »

Je regardai ma montre. S'il n'y avait pas d'encombrements, Clay pouvait m'y amener à temps.

– Il faut que je parte, dis-je d'un ton pressant.
– Où vas-tu ? demanda Heath en fronçant les sourcils.
J'ignorai sa question et me dirigeai vers la porte.
– Excuse-moi auprès de Catherine. Je dois filer.
Je passai rapidement à la maison, jetai quelques affaires dans un sac de voyage pour aller chez Marie et demandai à Clay de me ramener en ville. Il se gara à côté de la station Park Street avec cinq minutes d'avance.
– Attendez-moi ici, lui dis-je.
Nos regards se croisèrent dans le rétroviseur.
– Vous avez besoin que je vienne avec vous ?
– Non, ça ira.
Ce n'était pas le genre de rendez-vous où l'on arrivait avec un garde du corps.
Il se tourna sur son siège, me regardant attentivement.
– Je vous connais depuis assez longtemps pour reconnaître l'expression que vous avez quand vous faites quelque chose que Blake ne voudrait pas que vous fassiez.
– Si on écoutait Blake, je ne sortirais jamais de la maison. Je vais juste rencontrer quelqu'un en vitesse. Tout se passera bien. C'est promis.
Il hésita.
– C'est mon travail de vous protéger, Erica.
C'était la deuxième fois qu'il m'appelait par mon prénom. Les deux fois avaient été importantes. J'appréciai sa sollicitude, mais je ne pouvais pas le laisser interférer.
– C'est une station très fréquentée, Clay. Si je ne suis pas revenue dans dix minutes, vous pourrez commencer à vous inquiéter. D'accord ?
Il se retourna de nouveau et posa une main sur le volant.
– Cinq minutes.
J'ouvris de grands yeux mais choisis de ne pas perdre

une seconde de plus avant de descendre vers les quais. Park Street était une station animée, et plus encore à l'heure du déjeuner. Comment cet étranger allait-il me retrouver dans la foule ?

J'attendis d'un air emprunté, m'efforçant de paraître naturelle, ce qui n'était pas simple puisque je laissai deux métros arriver et repartir sans bouger. D'autres gens envahissaient le quai pour attendre le suivant. Je parcourais les visages et m'immobilisai quand j'en reconnus un.

Merde. Je tournai les talons et me dirigeai vers l'escalier qui me ramènerait à l'extérieur. J'aurais voulu courir mais préférais adopter une vitesse qui paraîtrait naturelle. Il n'aurait pas pu choisir pire moment. Je priais intérieurement pour qu'il ne m'ait pas vue et que je puisse sortir sans qu'il me remarque.

– Erica !

La voix avait été à peine audible dans le fracas du métro à l'approche. Je continuai de marcher, jusqu'à qu'une main saisisse mon poignet et m'empêche d'aller plus loin. Je regardai dans les yeux le détective Carmody, son visage partiellement dissimulé par l'ombre d'une casquette de base-ball. Il ne portait pas son costume, mais il était parfaitement reconnaissable. Mon cœur battait à tout rompre. Je lui arrachai ma main, sentis quelque chose de petit et de dur contre ma paume. Je l'ouvris et y vis une petite clé USB. Je relevai les yeux vers le détective, mais il avait déjà disparu.

Une bourrasque d'air chaud souleva mes cheveux quand le métro démarra.

Chapitre dix-sept

BLAKE

Ils m'avaient transféré dans une prison du comté après l'audience. Leur habitude presque rituelle de me déplacer d'un endroit à un autre, d'une pièce à l'autre, m'avait aidé à détourner mes pensées des événements de la matinée. La vision du visage traumatisé d'Erica restait gravée dans mon esprit. Mais maintenant je n'avais plus que du temps, et je ne pouvais la chasser de ma mémoire. J'avais l'impression que quelqu'un m'avait arraché la moitié de mes organes en me disant que je pouvais vivre sans.

Sauf que je ne pouvais concevoir de vivre sans Erica pour un long moment. Je pouvais vivre sans moyens, sans affaires, sans succès. Mais je ne pouvais pas vivre sans cette femme.

À l'heure du déjeuner, je m'assis à une table vide et examinai la nourriture sur mon plateau. Elle était moins répugnante qu'immangeable. Je laissai retomber ma fourchette et ouvris le petit carton de lait qui me rappela des centaines de déjeuners à l'école.

Je l'avalai et regardai autour de moi les délinquants assis aux autres tables. Je ne pouvais m'empêcher d'établir des comparaisons. On était loin de la cantine du collège.

Je n'allais pas m'adapter mieux ici que quand j'étais un ado angoissé. Je me convainquis que je n'avais rien de commun avec ces gens. J'avais la ferme intention de me tenir à l'écart. Qui savait combien de temps j'allais devoir vivre ici ?

– Salut.

Max s'assit en face de moi. On portait le même uniforme. Il posa son plateau sur la table, comme s'il comptait rester.

Je me redressai sur mon siège et le dévisageai. Une fine ligne pâle marquait sa joue, et je sus immédiatement qu'elle était due à la correction que je lui avais donnée. La dernière fois que j'avais vu son visage, personne n'aurait pu le reconnaître. Je serrai les poings, revivant ce souvenir et envisageant sérieusement de le remettre au goût du jour.

– Qu'est-ce que tu veux ?

Il fronça les sourcils.

– Je n'attends rien de toi. On est tous les deux là. Je me suis dit que ça ne te ferait pas de mal de voir un visage amical.

– Le fait qu'on soit tous les deux ici ne fait pas de nous des amis.

– Peut-être, mais ça ne fait tout de même pas de mal d'avoir des alliés.

Il parcourut les alentours du regard avant de reporter son attention sur sa nourriture.

– Si tu as besoin d'alliés, continue d'en chercher. Moi, je suis bien comme ça.

– Comme tu veux, maugréa-t-il.

On resta un instant silencieux. Incapable d'ignorer les protestations de mon estomac, je pris une bouchée de mes lasagnes en carton et mâchai malgré l'arrière-goût que me laissait ma haine pour Max. Aux autres tables,

les hommes parlaient entre eux sans s'intéresser à nous. Il était vrai que Max n'avait pas plus que moi l'air d'être ici à sa place. Il ne ressemblait plus au joli garçon d'autrefois, en revanche. Ses cheveux blonds étaient un peu trop longs. La pâleur de sa peau n'était pas sa teinte habituelle.

– Tu n'as pas l'air en forme. Ils n'ont pas de spa ici, hein ?

Il plissa les yeux.

– Tu devrais te regarder.

– Bah, moi, je n'ai jamais accordé beaucoup d'importance aux apparences.

Je passai la main sur mon menton. Je ne m'étais pas encore rasé. J'avais l'impression que ça n'avait plus beaucoup d'importance.

Ça se voyait.

Un ricanement sans joie m'échappa. De l'ironie de nous retrouver ici, de mon envie de résister qui s'amenuisait chaque jour. Je repoussai le plateau, incapable d'avaler une bouchée de plus.

On était assis là. Un milliardaire et l'héritier d'un autre, vêtus d'uniformes bleus informes qui nous reléguaient au plus bas de l'échelle. L'argent importait, mais on ne pouvait pas acheter notre liberté.

Je l'avais toujours su. J'avais appris cette leçon des années auparavant, en conséquence de quoi j'avais toujours été excessivement méticuleux. Je trouvais les informations dont j'avais besoin, mais je faisais attention à ce que je faisais et à qui je croisais quand je contournais la loi. Et cruelle ironie, j'étais maintenant moi aussi assis là, en compagnie d'un homme que je détestais et qui méritait vraiment de passer le reste de sa vie entre quatre murs.

Un terrible sentiment de vide et de défaite m'envahit de nouveau.

– Si Michael pouvait nous voir maintenant…

Les lèvres de Max se pincèrent, toute velléité de camaraderie disparue.

– Ça le soucie beaucoup moins que tu le crois, tu sais.

– Tu dis ça parce qu'il t'a coupé les vivres. T'infliger ce que tu mérites ne signifie pas qu'il ne s'intéresse à personne.

– Tu ne le connais pas, cracha-t-il.

– Je l'ai connu la moitié de ma vie. Je le connais sacrément bien.

– Tu n'en as eu qu'un aperçu. Tu n'en as vu que le bon côté.

Michael était vraiment bon. Déterminé, judicieux, lucide dans ses actes et ses choix. On ne choisissait pas ses enfants, à l'évidence, et Max ne lui pardonnerait jamais de m'avoir préféré en ce qui concernait les affaires.

– Tu es son fils et tu agis comme un enfant. Je suis sûr qu'il est obligé de te montrer un autre visage, que je n'aimerais pas non plus.

Il laissa échapper un faible rire.

– Tu me regardes, et tout ce que tu vois c'est un raté, parce que c'est ce qu'il voulait que tu voies. J'aurais fait n'importe quoi pour lui, pour avoir une chance d'apprendre de lui et de faire quelque chose de mieux. Il m'a toujours sciemment tenu à l'écart de toutes les opportunités qui m'auraient permis d'exceller, et c'est à toi qu'il les a offertes. Il m'a jeté ça au visage.

– Peut-être, mais ça n'excuse pas les erreurs que tu as commises.

– La seule erreur que j'aie faite a été de diriger ma haine contre toi. Ç'aurait dû être lui. Ç'aurait toujours dû être lui.

– Tu as dirigé ta haine contre tous ceux qui se trouvaient sur ton chemin, souviens-toi.

Max lâcha sa fourchette et repoussa son plateau.

– Écoute… Je suis désolé pour Erica.

Ses paroles restèrent suspendues entre nous. Des paroles ridicules.

– Tu es désolé ?

– Qu'est-ce que tu veux que je dise ? Je l'ai à peine touchée. Je fais de la prison pour rien.

Je vis rouge. Chacun de mes muscles se banda, prêt au combat.

– Tu t'es servi d'elle pour m'atteindre. Et mes poings ont été la seule raison pour laquelle tu n'es pas allé plus loin. Tu le sais aussi bien que moi, pauvre sous-merde. Tu n'as pas la moindre idée de ce qu'elle a vécu.

– Ce n'était pas une oie blanche, Blake. Même Mark se l'était déjà tapée. Ce n'est pas parce que c'est ta femme qu'elle n'a pas de passé. Je veux dire, c'était ce qu'elle voulait depuis le début, avec Angelcom. Quel genre de femme fait sa présentation devant une salle pleine d'hommes, et…

Je me tendis brusquement par-dessus la table qui nous séparait. L'attrapant par les cheveux, je lui précipitai la tête contre la table. Je le pris par la gorge. Je bouillais de rage.

– Lâche-moi ! gargouilla-t-il.

– Mark l'a violée, sombre connard dégénéré !

Il se débattit pour échapper à mon emprise. Le murmure de la salle s'atténua, sans qu'elle se fasse pour autant silencieuse. Je sentais tout de même des regards sur nous. Mais quelque chose de sauvage et d'instinctif s'était emparé de moi. Où, sinon dans cet enfer, un être comme Max pouvait-il être châtié comme il le méritait ? Et si ça devait être de ma main, qu'il en soit ainsi. Sa trop courte condamnation ne pouvait suffire. Une condamnation à vie n'aurait pas suffi.

Il continua de se débattre, et je ne lui donnai du mou que pour mieux lui taper de nouveau le crâne contre la table, encore plus fort. Je sentis les tendons de son cou plier sous la pression. Je me penchai sur lui, effleurant son oreille.

– Tu as une idée de ce que ça représente pour moi que de ne pas pouvoir toucher ma femme parce qu'elle croit que ce pourrait être toi ? Ou lui ? (Je fis une pause, laissant mon souffle syncopé alimenter le flot d'adrénaline qui pulsait en moi.) J'aurais dû t'achever, ce jour-là. J'aurais dû mettre un point final à ta vie et à ton existence pathétique. Tu as une putain de chance que Michael m'ait retenu.

– Il aurait préféré ne pas le faire, grimaça-t-il.

– Toi ! Ôte tes sales pattes de là !

Je relevai la tête, mon regard se tournant vers le garde qui approchait. Même si j'avais voulu lui infliger ce que je venais de faire à Max, il faisait deux fois ma taille et tenait une matraque dont on pouvait supposer un usage régulier.

– Ne me regarde pas de cette façon-là, Crésus.

Je lâchai Max et m'écartai de la table. Max se recula sur le banc, porta les mains à sa gorge et s'efforça de reprendre son souffle. Quelles qu'en soient les conséquences, je les assumerais et recommencerais. Si être ici ne m'apportait rien d'autre, j'aurais au moins l'occasion de rendre justice à Erica à l'intérieur de ces murs. Cet objectif pouvait me convenir.

Le garde tira Max par la nuque, un peu comme je l'avais fait.

– Qu'est-ce qui se passe ? glapit Max en battant désespérément des bras avant de tomber par terre.

– Debout ! aboya-t-il.

– Je n'ai rien fait du tout ! Il m'a passé à tabac !

Le garde se pencha vers lui, leva sa matraque. Max recula d'une bonne coudée en rampant.

– Premièrement, tu n'as pas la putain de moindre idée de ce que c'est que de se faire passer à tabac. Deuxièmement, tu es là pour tentative de viol, alors tu ferais mieux de bouger ton petit cul fissa, parce que sinon tu vas vite apprendre.

La terreur emplit les yeux de Max, qui s'empressa de se relever comme il put. Un rapide coup d'œil alentour révéla bon nombre de regards menaçants se régalant de sa vulnérabilité.

– Maintenant, dégage avant que quelqu'un d'autre n'en profite.

Max prit son plateau, le débarrassa et alla s'asseoir à une table déserte à l'autre bout de la salle.

Le garde m'adressa un regard inexpressif.

– Prends garde à toi, m'avertit-il.

* * *

ERICA

Trois pas dans le bureau, et l'anxiété sur tous les visages me fit comprendre que tous savaient déjà que quelque chose n'allait vraiment pas.

Les yeux bleus de James se tournèrent vers moi, de derrière son ordinateur, avant même qu'il se lève.

– Erica, j'ai appris pour Blake. Tu vas bien ?

Je le dépassai et posai la clé USB sur le bureau de Sid. Il descendit son casque audio autour de son cou.

– J'ai un nouveau projet pour toi, dis-je.

– Qu'est-ce que c'est ? demanda-t-il, son regard allant de la clé à moi.

– Je n'en suis pas sûre à cent pour cent, mais je crois

que c'est le code qui a été chargé dans les machines qui ont compté les faux votes en faveur de Fitzgerald.

Il pinça les lèvres.

– Dis-moi, j'ai envie de te demander comment tu l'as eu ?

– Non. Tu as envie de passer le code au peigne fin et de trouver un moyen de prouver que Blake ne l'a pas écrit.

Il souffla lentement.

– Juste ça, hein ?

Comme je ne répondais pas, il brancha la clé sur son ordinateur et commença à taper sur son clavier. Ses yeux parcoururent l'écran pendant que Geoff, Alli et moi le regardions fixement.

– On dirait que c'est l'exécutable. Donne-moi quelques heures pour l'étudier un peu plus avant. Je te préviendrai quand j'aurai trouvé quelque chose.

Je pris une chaise proche et m'assis devant son bureau, croisant les jambes. Je jetai un œil au désordre sur le bureau de Sid. Une bonne douzaine de canettes de boisson énergétique vides, quelques dossiers. Il haussa un sourcil quand nos regards se croisèrent.

– Blake est en prison, Sid. Je ne pars pas d'ici tant que tu n'as pas trouvé quelque chose.

Geoff intervint.

– Je peux regarder ?

– Attends, je fais une copie. Une seconde…

Sid tapa quelque chose, puis retira la clé.

– Tiens, ajouta-t-il en la lui tendant.

Quelques minutes infinies s'écoulèrent avant que Sid reprenne la parole.

– Ça, c'est bon signe.

– Quoi ? demandai-je en me redressant.

– On dirait que le code original des machines a été modifié par un programme extérieur.

– Qu'est-ce que ça veut dire, exactement ?

– Pour faire simple, quelqu'un a ajouté un virus en utilisant une faille zéro-jour du code de Blake pour gonfler le nombre de voix pour Fitzgerald le jour de l'élection. Si Blake avait écrit ça lui-même, je doute franchement qu'il aurait choisi cette méthode.

– Pourquoi ça ?

– Pourquoi attacher un programme à son propre code, quand on est capable d'écrire le bloc de lignes qui le modifiera directement ?

Entendre ça me fit mépriser Evans plus encore. S'il avait chargé des gens d'étudier ce code, ils auraient dû se dire la même chose. Peut-être que c'était pour ça que Carmody m'avait donné la clé. J'aurais bien voulu lui demander des explications sur son geste, mais je m'étais figuré qu'il avait eu de bonnes raisons de ne pas rester assez longtemps pour que je le fasse.

– D'accord. C'est un début, mais on a besoin de trouver un moyen de prouver que Trevor est le responsable.

– Hum… (Le visage de Geoff montrait sa concentration tandis que ses doigts volaient sur le clavier.) Peut-être qu'on ne peut pas mettre le nom de Trevor sur ce code, mais celui de Blake y est déjà, non ?

– Oui, les routines de cryptage sont les siennes. Tout le monde sait ça, y compris les autorités, dis-je.

– Très bien. Alors, théoriquement, on devrait pouvoir prouver que deux personnes différentes ont écrit les deux codes. C'est un peu comme l'analyse graphologique ou les empreintes digitales. La structure d'un code peut être analysée de la même façon.

– Tu peux faire ça ? demandai-je.

– Il y a des programmes disponibles, mais vu que ce fichier est, disons, sensible, je pense à un ami qui a écrit le sien. Je peux lui demander de scanner ça, de comparer les deux versions et de faire ressortir les différences.

– Allons-y, dis-je sans la moindre hésitation.

Voilà ce dont j'avais besoin, quelque chose de concret. Tout, à part les charges retenues contre Blake, reposait sur des conjectures.

– Si je disposais d'autres codes écrits par Blake et Trevor, ça faciliterait la comparaison, ajouta Geoff.

– Il y a les logs des premières attaques de Trevor contre Clozpin, dit Sid. Si on peut prouver que le virus n'est pas un code de Blake, on devrait aussi pouvoir prouver que celui qui a piraté notre site et pas mal d'autres dans la sphère de Blake était une seule et même personne, renchérit Sid. Mais je n'ai plus accès au serveur de Clozpin, malheureusement.

James intervint.

– Mes identifiants fonctionnent encore. J'ai gardé un œil sur ce qu'ils faisaient depuis mon départ. Attends, je vais te les passer.

– Ce sont bien des amateurs, gloussa Sid.

J'allais leur demander combien de temps tout ça allait prendre, quand mon téléphone sonna. Daniel m'appelait.

– Je reviens.

Je filai dans mon bureau et refermai la porte derrière moi.

– Bonjour, Daniel.

– J'ai eu ton message, répondit-il.

– Merci de me rappeler.

– Je t'avais dit de ne pas téléphoner, reprit-il d'un ton fort peu chaleureux.

– Je n'écoute pas très bien.

– À l'évidence. Il y a trop de pression, pour l'instant. En plus de l'élection, les Fédéraux me harcèlent parce qu'ils pensent que je suis derrière toute cette histoire avec Blake. Tu ne devrais pas risquer de t'impliquer encore plus que tu ne l'es déjà.

– Ils ont arrêté Blake.

Il s'éclaircit bruyamment la gorge.

– J'en suis conscient.

– Ce n'est pas lui qui a fait ça.

– Tu ferais mieux de prier pour que ce soit vrai, Erica. Je ne vais même pas te dire les fortunes que j'ai englouties dans cette campagne. Il ne s'agit pas que d'argent. C'est l'œuvre d'une vie, et s'il s'est interposé entre moi et…

– Je sais qui a fait ça, et j'ai besoin de votre aide pour le retrouver.

Nonobstant tout le mal qu'il avait fait, j'avais envie de lui donner un grand coup sur le crâne pour son égocentrisme. Je progressais enfin, et lui en était resté à la culpabilité supposée de Blake.

– Erica, je n'ai pas de temps à consacrer à ça.

– Je me fiche que vous ayez le temps ou pas. Je ne vous demanderai plus jamais rien après. Je me tiendrai pour toujours à l'écart de votre vie si c'est ce que vous voulez. Je vous demande juste cette chose-là.

Les mots s'étaient précipités hors de ma bouche, avant que j'aie le temps de mesurer ce que je promettais. Mais en vérité, j'aurais dit ou fait n'importe quoi pour sortir Blake de tout ça, et Daniel était peut-être ma dernière chance de trouver Trevor.

– On ne devrait pas se parler comme ça. Ce n'est pas sûr, dit enfin Daniel.

– Bien. Alors voyons-nous.

– Où ? soupira-t-il.

Je réfléchis une minute, soupesant les possibilités. Daniel avait probablement raison d'être parano, mais j'étais contente qu'il accepte de me rencontrer. Le voir face à face impliquait plus que de la discrétion, en revanche. J'avais besoin qu'il m'écoute. J'avais besoin de lui dire des choses que je refoulais depuis des semaines, et ce serait peut-être ma dernière occasion de le faire.

– Retrouvons-nous hors de la ville. Je vous envoie l'adresse par texto.

– Bien.

Une heure plus tard, on patientait dans la cuisine, Marie et moi. Ses mains étaient crispées sur le bord du comptoir. Je passai mon poids d'un pied sur l'autre et revérifiai ma montre.

– Pourquoi ici ?

Le bouleversement dans sa voix me fit regretter ma décision d'inviter Daniel chez elle pour notre tête-à-tête. C'était une idée folle, et pourtant quelque chose me disait que c'était peut-être l'endroit parfait pour vraiment l'atteindre comme je n'avais jamais pu le faire auparavant. J'espérais par ailleurs qu'avoir Marie près de moi me donnerait la force dont j'avais besoin pour l'affronter de nouveau.

– Pour l'instant, il reste convaincu que Blake a saboté ses chances de devenir gouverneur. J'ai besoin de le convaincre du contraire, et il faut qu'on puisse en parler dans un endroit sûr.

Elle lâcha le comptoir et croisa les bras sur sa poitrine.

– Erica, je t'avais avertie. C'est un homme dangereux et tu ne pourras jamais lui faire confiance.

– Oui, tu m'avais prévenue. Pour ma défense, je ne savais pas à quoi m'attendre quand je l'ai invité à entrer dans ma vie. « Je te l'avais bien dit » ne m'aide pas vraiment, là. On est ici et maintenant, et il faut à tout prix que je réussisse à le convaincre si je veux sortir Blake de là. Tu m'as dit de me battre, et c'est exactement ce que je fais.

Elle soupira.

– Je m'inquiète juste pour toi. Richard… (Elle avala sa salive avec difficulté…) Il est mort en se mêlant des affaires de Daniel.

Oui, l'ex-petit ami de Marie avait connu une fin prématurée en mettant un peu trop son nez dans l'enquête sur Daniel et le supposé suicide de son beau-fils. Je me souvenais encore de son regard déterminé quelques instants avant que sa vie s'achève et que la mienne soit irrévocablement transformée par le canon d'une arme à feu.

Peut-être qu'en un sens Richard avait été aussi entêté que moi. Il était journaliste, et c'était son métier. Mais il n'était pas la fille de Daniel. Je plaignais ceux qui se trouvaient en travers du chemin de Daniel, mais au fond j'étais convaincue qu'il tenait à moi, ne serait-ce que parce qu'il avait aimé ma mère.

On frappa à la porte, ce qui fit sursauter Marie.

– C'est lui.

Elle regarda en direction de la porte et hésita.

– Tu es sûre que tu veux le faire ?

– Il faut que je lui parle, Marie, et il faut qu'il me croie.

Elle hocha rapidement la tête et alla à la porte. Elle ouvrit.

Daniel cilla une seconde, la regarda de haut en bas. Il était habillé de façon décontractée, pantalon kaki et chemise bleue.

– Bonjour, Daniel.

Son air surpris se transforma en rictus.

– Marie ?

Elle laissa se dessiner un petit sourire sur ses lèvres.

– Tu te souviens ?

– Bien sûr. Comment pourrais-je oublier ?

Il semblait soudain différent. Mal à l'aise, presque vulnérable. Pas le Daniel que je connaissais. Aucun de ses visages.

– C'est bon de te revoir.

Je savais qu'elle, en revanche, ne le pensait pas, et je détestais l'avoir mise dans cette situation. Ma mère lui avait fait promettre de ne pas me révéler l'identité de mon père, et pourtant il était là, frappant à sa porte. Et elle avait toutes les raisons de se montrer protectrice. Daniel n'était pas un homme à qui l'on pouvait faire confiance.

Elle s'écarta et lui fit signe d'entrer.

– Entre. Elle t'attend.

Nos regards se croisèrent.

– Erica.

Son ton était sérieux, mais pas agressif comme il aurait pu l'être si nous avions été seuls.

– Bonjour. Asseyez-vous.

On s'assit l'un face à l'autre dans le salon de Marie, pendant qu'elle montait à l'étage pour nous laisser à nos affaires.

– Un choix intéressant pour un lieu de rencontre, dit-il après qu'elle soit partie.

– Disons que c'est une preuve de confiance.

Porter à sa connaissance que Marie faisait toujours partie de ma vie représentait un risque, mais je pensais que ce pourrait être un rappel du passé, aussi, et un rappel important. Cette débâcle électorale allait être un tournant dans sa vie, sans nul doute, mais ce ne serait pas le premier. Il avait fait un choix il y avait bien longtemps. Il avait choisi de se détourner de la femme qu'il aimait et de l'enfant qu'elle portait. Il avait fait ce choix – ou ce choix avait été fait pour lui, peut-être – pour se concentrer sur la possibilité qui venait de lui glisser entre les doigts. Il avait fait un choix qui l'amènerait en cet endroit à cet instant, et pourtant, malgré tous ses rêves et toute son ambition, rien ne s'était passé comme il l'avait prévu.

– Je te fais confiance, mais je ne fais pas confiance à ton mari, dit-il avec un sourire pincé.

– Vous croyez toujours que Blake est responsable ?

Je lui posai la question sans colère ni arrière-pensée. Je voulais simplement savoir comment il pouvait croire ce que je savais ne pas être la vérité.

– Je n'en écarte pas la possibilité. Il n'a jamais vraiment été un de mes fans.

– Et la même chose est vraie pour vous. Pourquoi risquer vos foudres quand il sait déjà à quel point vous vous défiez de lui ? Quel intérêt, pour lui ou pour moi ?

Il secoua la tête.

– Tu ne peux pas nier qu'il me veut hors de ta vie.

– Vous étiez déjà sorti de ma vie.

– Blake est un homme extrêmement riche. Je suis sûr que tu le sais. Je n'ai peut-être pas son genre de fortune, mais j'ai le pouvoir. Ce sabotage ne m'a pas uniquement coûté la position que j'avais remportée : il menace tout ce que j'ai construit en dehors de cette élection. Ma réputation à la tête de mon cabinet. En tant que membre de la communauté. Dans les conseils d'administration auxquels j'appartiens. J'ai une influence qui m'a mené jusque-là, et dont les fondations ont été ébranlées, dit-il en agitant les mains, pressant les doigts sur la petite table qui nous séparait. Ces fondations, Erica, représentent ce que je vaux, et elles se désagrègent chaque jour un peu plus. Cela me place en dessous de gens auxquels je n'aurais jamais eu à rendre des comptes auparavant, qui peuvent me prendre ce qu'ils veulent. Et ton mari pourrait en faire partie.

Ma patience s'émoussait. Je grondai, interrompant sa tirade ridicule.

– Bon sang, Daniel ! Ce n'est pas lui qui a fait ça, insistai-je en m'efforçant de retenir ma colère. Par ailleurs, quiconque croit que sa valeur se jauge en fonction de sa puissance politique a sérieusement besoin de vacances. C'est comme ça que vous vous voyez ? C'est ça que vous apportez au monde ?

Il me regarda d'un air froid.

– Tout ce que je peux te dire, c'est que celui qui a fait ça va me le payer. D'une façon ou d'une autre. D'autres que moi avaient intérêt à ce que je l'emporte. Et je ne suis pas le seul à vouloir des réponses.

– Si vous tenez tant que ça à obtenir des réponses, aidez-moi à les trouver. Je sais qui a fait ça. Je l'ai débusqué une première fois, et j'ai besoin que vous m'aidiez à le retrouver pour que le FBI puisse l'arrêter. Tant qu'ils croiront Blake responsable, ils penseront que vous êtes impliqué. L'aider à s'en sortir vous aidera aussi.

Il resta silencieux un temps.

– Qui cherches-tu ?

– Trevor Cooper. Il vient du passé de Blake, c'est un hacker qui s'est servi du code d'un vieux projet de Blake pour trafiquer les machines à voter. Sincèrement, je crois que ça n'a vraiment rien à voir avec vous. Il voulait juste se venger de Blake, et vous en avez subi les conséquences.

– Si tout ça est vrai, pourquoi la police n'est pas à sa poursuite ?

– Parce qu'ils ne savent pas qu'il existe. Du moins pas tant que je ne l'aurai pas trouvé. C'est pour ça que j'ai besoin de vous.

– C'est un scénario bien tiré par les cheveux, Erica. C'est Blake qui orchestre tout ça ? Je ne pensais pas que tu pouvais être crédule à ce point, mais peut-être que l'amour t'a rendue aveugle.

Mon sang se remit à bouillir, et j'eus du mal à me retenir de crier.

– L'amour ne m'a pas aveuglée. Il m'a fait voir plus clairement que jamais auparavant. Et oui, je ferais n'importe quoi pour blanchir son nom. Et vous allez m'aider.

Il lâcha un juron et se passa la main sur la nuque.

Je n'allais pas l'emporter en le houspillant. J'en avais envie. Ça faisait du bien. Mais j'avais besoin qu'il s'engage. J'avais besoin qu'il partage au moins une fraction de mon désespoir. Pas vraiment certaine qu'il en était capable, je devais au moins essayer. Il y avait encore beaucoup de choses que je ne lui avais jamais dites.

– Daniel… (J'attendis qu'il relève la tête, que ses yeux bleus croisent les miens. Je pris une longue inspiration, espérant aspirer aussi un peu du courage dont j'avais besoin.) Blake va être le père de mon fils. Vous m'avez dit un jour que ça n'aurait pas d'importance pour vous… Est-ce toujours vrai ?

Il pâlit et fixa son attention sur un lointain point invisible au sol. Comme il gardait le silence, je poursuivis. Je me faisais violence pour garder un ton posé alors que mon cœur se serrait.

– Je reconnais que je vous ai fait venir ici parce que je voulais que vous revoyiez Marie. Ça me fait un peu peur de vous réintroduire dans son monde, même brièvement, parce que je ne sais jamais ce que vous allez faire. Mais quelque part, dans votre cœur froid et assoiffé de pouvoir, je sais qu'il y a une place pour autre chose que cette maudite élection. J'espérais que pour une minute vous pourriez ouvrir les yeux et voir qu'elle a été comme une mère pour moi depuis la mort de maman.

– Je suis heureux qu'elle ait été là pour toi, dit-il doucement en continuant d'éviter mon regard.

Je fermai les yeux un bref instant, m'efforçant de poursuivre malgré ma gorge nouée.

– Après la fusillade… j'étais désespérée à l'idée que je ne pourrais peut-être plus avoir d'enfants. J'y ai beaucoup pensé. Plus qu'on ne pourrait l'imaginer. Puis, par miracle, j'ai eu cette chance. Et le plus incroyable, c'est que j'ai pu partager ça avec un homme que j'aime profondément, et de toute mon âme. (Ma voix se brisa, mais je me forçai à murmurer.) Et je veux faire mieux. Je veux donner à cet enfant plus que je n'ai eu. Plus que ça.

J'avançai ma main, paume vers le haut, par-dessus la table, un petit geste pour symboliser toutes ces années de séparation, ce vide entre nous qui persistait encore.

– Tu y arriveras. Je n'en doute pas.

– Alors cet enfant a besoin d'un père, parce que je sais ce que c'est que de devoir vivre sans. Personne d'autre que Blake ne pourra jamais jouer ce rôle. J'ai dû grandir dans l'amour de quelqu'un d'autre et j'en suis reconnaissante à mon beau-père, mais c'aurait dû être vous. Il le savait, et moi aussi.

Mon cœur était douloureux dans ma poitrine et j'étais au bord des larmes. Tout ce que je retenais depuis si longtemps, avant même de savoir qui était Daniel, menaçait de se déverser d'un coup. Comment pouvais-je à ce point le mépriser et le vouloir dans le même temps, cela restait un mystère pour moi. Si notre lien avait une quelconque valeur, je priais pour que ce sentiment ait une signification pour lui et vibre en lui aussi.

Il prit sa tête entre ses mains et passa ses doigts dans ses cheveux grisonnants. J'aurais voulu voir ses yeux. Je les imaginais pleins de regret. Une partie de moi, au moins, voulait qu'ils le soient. Peut-être regrettait-il tout ça ?

– Je suis désolé, Erica. Tu ne sauras jamais à quel point.

Ces douces paroles me touchèrent profondément.

– Je ne peux pas y arriver toute seule, Daniel. Je suis assez forte… peut-être que je le pourrais, je ne sais pas, mais je n'arrive pas à me le représenter. La chance m'a été accordée de recevoir ce dont je me croyais à jamais privée. Et maintenant, il semblerait que l'amour de ma vie pourrait m'être pris à son tour. J'ai besoin de votre aide. S'il vous plaît.

Il soupira.

– D'accord.

Je repris espoir.

– Vous allez m'aider ?

– Si je peux. Je ne suis pas certain de ce que tu attends de moi. Ils épient aussi le moindre de mes faits et gestes.

Je tirai une feuille de papier de ma poche et la lui tendis.

– Vous pouvez commencer par Margaret Cooper. C'est la mère de Trevor. C'est par elle que je l'ai déniché la dernière fois, mais ils ont disparu des radars tous les deux. Voici leur dernière adresse connue, et tout ce qui pourrait aider. Si je peux la trouver, ou si vous le pouvez, j'arriverai peut-être à trouver Trevor ou à la convaincre de me mener à lui.

Il regarda le papier, le visage impassible.

– Ce que tu veux, ce sont des informations.

– Oui.

Son visage se crispa.

– Les informations ont un prix.

Je laissai béer ma bouche comme il devait s'y attendre.

– J'ai de l'argent…

– Je ne veux pas de ton argent. Je m'efforce de te faire comprendre que je ne suis pas comme toi. Les gens qui trouvent des informations pour moi n'entrent pas dans une pièce pour les demander poliment. Il pourrait y avoir des dégâts.

Je pris le temps de sérieusement considérer ce qu'il venait de dire. Je me souvins de la mère de Trevor, de la façon dont elle s'était précipitée sur moi. Si elle n'avait pas été si ivre, elle se serait peut-être approchée suffisamment pour me faire du mal. J'avais été stupide d'aller chez eux seule, et peut-être que je l'étais aussi de demander une telle chose à Daniel, mais je n'avais plus tellement le choix.

– Peu m'importe ce que vous ferez, tant que ça me permet de trouver Trevor. Trouvez-le, et vous n'entendrez plus jamais parler de moi.

Il opina du chef et regarda de nouveau la feuille de papier. Il l'agitait rythmiquement, la tenant entre le pouce et l'index.

– C'est ce que tu veux ?

Mon cœur cessa de battre.

– Qu'est-ce que vous voulez dire ?

Il secoua la tête et commença à se lever.

– Je ne sais pas. Je devrais y aller.

Rangeant le papier dans la poche de son pantalon, il se leva.

– Je verrai ce que je peux trouver. On reste en contact.

– Vous venez d'arriver.

Je le suivis jusqu'à la porte.

– Margot a commencé à faire ses valises ce matin. Il faut que je rentre et que j'essaie de lui faire entendre raison. Le fait que je sois venu te voir ne va probablement pas plaider en ma faveur.

– Je suis désolée.

Ses yeux s'emplirent de regret.

– Moi aussi.

* * *

Tôt le lendemain matin, je fus réveillée par la sonnerie de mon téléphone. Je décrochai en me frottant les yeux.

– Allô ?

La réception était mauvaise, et une opératrice me demanda si j'acceptais un appel en PCV de la prison du comté dans laquelle je savais que Blake était détenu. Mon cœur battit follement dans ma poitrine, tant de l'attente d'entendre la voix de Blake que du déplaisant rappel qu'il était toujours prisonnier là-bas. J'acceptai l'appel et j'entendis un déclic.

– Erica ?

La voix de Blake semblait lointaine.

– Oui.

Je fermai les yeux, cherchant des mots quand tout ce que je voulais, c'était le sentir. Je voulais me précipiter là où il était et le ramener là où il devait être.

– Comment vas-tu ?

– Je vais bien.

Aucune vie dans sa réponse, et je repoussai une soudaine envie de pleurer. Je ne voulais pas qu'il m'entende craquer. Il fallait que je sois forte…

– Tu me manques tellement. Je peux venir te voir quand ?

Il resta un instant silencieux.

– Je préférerais que tu ne viennes pas, dit-il finalement.

– Qu'est-ce que tu veux dire ?

– Je ne veux pas que tu viennes ici, d'accord ? Tu me manques. Bon sang ! dit-il en laissant échapper un souffle saccadé. Tu me manques plus que tu ne pourrais jamais l'imaginer, mais je ne veux pas que tu mettes les pieds dans cet endroit. C'est compris ?

Je m'assis dans le lit et un souci nouveau m'éclaircit les idées.

– Tout va bien ? Tu me fais peur, Blake.

– Je vais bien, il n'y a pas de raisons de t'inquiéter. Mais toi, ici... Que tu me voies comme ça... Ce n'est pas un souvenir, ni pour toi ni pour moi.

– Mais si...

– Comment vont maman et papa ?

« Mais si tu ne reviens pas à la maison ? » C'était la question qu'aucun de nous deux n'acceptait d'envisager. Je pris une difficile inspiration, décidai de respecter son souhait et changeai miséricordieusement de sujet.

Chapitre dix-huit

BLAKE

– C'est quoi, ce truc ?

Je commençai à examiner la pile de papiers qu'Evans venait de laisser tomber devant moi.

– Ça ressemble à une analyse détaillée du code.

Evans était de l'autre côté de l'une des petites tables rondes réservées aux prisonniers et à leurs visiteurs. J'avais secrètement espéré quelqu'un d'autre, mais j'étais heureux qu'Erica ait respecté mon souhait et ne soit pas venue. J'avais envie de la voir, même quelques minutes seulement. J'aurais voulu avoir la possibilité de la réconforter autant que possible, même derrière une vitre, mais je ne voulais pas non plus qu'elle me voie comme ça.

Max avait eu raison sur un point. Je n'avais jamais beaucoup prêté attention à mon apparence, du moins pas comme lui. Pour aller travailler, j'avais une bonne collection de tee-shirts vintage que je pouvais facilement remplacer, quand cela s'imposait, par des costumes trois-pièces. J'en avais un placard entier, mais je n'avais pas besoin de me donner de grands airs comme les autres.

Je ne l'avais jamais fait. Je savais qui j'étais, et je n'avais pas besoin de glamour pour asseoir la fortune que j'avais accumulée ou les succès que j'avais remportés sans ces conneries superficielles.

Néanmoins, avec l'argent, je m'étais habitué à ce qu'il y avait de meilleur. Passer mes journées dans une boîte de béton avec un accès limité au plus strict nécessaire était fort éloigné de ma vie habituelle. De ma vie habituelle ou de ma vie d'avant ? Malédiction, j'étais tombé trop bas, et je ne voulais pas qu'Erica le sache.

Physiquement, j'étais dans un état lamentable. Émotionnellement, c'était pire. Je ne pouvais pas protéger ma famille d'ici. Je ne pouvais m'occuper de rien ni d'aucun de ceux qui avaient besoin de moi. Et je ne risquais pas de gagner à un concours d'élégance.

J'écartai ces pensées et m'efforçai de me concentrer sur les annotations inscrites entre les lignes de code, dont je reconnaissais certaines pour être les miennes. D'autres ne l'étaient visiblement pas. Il s'agissait dans l'ensemble d'une évaluation plutôt bien argumentée qui concluait que je n'avais pas intégralement écrit le code utilisé pour manipuler les votes. Je repoussai les papiers vers Evans.

– Il leur en a fallu, du temps, à vos techniciens, pour pondre ça.

– Ce n'est pas leur œuvre.

Je haussai les sourcils.

– Une source anonyme nous l'a transmis. Une idée ?

Je haussai les épaules.

– C'est vous, les experts. À vous de me le dire.

– Vous êtes en taule et vous êtes parti pour y passer du temps, alors pourquoi ne pas faire simple ? Qui est Trevor Cooper ?

Je le dévisageai. J'avais cru que les notes que je venais de parcourir suffiraient pour convaincre la police que je n'étais pas coupable, mais il semblait évident qu'Evans n'allait pas s'avouer battu aussi facilement. Il allait falloir lui faire un dessin pour qu'il le comprenne : je n'étais pas au cœur de l'affaire.

– Gove me dit que ce serait une sorte de cyber-rival que vous avez, poursuivit-il. Pour ce que je vois, on dirait que vous avez coordonné vos efforts avec ceux de quelqu'un d'autre, et maintenant vous essayez de tout lui mettre sur le dos.

Je laissai échapper un petit rire, rien d'autre.

– Bon sang, Blake, mettez-vous à table.

– Je ne peux pas placer un mot. Et pour dire quoi, quand vous êtes à ce point convaincu d'avoir tout compris ? Je détesterais détruire vos illusions en vous imposant cette version que d'aucuns appelleraient la « vérité ».

Il se renfonça dans sa chaise.

– Je ne vous aime pas, Landon.

– Un sentiment partagé.

– Mais je ne sous-estime pas votre intelligence.

– Là, je ne peux pas en dire autant.

Il grimaça, et je sentis qu'il perdait patience.

C'était le moment ou jamais. Je n'avais pas grand espoir qu'Evans entende raison, mais au moins il posait des questions. Dean lui avait parlé de Trevor, et il y avait devant moi assez de preuves distinguant son code du mien pour qu'Evans soit contraint de suivre de nouvelles pistes s'il voulait garder une chance d'avoir un dossier solide.

De toute façon, la situation ne pouvait guère empirer. Chaque jour que je passais en prison était un jour sans Erica, et je n'allais pas jouer les martyrs pour le frère cadet de Brian, quoi qu'il se soit passé autrefois.

Je pris une longue inspiration, me préparant à lui raconter toute l'histoire.

– Bien. Qu'est-ce que vous voulez savoir ?

– Commençons par Trevor. Comment l'avez-vous connu ?

– Je peux supposer que vous êtes informé de tout ce qui concerne le M89 en détail, exact ?

Evans se détendit un peu, retrouvant son sourire de fouille-merde.

– Pour faciliter la conversation, disons que oui.

– Bien. Quand Brian Cooper s'est suicidé, il a laissé derrière lui sa mère et un frère, Trevor.

Le sourire d'Evans s'atténua un peu.

– Continuez.

– Je n'ai pas besoin de vous raconter mon histoire. J'ai développé Banksoft puis investi dans bon nombre de projets personnels depuis. Il y a quelques années, j'ai remarqué que certains de mes sites étaient ciblés par un hacker ou un groupe de hackers. Rien de sérieux. Rien que mon équipe ne puisse gérer. Juste une contrariété.

– Et vous pensez que c'était Trevor.

– Je sais que c'était Trevor. Il a revendiqué les attaques au nom de sa nouvelle génération de M89 chaque fois qu'il a pu. Je n'ai jamais pris la peine d'essayer de le débusquer. Je pensais que ça ne valait pas le temps perdu, mais Erica l'a retrouvé par l'intermédiaire de sa mère et lui a demandé des comptes. Il a quasiment tout admis mais aussitôt disparu des écrans radars. C'est un programmateur de merde, mais il sait se planquer.

– D'accord. Supposons que tout ça soit vrai. Pourquoi irait-il truquer une élection ? Il est lié à Fitzgerald d'une quelconque façon ?

– Son seul lien avec Fitzgerald est à travers moi et Erica. Il n'en a rien à faire de l'argent ou du prestige. Il a consacré toute sa vie à venger Brian. Et quelle meilleure façon de venger son frère que de voir son ancien acolyte derrière les barreaux pour exactement la même chose que ce qui a poussé son frère au suicide ? L'élection de Fitzgerald n'était que le moyen de m'impliquer.

Quelques minutes s'écoulèrent, durant lesquelles je m'efforçais de ne pas penser à la vie qu'Evans et Trevor me souhaitaient. Une vie derrière les barreaux, peut-être pas une vie entière, mais assez pour rater des milliers d'instants précieux que je ne retrouverais jamais. Des instants avec Erica et notre enfant, la famille que nous étions si près d'avoir. Que Trevor ait une chance de voir son plan couronné de succès me donnait la nausée.

Je serrai les poings, les pressai contre mes cuisses. La voix d'Evans brisa le silence.

– Comment savoir si vous ne me racontez pas des craques ?

Je me penchai en avant les yeux écarquillés, plus irrité que jamais qu'après avoir retenu tout ça si longtemps, sa première réponse soit encore le scepticisme.

– Disons les choses clairement, Evans. Si j'avais truqué cette putain d'élection, ce qui n'est pas le cas, vous ne vous en seriez jamais aperçu. Deuxièmement, si votre bande de génies était capable de me relier à ça, ils bosseraient pour moi.

Il renâcla.

– Vous êtes fier, je dois vous l'accorder.

– Appelez ça comme vous voulez, mais que mon nom soit associé à cette connerie est insultant. J'ai mis une douzaine des pires salauds de Wall Street à genoux quand j'avais treize ans. Vous croyez que je ne saurais pas trafiquer une machine à voter sans laisser de traces ? Soyez un peu sérieux !

Les joues d'Evans s'empourprèrent, et il rajusta le col de sa chemise.

– Si vous me dites la vérité et que Trevor est derrière tout ça, où vais-je le trouver ?

Je haussai les épaules.

– Débrouillez-vous.

– Vous voulez sortir d'ici, Landon, ou vous voulez voir votre enfant au parloir ?

Je ravalai difficilement tout ce que je voulais dire à Evans.

– Je ne serais pas derrière les barreaux sans vous. Maintenant, vous essayez de me forcer à faire votre putain de boulot à votre place, c'est ça ?

Ses narines s'épatèrent.

– Réfléchissez-y. Réfléchissez-y bien et longuement.

Son téléphone sonna alors, un bruit aigu et déplaisant. Il répondit et tint l'appareil contre son oreille. « Evans. » Son regard se détourna de moi. « Vraiment ? Où ça ? » Presque aussitôt, il se leva, et la chaise racla le sol de béton. « Je suis là dans dix minutes. »

Il m'adressa un regard impénétrable et partit.

* * *

ERICA

J'avais passé les deux nuits suivantes chez Marie, et j'en étais heureuse. Même si Blake me manquait horriblement et que je m'inquiétais pour notre avenir, j'appréciais sa présence. La femme insouciante et bonne qui tombait vite amoureuse et souffrait tout aussi facilement était plaisante à vivre pour les mêmes raisons. Chaleureuse et modeste, elle ne jugeait jamais, ne laissait jamais ses inquiétudes s'ajouter aux miennes.

J'étais loin d'un quelconque soulagement, mais les progrès faits avec Sid m'avaient donné de l'espoir.

Nous avions anonymement envoyé à Evans l'analyse compilée grâce au contact de Geoff. Si j'attendais des nouvelles de ce côté-là, j'en attendais aussi de la part de Daniel.

Je m'étais repassé mentalement notre conversation d'innombrables fois. Il paraissait sincère. Sincèrement ulcéré quant à sa propre situation, sincèrement désolé de ne pas avoir été là pour moi. J'espérais qu'il était sincère aussi dans sa volonté de trouver Trevor, parce que c'était lui la clé. Il était l'ombre qui avait hanté nos vies depuis bien trop longtemps. Parfois, je n'arrivais pas à croire que j'avais réussi à le retrouver une première fois. Et je me maudissais encore et encore pour l'avoir laissé s'échapper. J'avais agi inconsidérément en partant toute seule sur sa trace. J'aurais dû attendre l'aide de Blake. Peut-être n'en serions-nous pas là aujourd'hui, confrontés à la possibilité d'un avenir séparé.

Le matin, j'allais au bureau. Le travail de routine et la compagnie des gens m'étaient un petit réconfort. Je passais la plus grande partie de la journée à essayer d'en apprendre plus sur les autres cas de fraude informatique, et à comparer notre situation à celle des autres. La plupart du temps, ça ne faisait qu'ajouter à mon anxiété. Alli frappa à ma porte à l'un de ces instants.

– Eh, tu vas bien ?

Je fis pivoter mon fauteuil tandis qu'elle s'asseyait dans le siège en face du mien.

– Ouais. J'étais juste en train de parcourir mes mails.

– Comment te sens-tu ?

Je fis glisser mon doigt le long de mon bureau.

– C'est une question piège, Alli.

– Désolée. Je veux dire physiquement.

Je haussai les épaules.

– Rien de bien particulier.

Elle acquiesça et resta un instant silencieuse.

– Tu es allée voir Blake ?

Je secouai la tête.

– Une raison particulière ?

Je ne pouvais pas passer une heure sans penser à Blake. On avait passé un mois ensemble vingt-quatre heures sur vingt-quatre, sept jours sur sept, et ça n'avait pas été assez. J'avais besoin de sa présence plus que de celle de n'importe qui d'autre, et pourtant je n'arrivais pas à me résoudre à dire à Clay de m'emmener là-bas, quand Blake m'avait spécifié de ne pas venir.

– Il ne veut pas.

– Quand est-ce que ça t'a arrêtée ?

Il m'était venu à l'esprit d'ignorer sa volonté. Parfois, Blake ne savait pas ce qui était bon pour lui. Mais j'étais terrifiée à l'idée de le voir si vulnérable.

– Je crois que j'attends, finis-je par reconnaître.

– Tu attends quoi ?

– C'est comme si j'attendais juste qu'il rentre à la maison. Et quand je prends conscience que ce ne sera pas le cas, j'ai l'impression que j'attends de trouver le moyen de régler tout ça.

– Je comprends que tu ressentes ça, mais on n'a aucun moyen de savoir combien de temps va durer ce processus. Quoi qu'il arrive dans cette enquête, vous êtes toujours mariés et amoureux. Il a besoin de toi.

– Je le sais, oui, et crois-moi, ça me tue. Le jour de l'audience, il semblait si désespéré. La seule fois que j'ai vu cette expression dans ses yeux, c'était quand je me suis fait tirer dessus. Il est toujours si fort, si incroyablement déterminé. Mais il ne pouvait pas cacher que je risquais de mourir juste là devant lui, ce jour-là. Si c'est ce qu'il ressent maintenant, qu'il n'y a plus d'espoir, alors je ne veux pas aller le voir tant que je ne serai pas capable de lui donner ça. De l'espoir. Et je n'ai pas l'impression d'en avoir déjà la possibilité pour l'instant.

La tristesse se peignit sur son visage.

– Des nouvelles de la police ?

Je secouai la tête.

– Gove m'a appelée et m'a dit qu'ils « étudiaient », mais rien encore.

Elle laissa échapper un soupir fatigué.

– Je t'emmène déjeuner.

– Je n'ai pas vraiment faim.

– Écoute, j'adorerais t'emmener descendre quelques Martini, mais tu es au régime sec pour un moment. Tu as bien le droit tout de même de t'abandonner aux plaisirs de la table de temps en temps. Il y a ce petit indien que j'ai trouvé à quelques pâtés de maisons d'ici. Leur pain nan est à tomber.

Mon estomac gargouilla son assentiment.

– D'accord.

Un peu plus d'une heure après, par la grâce d'un délicieux repas riche en glucides, j'arborais un petit ventre cumulant mes excès et mon bébé. Je le tapotai, ce qui me parut ridicule et naturel à la fois. Personne n'aurait pu dire que j'étais enceinte, mais j'étais impatiente de voir le jour où il en serait tout autrement.

On revenait vers le bureau quand je tombai sur Risa sortant de chez un traiteur avec ma vieille amie Liz, un autre visage familier. On avait été coloc pendant ma première année à Harvard, Liz et moi ; mais après mon déménagement, on s'était un peu perdues de vue. C'était elle qui m'avait recommandé Risa quand j'embauchais pour Clozpin, mais on ne s'était pas reparlé depuis. Maintenant, les deux femmes se tenaient devant nous, vêtues de manière formelle d'une veste et d'un pantalon noirs. Elles tenaient à bout de bras des sacs en papier contenant à l'évidence leur déjeuner. Liz fut la première à parler.

– Erica, comment vas-tu ?

Elle s'avança et m'étreignit inconfortablement.

– Bien, et toi ?

– Ça va. Je continue de faire défiler des chiffres dans ma société d'investissements, mais bon… au moins j'ai de la compagnie, maintenant.

Elle sourit et fit un signe de tête en direction de Risa, qui se tenait nerveusement à côté d'elle.

Je ne savais pas trop ce que Risa avait dit à Liz de notre séparation, mais apparemment pas assez. Risa avait trahi ma confiance et mis en danger ma société, deux crimes absolument impardonnables selon moi. Elle avait tenté de faire amende honorable quelques mois auparavant, et j'avais un peu pitié d'elle pour avoir pris d'aussi douteuses décisions que celle de faire entrer Max dans sa vie ; mais elle avait fait ses choix, et je ne pourrais plus jamais lui faire confiance. Elle parut avoir lu dans mes pensées quand elle prit la parole.

– J'ai appris, pour Blake. Vous tenez le coup ?

Je haussai les épaules, ne sachant trop quoi répondre à ça. Comment je tenais le coup, ce n'étaient pas vraiment ses oignons. Surtout que je ne tenais pas aussi bien le coup que je l'aurais voulu, en particulier quand les larmes me montaient aux yeux dès qu'on prononçait le nom de Blake.

– Eh bien, on est contentes de vous avoir vues, mais on est en retard pour notre rendez-vous, intervint Alli en regardant sa montre grand format.

Sur ce, elle glissa son bras sous le mien et m'entraîna.

– Hum… Erica, j'espérais qu'on pourrait se parler un de ces quatre, s'empressa d'ajouter Risa.

Elle posa son sac en papier pour fouiller dans sa pochette. Elle en tira une carte de visite, qui confirmait qu'elle travaillait pour la société qu'avait intégrée Liz à sa sortie de fac. Avec Liz au milieu de tout ça, je ne sus que dire. Les bonnes manières m'imposaient d'acquiescer, mais je n'avais aucune envie de reparler à Risa. Elle était à des années-lumière de mon cercle de confiance, et il n'y avait aucune chance que je la laisse s'en approcher.

Alli prit la carte qu'elle tendait.

– Super. On vous reverra bien toutes les deux. Mais on doit filer !

On descendit la rue vers notre supposé rendez-vous.

– Désolée d'être restée pétrifiée comme ça, lui dis-je à l'approche du bureau. Merci d'être venue à ma rescousse.

– Pas de problème. Je nous ai rendu service à toutes les deux. Je n'avais rien à dire à cette femme après ce qu'elle t'a fait. Et à mon avis, toi non plus.

– Rien de plaisant, en tout cas.

Je glissai la carte dans la poche de mon jean, m'efforçant d'oublier qu'elle travaillait maintenant à quelques pâtés de maisons de là, et que ce n'était qu'une question de temps avant que nos chemins se croisent de nouveau.

Chapitre dix-neuf

ERICA

Clay me ramena chez Marie ce soir-là encore. Quand je franchis la porte, mon regard se posa immédiatement sur la silhouette assise sur le canapé en face d'elle. Daniel se leva et vint lentement vers moi.

– Tout va bien ? demandai-je.

– Tiens.

Il tira un morceau de papier de sa poche et me le tendit.

– Qu'est-ce que c'est ? demandai-je en le dépliant.

– C'est là que tu le trouveras.

– Trevor ?

Un profond soulagement m'envahit, ainsi qu'une forte poussée d'adrénaline. Y avait-il une chance que Daniel l'ait vraiment retrouvé ?

– Il se terre dans un appartement de Roxbury, au-dessus d'une quincaillerie. C'est un quartier dur, alors fais attention.

– Comment l'avez-vous retrouvé ?

– De la même façon que toi. Par sa mère.

– Et elle vous l'a dit comme ça ?

Ses lèvres formèrent une ligne sombre.

– Non. Pas exactement.

Je sentis le sang se retirer de mon visage. Oh, mon Dieu. Qu'avait-il fait ?

– Tout le monde a un prix… Le sien était beaucoup plus bas que je ne l'aurais cru.

– Ai-je vraiment envie de savoir ce que vous entendez par là ?

Il sourit.

– Si cette petite merde ne m'avait pas coûté le siège de gouverneur, j'aurais presque eu pitié de lui. Quelques milliers de dollars et deux bouteilles de Vicodine ont suffi. Il semblerait qu'il ait négligé les addictions de sa mère, ces derniers temps, alors elle ne s'est pas sentie très maternelle quand mes amis sont venus discuter avec elle.

– Oh…

Malheureusement, rien dans ce scénario ne me surprenait vraiment. La seule et unique fois que je l'avais vue, cette femme avait l'air d'une épave. À l'instar de Daniel, si Trevor n'avait pas menacé à lui seul de détruire tout ce qui m'était cher, j'aurais pu avoir un peu de sympathie pour lui, de savoir qu'il avait été élevé par une mère pareille.

– Comment savez-vous s'il est vraiment là ?

– J'ai fait surveiller son appartement pour m'assurer qu'il s'y trouvait. Un ado petit, cheveux noirs ?

– Oui, c'est lui.

– On est restés assez longtemps pour vérifier que l'adresse était la bonne, mais je n'ai pas voulu qu'il panique et disparaisse de nouveau. Je me suis dit que tu prendrais le relais à partir de là.

– Merci.

Le papier s'agitait dans ma main tremblante. Sans réfléchir, j'enlaçai Daniel et enfouis mon visage dans son épaule, retenant les sanglots qui voulaient exploser

– les larmes d'un immense soulagement. Ses bras se refermèrent sur moi. Sa poitrine se gonfla d'une profonde inspiration avant qu'il me serre un tout petit peu plus fort.

– Mille fois merci, murmurai-je.

On brisa là, et il évita mon regard.

– Je ferais mieux d'y aller, dit-il doucement.

Il se tourna pour adresser un signe de tête à Marie.

– Au revoir, Daniel, répondit-elle.

– Au revoir.

Puis il partit, descendit la rue vers l'endroit où Connor l'attendait à côté de la Lincoln noire qui autrefois me terrorisait chaque fois que je la voyais.

À bientôt, me dis-je. Mais je n'étais pas certaine que ce serait le cas. Je lui avais promis qu'il ne me reverrait plus jamais. Était-ce vraiment ce qu'il voulait ? Ce que je voulais ?

Je connaissais la réponse, mais je n'avais pas le temps de m'appesantir sur le sujet. Pas maintenant, quand on était si près de mettre fin à ce cauchemar.

Dès que la voiture de Daniel eut disparu et que j'eus repris le contrôle de mes émotions, je tapai le numéro que m'avait anonymement envoyé le texto quelques jours auparavant, espérant entendre la voix du détective Carmody à l'autre bout du fil.

– Carmody, répondit-il brusquement.

– Bonsoir, Erica Landon à l'appareil.

Il hésita.

– Que puis-je faire pour vous ?

– J'ai trouvé Trevor. Il est en ville. Je voudrais que vous l'arrêtiez.

– Où est-il ?

Je déglutis et regardai le bout de papier que je tenais. Je le serrai fort, comme quelque chose de précieux.

Si Trevor était vraiment là, et si la police pouvait l'appréhender, alors ce papier était un trésor.

– Erica, vous êtes toujours là ?

– Oui. J'ai l'adresse là devant moi. J'ai juste besoin que vous me promettiez quelque chose auparavant.

– Quoi ?

Tant de choses étaient dans la balance. Il ne fallait pas se louper. Si Trevor s'apercevait de quelque chose et disparaissait de nouveau, je ne le retrouverais peut-être plus jamais. Pas avant qu'il soit trop tard…

– Il faut que je sache si vous allez faire ça bien, Carmody. J'ai peur qu'il s'enfuie et qu'on ne le retrouve plus.

– S'il est là-bas, je l'arrêterai.

Je voulais le croire.

Carmody était en position d'interpeller Trevor, et il était ma meilleure – et probablement seule – chance d'arriver à ce résultat. Le fait qu'il était allé au-delà de ses obligations pour m'aider à trouver Trevor m'incitait à lui faire plus confiance qu'à n'importe qui d'autre ; mais cela m'amenait aussi à me poser des questions sur ce qui l'avait conduit à agir ainsi.

– Pourquoi m'avez-vous aidée ?

Il resta un long moment silencieux.

– Écoutez, il n'y a pas de quoi en faire tout un plat. Je ne suis du côté de personne, si ce n'est de la vérité. Et à la façon dont Evans abordait l'affaire, on ne risquait pas de s'en approcher. Il mène visiblement une vendetta au nom de son service, et j'ai eu l'impression que ça pourrait aider.

Je fermai les yeux, heureuse qu'il ait agi ainsi. S'il ne l'avait pas fait… Je n'osais même pas y penser.

– Promettez-moi, c'est tout.

Il soupira bruyamment.

– Erica, si Trevor est là où vous nous l'indiquez, et que l'on peut trouver des preuves qui l'incriminent dans toute cette opération, je ne vais pas le laisser m'échapper. Vous avez ma parole.

– D'accord, finis-je par concéder.

Je lui énonçai l'adresse, en intimant à mon cœur l'ordre de battre moins fort, sans succès. J'entendis Carmody s'agiter à l'autre bout du téléphone, puis le silence.

– Vous y allez aujourd'hui ? demandai-je.

– Je monte dans la voiture à cet instant même.

– Merci.

La communication prit fin, et je commençai à attendre.

* * *

BLAKE

– Aujourd'hui est ton jour de chance.

Je pris un siège face à mon avocat, avec une furieuse envie d'effacer son expression optimiste de son visage. Il n'y avait rien de réjouissant dans ma situation du moment.

– J'en doute franchement.

– Ils ont retrouvé Trevor.

Je marquai un temps d'arrêt.

– Comment ont-ils fait ?

Dean m'adressa un sourire convenu.

– Un autre coup de main anonyme. Entre ça et le code, je crois que la curiosité d'Evans a été piquée. Quoi qu'il en soit, Carmody a reçu l'info et l'a arrêté. Ça n'a pas été facile, d'ailleurs. Je suppose qu'il a essayé de s'enfuir. Il a été un peu rudoyé quand Carmody l'a interpellé.

– Ça alors ! Je n'arrive pas à croire qu'ils l'aient eu.

Ils avaient réussi à arrêter un fantôme. Une ombre. Mais je ne pouvais pas leur en attribuer tout le mérite, ni même une trop grande partie. Erica avait dû les aider.

Bon sang, comment avait-elle fait ? D'abord le code, et maintenant ça. Je ne voyais pas qui d'autre aurait pu réussir tout ça aussi rapidement. Seul un fieffé imbécile sous-estimerait ma femme.

Mon visage s'éclaira d'un sourire radieux.

– Il refuse de coopérer, ça va sans dire, poursuivit Dean. Mais ça n'a pas grande importance, parce qu'ils ont trouvé une montagne de preuves dans ses ordinateurs. Du code source en veux-tu en voilà. Des machines à voter, de tes sites, de celui d'Erica. Il y a tout ça, et bien plus encore. Ils continuent de le dépouiller en ce moment même.

– Je suppose que ça veut dire que je suis tiré d'affaire, maintenant.

– Pour la manipulation de l'élection, oui. Mais ils ne veulent pas céder sur les charges de fraude informatique liées à Parker si tu ne négocies pas un accord.

– Un accord ?

– Ils veulent que tu coopères avec le ministère public dans ses poursuites contre Cooper. Ils veulent une déposition complète et toutes les preuves afférentes sur ses interactions avec tes affaires. Et ils pourraient vouloir que tu témoignes.

– Merde… maugréai-je.

Je pouvais faire avec la déposition et les preuves, mais je n'avais pas envie de me retrouver face à ce petit connard dans un tribunal. Ça avait quelque chose d'humiliant.

– On a fait beaucoup de chemin, Blake. Il a fallu pas mal de chance pour en arriver là, et ça n'a pas été sans risque.

Dieu sait ce qu'Erica a dû faire pour trouver le code et Trevor. Si tu n'acceptes pas…

Il lâcha son stylo et se pinça le haut du nez. Il n'avait pas besoin de me le dire. Si je n'acceptais pas, j'étais un crétin égoïste et autodestructeur.

– Qu'est-ce qu'ils offrent ?

Il me regarda d'un air las.

– Une peine réduite.

Tout le soulagement que j'avais pu ressentir fut balayé par de nouvelles craintes.

– Tu veux dire qu'il y aura quand même une peine de prison ? Aucune chance. Pas d'accord.

– Avec sursis, Blake. Je peux te faire sortir demain. Tu te tiens à carreau quelques mois et, à part ton casier, ce sera comme s'il ne s'était rien passé, dit-il en se passant la main dans les cheveux, troublant leur ordonnancement. Tu crois que j'aurais accepté de la prison ferme ? Tu me prends pour qui ?

Je laissai échapper un soupir de frustration.

– D'accord.

Il s'immobilisa.

– Tu vas le faire ?

– Oui. Où dois-je signer ?

* * *

Aussi serein que je veuille le paraître, mon cœur chantait quand je pus remettre mes propres vêtements après la procédure de levée d'écrou. Je me regardai dans le petit miroir suspendu au mur de la pièce dans laquelle je me changeais. Même si je savais que ce n'était pas le cas, je ressemblais à l'homme qu'Erica avait vu la dernière fois.

Mes lunettes sur le nez, je passai la main dans ma

chevelure, qui avait besoin d'être rafraîchie. Je n'avais pas vu Erica depuis une semaine, et si je voulais me précipiter à la maison pour la retrouver aussi vite qu'il était humainement possible, je m'inquiétais par ailleurs de ce qu'elle dirait quand je franchirais enfin de nouveau la porte.

C'était elle qui m'avait fait libérer. Mais même si j'étais accueilli par les bras chaleureux de la même Erica, je savais que je n'étais plus le même homme. Cette dernière confrontation avec la loi avait été douloureusement révélatrice. Je pouvais être orgueilleux parfois, mais savoir que je n'étais plus la seule personne dont l'avenir était en jeu m'avait appris l'humilité.

Je franchis le dernier sas de sécurité et pénétrai dans la stérilité du couloir d'entrée de la prison. Devant moi, Michael Pope émergea de la salle d'attente. Il était vêtu d'un luxueux costume rayé. Il affichait un teint hâlé fort seyant, et ses cheveux blonds grisonnants étaient impeccablement coupés. Pour la première fois de ma vie, je me sentis un peu inférieur dans ma condition du moment.

Je m'avançai vers lui.

– Que faites-vous là ?

– Je me suis dit que j'allais te ramener en voiture.

– Je ne vous attendais pas.

Dean était censé me retrouver et me ramener, mais je ne le voyais nulle part.

– Je sais. J'ai déjà parlé à ton avocat. Je lui ai dit que je te ramènerais. (Michael fit un signe de tête en direction de la porte et demanda.) Tu es prêt ?

– Plus que jamais.

Dehors, l'air froid me saisit, et je respirai profondément, plus heureux que jamais d'être libre.

Puis il me revint à l'esprit que Max était également

ici, prisonnier, et qu'il respirait les mêmes remugles que j'avais respirés ces derniers jours.

– Vous avez vu Max ?

– Il n'a pas voulu. (Le visage de Michael était calme, impassible, et il précisa.) Peut-être la prochaine fois.

On monta à l'arrière de la seule limousine noire du parking. Je donnai mon adresse au chauffeur, et on s'éloigna de l'enfer dans lequel je me jurai solennellement de ne jamais retourner.

Je m'enfonçai dans mon siège. L'odeur du cuir, un soupçon de scotch et l'eau de Cologne subtile de Michael, que je lui avais toujours associée depuis aussi longtemps que je le connaissais, imprégnaient la voiture. Pour moi, c'étaient les odeurs d'une civilisation, le luxe, et d'une vie pour laquelle j'avais travaillé dur et que je voulais retrouver. Pourtant Michael, qui représentait naturellement toutes ces choses, restait cloîtré dans un silence qui n'augurait rien de bon.

– J'apprécie votre présence, Michael, mais quelque chose me dit que vous n'avez pas fait tout le chemin depuis le Texas simplement pour me ramener à la maison. Que se passe-t-il ?

– Non. Je suis venu ici pour parler à Trevor, en fait.

Je fronçai les sourcils.

– Pourquoi iriez-vous donc perdre votre temps avec lui ?

Il croisa ses mains sur ses genoux et soutint mon regard.

– Quand la police l'a appréhendé, je me suis dit que j'aurais peut-être à intervenir.

Je le dévisageai attentivement, en quête d'indices. Quelque chose n'allait pas. Il n'aurait pas dû être là, il n'aurait pas dû consacrer une minute de sa journée à un gars comme Trevor.

– Pourquoi auriez-vous à intervenir ?

– Quand les choses ont dégénéré avec Max, j'ai embauché Trevor. (Il s'éclaircit la gorge.) J'ai commencé par le sortir de la compta et par liquider les opérations de Max. Puis je l'ai mis au travail.

Qu'est-ce que c'étaient que ces conneries ?

– Vous l'avez embauché ?

Ses yeux prirent un peu vie.

– J'ai vu un potentiel en lui, une opportunité de le changer pour le meilleur. Quelque chose chez lui me faisait penser à toi, et j'ai tenté ma chance. Comme avec toi à une autre époque.

– Je n'ai rien de commun avec Trevor.

Il inclina légèrement la tête et fit un petit bruit désapprobateur.

– Toi plus jeune, peut-être. Toi et Cooper avez plus en commun que tu ne pourrais le croire… Révolté, confus, porté par une mission nébuleuse. J'aurais pu opter pour des représailles quand j'ai appris quelle plaie il était devenu pour toi. Mais comment discipline-t-on un insurgé comme lui ? On ne peut pas. C'est impossible. Alors j'ai essayé de le changer. De faire de lui ce que j'avais fait de toi. Je lui ai donné un projet. Un objectif.

Mes pensées tourbillonnaient à la vitesse de la lumière. Erica avait eu raison d'aller instinctivement voir Michael. Simplement, elle ne le savait pas. Pourtant, je n'arrivais pas à croire que Michael irait jusqu'à faire l'effort d'embaucher Trevor. Michael avait été un mentor admirable, mais je ne savais pas qu'il cherchait de nouvelles recrues.

– Les choses que tu avais réalisées pour le M89 il y a une décennie étaient remarquables, poursuivit-il en croisant ses doigts devant lui. Révolutionnaires, vraiment. Si tu ne t'étais pas fait prendre, le logiciel bancaire ne serait pas ce qu'il est aujourd'hui. Tu as identifié les défauts de ce qui était alors sur le marché. Peut-être que tu ne l'avais pas compris à l'époque parce que tu étais encore tellement jeune… mais à cause de ce que tu avais fait, tous ceux qui avaient de l'argent à protéger se sont intéressés à la résolution de ces problèmes. Les téléphones des banquiers étaient assiégés. Les gens voulaient savoir comment leur argent allait être protégé. Tu avais généré une peur. Et les gens réagissent à la peur.

– Et vous n'avez pas eu de mal à vendre Banksoft.

– Absolument. En un sens, ça n'avait pas de prix. Ce fut la plus grosse acquisition de l'histoire dans le domaine du logiciel, à l'époque. Et ce n'était pas un hasard. Parce que… combien serais-tu prêt à payer pour protéger ta fortune ?

Il jeta un coup d'œil dans ma direction, mais je restai silencieux et immobile, sentant qu'il y avait encore beaucoup de choses qu'il ne m'avait pas dites.

– Laisse-moi te poser une autre question. Peux-tu fixer un prix pour l'intégrité du vote qui détermine les hommes et les femmes qui dirigeront notre pays, à tous les niveaux de gouvernement ?

Nous y étions. Un sourire amer me déforma les lèvres.

– Selon votre logique, le prix augmente considérablement quand quelqu'un a compromis un système faillible. C'est un nouveau modèle économique ?

Il opina lentement.

– Ça l'était. Je m'étais dit que le même principe s'appliquerait au logiciel de vote que je voulais que Trevor réalise pour moi. Et quand l'heure serait venue, j'aurais eu la solution prête à être vendue au plus offrant. Sauf qu'au lieu d'attendre la demande, je l'aurais créée. Il fallait un scandale, les médias.

– Content d'avoir pu vous aider.

Je serrai les dents, déjà furieux de ce que Michael m'avait révélé. La façon dont il percevait Trevor me faisait reconsidérer tout ce que j'avais toujours respecté chez lui. Comment pouvait-il considérer comme prometteur un type qui n'avait jamais rien fait d'autre que vandaliser mes entreprises ?

Il soupira.

– Blake, je n'ai jamais voulu que tu ailles en prison.

Je laissai échapper un petit rire ironique et me passai la main dans des cheveux déjà décoiffés.

– Il s'est servi de mon putain de code. Ça ne vous a pas interpellé ?

– Je n'ai rien su des routines de cryptage jusqu'à la visite du FBI. J'avais donné à Trevor accès à tout ce dont il avait besoin. Que ce soit du code ou de l'argent. Je l'ai restructuré, comme je l'avais fait avec toi. Les gens comme toi répondent à la confiance qu'on leur fait, quand personne d'autre ne les en juge dignes.

Je serrai les dents.

– Les gens comme moi, hein ?

– Ne sois pas si susceptible, Blake. C'est comme ça que je t'ai amadoué il y a si longtemps. Je t'ai fait confiance… implicitement.

– Je vous avais fait confiance aussi.

Une émotion passa dans ses yeux.

– Je sais, et peut-être que ce n'était pas mérité. Mais j'avais d'abord besoin de ta confiance pour pouvoir t'enseigner tout le reste.

– Pourquoi l'élection du gouverneur ? Pourquoi Fitzgerald ?

– Ça a été un choix facile. Ses avocats ont tourné le dos à Max quand on est allés leur demander de le représenter. Tu as une idée de combien de centaines de milliers de dollars j'ai dépensés dans son cabinet ?

– Alors c'était une vengeance.

– Pas du tout. Il s'agissait de créer une opportunité. La vengeance était un bénéfice inopiné. Un bonus, si tu veux.

– Et quand j'ai été impliqué et que le FBI est venu vous voir, vous ne l'avez quand même pas lâché ?

– S'il s'était simplement agi de te protéger, je l'aurais fait. Mais je craignais que Trevor ne retourne sa veste et essaie d'impliquer Max pour se venger de moi. La dernière chose que je veux est que mon unique enfant fasse encore plus de prison. C'est un satané imbécile, mais c'est mon fils. Il était plus facile de garder Trevor dans l'ombre que de le dénoncer pour ses exactions.

Je secouai la tête et regardai par la fenêtre, abattu.

– Incroyable.

– Tu sais aussi bien que moi que quand on commence à laisser les émotions s'en mêler, on perd le contrôle de la situation. C'est une faiblesse et une vulnérabilité et ça te rattrapera un jour ou l'autre.

Michael m'avait enseigné ça, et à une époque ça m'avait paru avoir un sens. Je n'étais qu'émotions quand je l'avais connu. J'avais besoin de principes directeurs. Il avait tout rendu simple avec les règles des affaires, me montrant comment user de mon talent de façon à la fois légale et lucrative. « Ne t'attaque pas à un problème de l'extérieur », me disait-il. C'est une perte de temps et c'est dangereux. Trouve leurs faiblesses, et produis la solution depuis l'intérieur.

Et c'était ce que j'avais fait avec l'argent de Banksoft. Au lieu de punir les responsables des injustices que je voyais partout autour de moi, je créais des sociétés qui répondaient à ces problèmes à l'aide de solutions qui n'existaient pas auparavant.

Plutôt ironique, non, quand mon mentor payait un

hacker qui avait fait tout son possible pour nuire à mes projets. Je serrai les poings, comptant les secondes qui me séparaient du moment où j'arriverais chez moi, ce qui mettrait fin à cette discussion foireuse.

– Je vois bien que tu en fais quelque chose de personnel, Blake. Mais il faut que tu comprennes qu'après un certain point, il ne s'agissait plus que de limiter les dégâts. Une chose que j'ai souvent eue à faire avec Max. Je suis révulsé par ce qu'il a fait à Erica. Sincèrement. Mais je n'allais pas infléchir l'enquête dans sa direction.

– Je croyais que vous ne laissiez pas interférer vos émotions.

– Effectivement. Max et moi sommes différents sur ce point. En affaires, chaque décision que Max a prise a été émotionnelle, nourrie par l'orgueil ou la vengeance. Destinée à attirer mon attention ou à te nuire parce qu'il trouvait que je t'en portais trop. Il n'a jamais compris pourquoi je te faisais progresser… pourquoi ça ne pouvait pas être lui. Il était trop jeune, évidemment, mais ça n'a jamais été une question de confiance en ses capacités. Il ne pouvait rien changer au fait qu'il était mon fils et qu'il devait être traité différemment.

– Il vous hait, maintenant. Vous le savez ?

Je me souvins de notre bref échange au réfectoire. Avant de vouloir lui arracher la gorge, j'avais ressenti une vague pitié pour lui. Sans la protection de Michael, il semblait tellement perdu. Je ne pourrais jamais lui pardonner ce qu'il avait fait à Erica, mais je partageais indubitablement quelque chose : son sentiment de trahison. Max m'avait trahi cent fois, évidemment. Je m'y étais attendu, et la moitié du temps je l'avais vu venir. Mais Michael avait toujours eu mon respect et ma confiance. Sa trahison faisait beaucoup plus mal. Elle m'affectait profondément.

– Quoi qu'il en soit, il héritera de l'empire que j'ai construit, et il m'en remerciera. Peut-être pas tout de suite, mais il comprendra un jour que pour en arriver là où je suis, je n'ai pu laisser mes liens affectifs interférer avec mes décisions professionnelles. Il n'y a pas lien plus fort que ceux d'un parent avec son enfant.

Michael semblait plus vieux en cet instant. Il n'était plus le jeune mentor ambitieux que j'avais connu, mais un homme qui avait changé sous mes yeux. Et soudain, je n'étais plus le jeune homme qu'il avait arraché à une période troublée de sa vie. J'avais grandi, et vécu. Plus que tout, j'avais appris. À cet instant même, je continuais d'apprendre.

Je pressai ma main sur mon front, je commençais à avoir mal à la tête.

– Tu parais surpris, mais si tu mets de côté toutes les émotions du moment, ce serait ce à quoi tu t'attendrais, voire ce que tu ferais.

– Je ne ferais jamais ça.

– Ce n'est pas une trahison. Ce sont les affaires. Si tu penses à ta vie, tu as fait la même chose. La façon dont tu as géré Heath, par exemple. Tu l'as marginalisé dans tes affaires. Tu as toujours exercé sur ton monde un contrôle qui m'impressionnait… Avec Erica… c'est une bonne chose pour toi, je crois, mais aussi une faiblesse. Tu changes pour elle.

Je me crispai à la seule mention de son nom. Comment osait-il imaginer savoir ce qu'elle était pour moi ?

– Elle mérite qu'on change pour elle.

Il acquiesça.

– C'est bien normal de ressentir ça. L'amour et la passion font cet effet-là. Tu partages les deux avec elle, et j'en suis heureux pour toi. En revanche, ça passe. Tu es marié, maintenant. Elle est enceinte. Elle va se concentrer sur votre famille, et cette obsession que vous avez l'un de l'autre va s'atténuer. Tu redeviendras toi-même.

Non. Rien ne pouvait flétrir ce que je ressentais pour elle. Qu'elle porte notre enfant ne ferait qu'attiser plus encore la flamme.

– La dernière chose que je veux faire est de redevenir moi-même, quand j'ai déjà trouvé le meilleur de moi en elle.

– Je reste convaincu du contraire. J'ai plus investi en toi qu'en nul autre de toute ma vie. Et jusqu'ici, j'ai plutôt bien réussi dans mes investissements. (Son sourire satisfait se ternit un peu.) Sauf dans cette histoire avec Cooper… Trop d'orgueil, je suppose.

– Chez lui ou chez vous ?

– Peut-être les deux. Je voulais tricher et prendre quelques longueurs d'avance. Tu connais bien cela, évidemment.

– Vraiment ?

– Homme d'affaires le jour et hacker la nuit ? Et tu n'as pas l'impression de tricher ?

– Je ne fais de mal à personne.

– Tu n'as jamais piraté des informations pour te placer dans une situation plus favorable dans une affaire ? Tu ne t'es jamais servi de ces informations pour discréditer ou éliminer la concurrence ? Tu peux bien habiller ça de tous les qualificatifs en col blanc que tu veux, on sait tous les deux que tu triches. Et ce n'est pas plus mal, parce ceux qui ne trichent pas au moins un peu ne vont pas bien loin.

– Vous n'êtes pas allé bien loin, ce coup-là.

Il regarda par la fenêtre.

– Non. Malheureusement, Trevor tenait plus de Max que de toi. Des émotions et aucun contrôle.

– Et qu'est-ce qui vous fait penser que votre nouveau

prodige ne va pas raconter au FBI que vous êtes le cerveau derrière tout ça ?

– Il ne racontera rien à personne. (Son regard revint sur moi.) C'est bien triste à dire, mais on l'a trouvé ce matin pendu dans sa cellule.

Mon sang se glaça. La confession de Michael m'avait ébranlé jusqu'au tréfonds. Mais l'image de Trevor, un gosse que je n'avais jamais rencontré, pendu dans une cellule fort peu différente de celle que je venais de quitter, s'imposa de façon extraordinairement vive à mon esprit. Mon estomac se noua, et je ne pus me débarrasser de la nausée qui m'envahit, malgré mes efforts pour la chasser. Nous n'étions plus qu'à deux ou trois minutes de la maison, mais j'en avais déjà trop supporté.

– Laissez-moi ici, dis-je au chauffeur.

Il se rangea au bord de la route et je descendis. Une petite averse avait commencé à tomber, mais je m'en fichais. Je continuai à pied.

Michael sortit et fit le tour du véhicule.

– Blake, attends.

– Assez ! tonnai-je en faisant volte-face pour le regarder. Appelez ça les affaires. Appelez ça tout garder sous contrôle. Donnez-lui un nom qui paraîtra sensé dans votre putain de version délirante de la réalité. Mais ce n'est rien qu'un putain de jeu. Et vous vous bercez d'illusions si vous croyez que vous possédez le plateau, et que vous pouvez bouger les pièces comme vous l'entendez.

Ses lèvres s'incurvèrent en un sourire amer.

– Sauf que je possède bien le plateau, Blake.

J'ôtai mes lunettes couvertes d'eau de pluie et le dévisageai. Ressentiment et pitié pour l'homme qui me faisait face se mêlèrent à ma colère en un cocktail capiteux.

– Peut-être que c'est vrai, Michael. Et si c'est le cas, considérez ceci comme ma renonciation finale. C'est fini entre nous. Je ne joue plus.

– Tu es prêt à jeter aux orties notre relation dans sa totalité, juste pour ça ? C'est ce que tu veux dire ?

– C'est ce que je dis, oui.

Son visage se ferma. Le mirage de sa chaleur et de sa bonté s'était évanoui.

– Ne me défie pas, Blake. Si je t'ai appris quelque chose, c'est au moins ça.

Sa voix était grave et tendue, lourde de menaces.

Peut-être qu'à une autre époque de ma vie, j'aurais fléchi, mais pas aujourd'hui. Pas quand j'avais été si près de tout perdre. Cela m'avait retourné. Tout ce que j'avais cru vrai, tous les enseignements de sagesse distillés par Michael allaient devoir être remis en question.

– Je ne vous défie pas, Michael. Mais je m'en vais. Si vous croyez que parce que vous m'avez pris sous votre aile il y a dix ans, je vais vous idolâtrer pour tout le reste de ma putain de vie, vous avez tort. Je ne lèche pas vos bottes comme le font les autres. J'ai gagné mon argent, et je m'en sers pour réaliser des choses en lesquelles je crois. Je fais ma vie avec la femme que j'aime. Et je n'ai pas besoin de redevenir moi-même. Je le suis, je suis moi. Voilà qui je suis, et je n'ai pas besoin de me prendre pour Dieu avec la vie des gens et de recompter ma fortune toute la journée pour avoir l'impression que ma vie vaut quelque chose. Alors, remontez dans votre putain de voiture et rentrez chez vous.

Sur ce, je tournai les talons et me dirigeai vers ma maison. Après quelques instants, la Lincoln noire me dépassa. Je pressai le pas, soulagé que Michael soit parti et pressé d'aller retrouver Erica.

La pluie se fit plus forte. Une pluie froide qui détrempait mes vêtements et mouillait ma peau. Mais elle ne pouvait pas apaiser le chaos en moi. Ni laver le sang sur mes mains.

Chapitre vingt

ERICA

Je faisais les cent pas dans le salon. Qu'est-ce qui prenait donc tout ce temps ? La pluie martelait la fenêtre, obscurcissant la vue sur l'Océan. Gove m'avait appelée le matin même pour me dire que Blake serait bientôt de retour. Je voulais aller le chercher à sa sortie de prison, mais Gove avait insisté pour que j'attende ici. Il voulait pouvoir être celui qui lui annoncerait la nouvelle, pour Trevor.

Trevor, qui avait décidé de prendre son destin en main.

J'avais le cœur serré à l'idée de ce que Blake pouvait éprouver. Il devait être soulagé d'être libre, mais maintenant le sentiment de culpabilité qui le taraudait déjà au sujet de Brian allait redoubler si on n'y prenait garde. Je voulais qu'il soit à la maison pour le convaincre de ne pas s'égarer ainsi. Mais ce ne serait pas facile. J'étais confrontée aux plus sombres de ses souvenirs, et l'histoire venait de se répéter.

Je n'étais pas certaine qu'on aurait pu faire autrement. Carmody avait dit qu'il ne quitterait pas Trevor des yeux, mais il ne l'entendait pas au sens littéral. Personne n'aurait pu imaginer qu'il envisagerait sérieusement le suicide comme une échappatoire. La police avait à peine eu le temps de l'interroger avant qu'il mette fin à sa vie.

C'était presque comme si Blake l'avait vu venir à des lieues de là, et que refuser toute action menant à l'incarcération de Trevor avait été sa façon d'éviter l'inévitable. Et pourtant, il ne pouvait pas le prévoir. Néanmoins, nous en étions là…

J'avais voulu la vérité et j'avais voulu la justice, mais cette mort n'en était pas moins tragique. Comme celle de Mark, la vie de Trevor en valait une autre, malgré ses égarements.

Le bruit de la pluie emplit la pièce quand Blake franchit la porte. Il était trempé jusqu'aux os. J'en restai ébahie, pétrifiée. Il referma la porte et s'y adossa, sa poitrine se gonflant au rythme de sa respiration haletante.

– Erica.

Le ton de sa voix me fit courir vers lui. Nos corps s'écrasèrent l'un contre l'autre et je l'entourai de mes bras. Je glissai mes mains dans ses cheveux trempés, caressai sa nuque, son torse contre lequel sa chemise s'était collée. Mon cœur battait la chamade. Je murmurai son nom comme dans un rêve. Il était rentré ! Dieu merci, il était rentré…

Il me serra si fort contre sa poitrine que j'en eus presque mal, mais je m'en fichais. Je le serrai à mon tour. Quand je m'écartai, mon cœur saigna sous le regard de ses incroyables yeux verts qui plongeaient en moi, pleins d'émotion. Je frôlai des doigts ses lèvres, les poils drus sur son menton. Mon amour…

Le voir avait déclenché une poussée d'adrénaline qui m'avait réchauffée, mais Blake était encore transi de froid. L'humidité de ses vêtements avait commencé à gagner les miens.

– Tu es trempé.

Je reculai un peu pour pouvoir déboutonner sa chemise. Je fis glisser mes paumes le long de sa poitrine, repoussant son vêtement par-dessus ses épaules. Il finit de l'enlever et s'en débarrassa avant de me reprendre fermement dans ses bras, s'emparant de ma bouche dans un baiser sauvage. Il n'était que besoin et désir, et je fus engloutie, incapable de voir ou de sentir autre chose que son urgence, sa présence dévorante. Mon pouls martelant au travers de tout mon corps, je le sentais trembler contre moi.

Je me reculai un peu, haletante mais craignant pour lui.

– Blake, tu grelottes.

– Aucune importance, murmura-t-il en faisant courir ses mains sur mon corps.

Je posai mes mains sur les siennes pour tenter de le ralentir.

– Tu vas tomber malade, Blake. Commençons par te réchauffer et te sécher.

Il s'immobilisa, et le feu dans ses yeux se fit torride.

– J'ai besoin de toi… S'il te plaît.

Le désespoir dans sa voix me réduisit à néant, et je me demandai si c'était le froid qui le faisait trembler contre moi. Quoi qu'il en soit, je voulais que cette expression disparaisse, et aussi la douleur qui la causait.

J'acquiesçai rapidement et sa bouche fut sur mon cou, suçant, mordillant. Je perçus l'impact de chaque contact, tandis qu'un désir incandescent envahissait mon corps. Il repoussa mon tee-shirt vers le haut et le passa par-dessus mes épaules. Tirant sur mon jean, il le fit descendre sur mes hanches avant que je puisse l'arrêter.

– Allons là-haut, lui dis-je.

Je l'entraînai vers l'escalier. J'eus un hoquet lorsqu'il me reprit. Entrelacés dans nos étreintes respectives, on y parvint presque.

– Ici, gronda-t-il.

On s'arrêta sur la première marche, et il nous ramena au sol. Ses mains étaient partout.

– Maintenant.

Il m'arracha mon jean et ma culotte et me souleva au-dessus de lui pour que je chevauche son bassin.

Il m'attira contre sa poitrine, m'ancra à sa bouche et me ravagea de baisers étouffants. Une boule de chaleur grossit en moi, prenant naissance bas dans mon ventre et se déployant vers mes membres et vers la pulsation entre mes cuisses. Le désir m'envahissait.

– Dis-moi ce que tu veux, Blake.

Mon excitation grimpait en flèche sous ses doigts, et j'en voulais toujours plus.

L'émotion brute scintilla dans ses yeux.

– Toi. Je ne veux que toi. Tu es tout ce dont j'ai besoin sur cette putain de planète.

Il ouvrit sa braguette d'un coup sec, baissa son jean jusque sous ses hanches et m'amena plus étroitement sur lui. Je penchai la tête en arrière de pur plaisir. Il saisit son membre raide et, soulevant ses reins, s'enfonça profondément pour nous unir.

Un cri rauque lui échappa. Un cri qui me fit monter les larmes aux yeux. Je pouvais sentir sa douleur, son désarroi.

Les yeux fermés, les mâchoires serrées, il commença à me mouvoir sur son membre. Je me contractai sur sa pénétration, tendue et excitée. Mes genoux cognaient à chaque coup de boutoir, mais je m'en fichais. Une seule chose m'importait : on était unis, on s'aimait, on se donnait chacun ce dont on avait besoin.

Il me fit bouger sur lui en glissements pressants. Je suivis son rythme, jouant des reins pour le sentir partout. Il se cambra et me maintint fermement, nous faisant fusionner en me pilonnant avec une vigueur incroyable. Chacun me remuait jusqu'au cœur, et je hurlai. Mon cri résonna contre le mur, se mêlant à d'autres qu'il m'arrachait encore et encore. Je frissonnai, l'esprit délicieusement perdu.

– Erica…

Il s'humecta les lèvres. Ses mains quittèrent mes hanches et remontèrent le long de mes bras. Nos doigts se nouèrent et je m'abaissai, poitrine contre poitrine. Une énergie brûlante irradiait de tous les points où nos corps se touchaient.

De ma vie je n'avais jamais rien connu d'aussi intense, et je m'y abandonnai, submergée.

Nos regards se fixèrent, et la fougue dans ses yeux me serra le cœur.

– Je t'aime, Blake, je gémis contre ses lèvres, une larme roulant sur ma joue.

Je me dis que j'aurais pu passer le restant de ma vie ainsi. Aussi douloureux que ce soit, Blake me laissait entrevoir une facette de lui-même que je n'avais jamais vue. Cette vulnérabilité brute. Et je lui en étais reconnaissante, autant que d'être avec moi, de prendre son plaisir et de m'en donner tellement plus encore.

Son expression était tendue, presque douloureuse. Il resserra son étreinte et ses biceps se bandèrent, et tout son corps puissant. Une flamme remonta le long de mon épine dorsale, et je criai en même temps que lui. On retomba ensemble.

* * *

Petit à petit, la vie revint à la normale. Durant les mois qui suivirent, on s'immergea dans le travail, Blake et moi. Il me fit partager ses projets, et je lui fis partager les miens. Blake consacrait la plus grande partie de son énergie à la conception d'un logiciel de machine à voter qui allait très certainement répondre à un besoin. Je ne pouvais qu'apprécier, par ailleurs, le fait que chaque ligne de code soit une victoire voilée contre le plan avorté de son mentor.

Blake n'avait plus eu de nouvelles de Michael depuis le jour de son retour, et même s'il n'en parlait pas beaucoup, je savais que la trahison de ce dernier lui pesait. Elle avait brisé quelque chose en lui – peut-être quelque chose qui avait justement besoin d'être brisé avant de mieux se reconstruire.

Malgré toutes les blessures qu'on pansait, notre avenir s'annonçait radieux. Je grossissais, resplendissante, et chaque jour nous rapprochait d'une famille complète.

J'étais retombée amoureuse de lui, de ses parties blessées et convalescentes. Notre relation était exigeante. Nous étions tombés dans une passion folle et avions lutté pour préserver ça. Notre amour ne demandait pas poliment. Il prenait. Il ravageait. Il consumait les cœurs et posait les questions plus tard. Ses bienfaits touchaient nos âmes à leur mesure, brûlantes et dévorantes, se répandant comme une traînée de poudre.

J'étais assise dans un petit bistrot près du bureau. La lumière dansait sur mes bagues tandis que je ruminais les pérégrinations dans lesquelles la vie nous avait entraînés tous ces derniers mois. On avait été malmenés, menacés et trahis. On avait trouvé l'amour, le pardon et l'espoir. On avait couvert toute la gamme des émotions et des expériences, et on était toujours debout, prêts pour la prochaine aventure.

Risa tira une des chaises de la table et s'assit face à moi.

– Bonjour, dit-elle avec un sourire timide.

Elle portait un pantalon noir et un blazer assorti sur un simple chemisier blanc nacré. Si elle avait toujours eu la quintessence du style quand elle travaillait chez Clozpin, elle avait adopté un look beaucoup plus conventionnel les dernières fois que je l'avais vue.

Mes pensées revinrent à la raison pour laquelle j'avais finalement accepté de la rencontrer.

– Comment vas-tu ?

– Bien.

– Et le travail ?

Elle haussa les épaules.

– Ça va… Je n'aurais jamais imaginé travailler dans une société d'investissements, mais la vie est pleine de surprises.

– Je peux en attester.

Ses yeux bleu profond s'adoucirent un peu.

– Vous avez traversé bien des épreuves. Ça a dû être difficile, mais je ne vous en admire que plus.

Elle paraissait sincère, sauf qu'elle avait causé une bonne partie des désastres auxquels j'avais dû survivre !

– Alors, pourquoi voulais-tu me voir ? demandai-je.

Elle hésita avant de répondre.

– Je suis désolée, je ne m'attendais pas à ce que vous acceptiez vraiment de me revoir, je suis un peu prise au dépourvu.

Longtemps, je n'avais pas voulu la voir non plus, mais en tombant par hasard sur sa carte de visite, un jour, une idée m'était venue – une idée que je n'avais jamais réussi à écarter.

– Eh bien, on est là toutes les deux. Raconte-moi.

Elle prit une longue inspiration.

– Eh bien, je voudrais ce que vous ne m'accorderez

probablement jamais, je le sais bien. Je voudrais une nouvelle chance de travailler pour vous.

– L'aventure Clozpin est finie. Si je te faisais assez confiance pour travailler de nouveau avec toi, ton sens de la mode ne serait plus d'aucune utilité dans ce que je fais actuellement.

Elle se mordilla la lèvre inférieure.

– Écoutez, j'ai commis une erreur considérable. Je sais que j'ai perdu votre confiance et que je ne la regagnerai peut-être jamais. Je pourrais m'excuser sans fin. Je pourrais essayer d'expliquer qu'en fin de compte j'ai compris à quel point Max m'avait manipulée. De raconter les choses qu'il m'a fait faire… pour lui prouver ma loyauté, reprit-elle en baissant les yeux sur la table, évitant mon regard. Je crois que ça ne prouverait que mon manque de volonté face à lui, et ce n'est pas vraiment un élément positif pour un emploi. Mais ce que je voulais vous dire, plus que tout ça, c'est que j'étais vraiment heureuse de travailler pour vous. On s'est parfois opposées, je sais, mais j'avais l'impression d'être en vie pour la première fois depuis longtemps quand j'étais là-bas, et je n'ai plus ressenti ça depuis. Tous les matins, je me lève et je me force à aller à un travail que je ne déteste pas vraiment, mais que je n'aime pas non plus. Je regrette d'avoir tout gâché.

Je restai longtemps silencieuse, absorbée par tout ce qu'elle venait de me dire.

– Tu penses vraiment tout ça ?

– Je n'ai rien à gagner à mentir. Je sais bien que vous êtes trop maligne pour me laisser approcher vos projets. Je voulais juste vous dire ce que j'avais sur le cœur. Ça me pesait. Avec un peu de chance, ça purifiera au moins l'air entre nous. Je ne peux rien changer à vos sentiments, mais je souffrais que vous me haïssiez à cause des erreurs que j'avais commises.

– Je sais que tu as fait de très mauvais choix, parfois parce que tu t'es fourvoyée, mais je ne te déteste pas, Risa.

Ses yeux se fixèrent sur les miens, et je dis :

– Tu as l'air en forme.

– Oh, merci…

L'air un peu perdue, elle repoussa nerveusement une mèche de cheveux derrière son oreille.

– Quand on s'est revues, après que Max m'a agressée, tu n'avais pas l'air d'être toi-même. On aurait dit que tu venais de passer à la moulinette.

Son visage se défit.

– Vous n'avez pas idée.

– Qu'est-ce qu'il t'a fait ?

Elle s'enfonça dans son siège et tritura sa serviette en papier.

– Je ne sais pas si je peux en parler, murmura-t-elle.

– Tu ne peux pas, ou tu ne veux pas ?

Elle secoua la tête.

– Je préfère me dire qu'il ne peut plus me faire de mal maintenant, mais d'ici peut-être deux ans ça pourrait de nouveau changer.

– Tu as peur de lui ?

– Même si ce n'était pas le cas, je ne suis pas certaine que j'aurais envie de parler de ce qu'il s'est passé entre nous. C'est… embarrassant. Humiliant.

– Il était violent avec toi ?

Ses joues rosirent, et ses yeux brillaient malgré le flot de couleur qui envahissait sa peau.

– Parfois. Jamais d'une façon qui aurait pu se voir. Il… faisait attention. Il ne laissait jamais de marques reconnaissables.

– Pourquoi n'en as-tu parlé à personne ?

– Je… je ne sais pas. Je pensais que personne ne me

croirait, je suppose. Il est riche, bel homme. Charmant. Qui aurait envie de croire qu'un homme comme lui frappe sa petite amie ?

Je fermai les yeux et n'aimai pas l'image qui m'apparut. Personne, pas même Risa, ne méritait d'être traité comme ça. Je savais d'expérience ce qu'étaient les poussées de violence de Max. Je ne croyais pas pouvoir le mépriser plus, mais l'histoire de Risa me prouvait que si. Je n'avais pas envie de poser des questions, mais j'avais besoin d'en savoir plus.

– Tu paraissais prise au dépourvu quand je t'ai dit ce qu'il m'avait fait, repris-je, la poussant à m'en dire plus.

Les lèvres pincées, elle dessina des petits cercles sur la nappe.

– C'était le cas, j'imagine. Ça paraît étrange à dire, mais j'étais un peu jalouse. Même si tout s'effondrait entre nous, qu'il vous désire sexuellement m'a fait mal. J'étais tombée amoureuse. Je l'aimais. Comment aurais-je pu, sinon, rester aussi longtemps avec lui ? Je savais que c'était malsain, mais j'étais encore sous son emprise d'une certaine façon.

– Ça t'a surprise qu'il ait essayé de me violer ?

Son regard parut sérieux, avant qu'elle ne baisse les yeux.

– Non, répondit-elle dans à peine plus qu'un murmure.

Je déglutis avec peine, envahie par une nouvelle vague d'émotions.

– Qu'est-ce qu'il t'a fait ?

Elle ferma violemment les yeux.

– Je ne peux pas en parler, Erica.

– Pourquoi pas ?

Je savais pourquoi, mais il fallait insister.

– Vous ne comprenez pas…

– Je comprends parfaitement.

Elle ouvrit les yeux, et la peur que j'y lus me poussa à dire les mots qu'elle-même n'arrivait pas à prononcer. Elle n'était pas la seule, et je l'avais ressenti pendant si longtemps. Quoi qu'elle m'ait fait, je ne pouvais chasser de mon esprit l'idée que Max avait mis en pratique sur elle les projets qu'il avait pour moi, peut-être à plusieurs reprises, et qu'il avait ensuite escamoté ses méfaits par de fausses promesses d'amour.

– Quand Max m'a agressée pendant la fête de fiançailles, ce n'était pas la première fois que je vivais ce genre de choses. Son ami Mark MacLeod m'avait violée au cours de ma première année de fac. Il avait pris ma virginité dans les buissons derrière la maison d'une fraternité pendant que mes amies faisaient la fête sans moi à l'intérieur. Liz y était. Tu peux lui demander.

Ses yeux s'emplirent de larmes.

– Je n'en avais aucune idée.

Le souvenir me parcourut comme un petit séisme, qui finit par s'estomper. Chaque jour, il avait moins d'influence sur moi.

– Non, parce que c'est une histoire difficile à raconter. Je ressentais la même chose que toi. L'embarras. La honte. J'ai passé le reste de mes années de fac à regarder par-dessus mon épaule, à craindre le jour où je le reverrais. Je n'avais jamais su qui c'était, mais je l'ai reconnu un soir dans un bar. Et Blake a été le premier à qui j'en aie parlé. Quand Max m'a agressée, tout m'est revenu. Les années à faire comme si j'étais remise, comme si j'étais passée à autre chose, avaient disparu d'un coup. Mon seul moment de réconfort a été quand j'ai fait ma déposition auprès de la police. Ç'a été l'une des choses les plus difficiles de ma vie.

– Je ne l'imagine même pas.

Elle s'essuya les yeux et je pris une longue inspiration, me souvenant combien cette décision m'avait été difficile. Mais parce que je l'avais fait, Risa et les autres ne risquaient plus rien de lui. Au moins pour un temps.

– Tu veux vraiment retravailler pour moi ?

Ses yeux s'éclaircirent.

– Oui, dit-elle aussitôt, le visage éclairé par l'espoir.

– C'est d'accord.

– D'accord ?

– Oui.

Elle en resta bouche bée.

– Attendez… Vous êtes sérieuse ?

– J'y ai pas mal réfléchi. Je sais que tu as fait des erreurs. Et si je veux me protéger des gens qui pourraient me faire ce que tu m'as fait, je veux aussi croire que les gens peuvent changer et s'améliorer.

– Je peux le faire, et je vais le faire. Je vous le promets.

– J'espère que c'est vrai et que mon instinct ne me trompe pas. Je te reprends au même salaire. Mais il y a une condition.

– Absolument tout ce que vous voudrez.

Je tapotai des doigts sur la table un instant, me demandant si elle en serait capable. Si elle en avait la force, alors je savais que je prenais la bonne décision.

– Risa, je veux que tu ailles voir la police, et que tu leur racontes ce que Max t'a fait.

Le pourpre de ses joues disparut soudain.

– Je… je ne peux pas faire ça.

Je me penchai en avant, la regardant dans les yeux.

– Oh si, tu le peux.

Ses lèvres frémirent.

– Risa, tu peux le faire. Et je serai là pour t'aider.

– D'accord, dit-elle dans un murmure.

ÉPILOGUE

Une eau limpide et fraîche baignait mes pieds. Je cherchai du regard, dans le sable en dessous, quelque chose qui m'accrocherait l'œil. N'importe quel petit trésor qui lui plairait. Le reflux forma une motte autour d'un coquillage. Je me penchai et l'attrapai. Voyant qu'il était intact, je le nettoyai dans la vague suivante.

– Maman ! regarde ce que j'ai trouvé !

Tricia se précipita vers moi, interrompant sa course par des petits bonds espiègles et excités. Son maillot de bain était une explosion de couleurs fluo sur les tons neutres de la plage. Ses fins cheveux blonds tombaient bas dans son dos, brillant sur sa peau bronzée.

– Qu'est-ce que tu as trouvé, mon chou ?

Elle s'arrêta d'un coup face à moi, tenant une longue plume un peu emmêlée qui avait sans doute appartenu à une mouette.

– Wouah ! C'est merveilleux. Je peux la nettoyer pour toi ?

Elle hésita un instant avant de me la tendre.

– D'accord.

Je la lavai dans l'eau, lissant les barbes grises et blanches jusqu'à qu'elles reprennent presque leur forme originelle. Dès que j'eus terminé, Tricia s'en empara et repartit en courant vers l'endroit où Blake était assis dans le sable, à quelques pas de là. Je la suivis, évaluant la progression de leur château de sable.

– Papa, ça va être notre drapeau.

L'excitation dans sa voix était contagieuse. Je repensai à mes lointains souvenirs de la plage du lac avec ma mère et Elliott, quand de telles petites victoires pouvaient gonfler mon jeune cœur. La voir s'émerveiller était un don du ciel dont j'étais reconnaissante chaque jour.

Les signes de concentration s'effacèrent du visage de Blake quand il regarda notre fille et son nouveau trésor.

– Parfait.

Il tendit la main vers la plume.

Elle la serra.

– Nan, je veux le faire !

– Très bien, soupira-t-il. Où veux-tu la mettre ?

Elle se mit à genoux et s'avança un peu plus, faisant verser une avalanche de sable dans les douves soigneusement lissées de Blake.

– Ici ! pépia-t-elle en la plantant dans le sable mou au sommet du château que Blake avait passé près d'une heure à construire.

Elle s'assit sur ses talons, les yeux brillants. Sur le visage de Blake, éclatant d'amour et d'admiration, se dessina un petit sourire.

– Parfait.

Il passa un bras autour d'elle, l'attira vers lui. Ils admiraient leur œuvre lorsque le bruit d'une portière de voiture les interrompit. Au loin, un homme avança dans notre direction.

Les yeux de Tricia s'écarquillèrent, et elle s'empressa de se lever, s'arrachant aux bras de Blake.

– Papy ! piailla-t-elle.

Elle courut vers Daniel avec les mêmes petits bonds qu'auparavant. Il attrapa son corps menu et la lança en l'air avant de la rattraper et de la poser sur sa hanche. Un sourire me vint aux lèvres, mais toute trace d'amour avait disparu des yeux de Blake.

Je me levai à leur approche.

– Salut, dit Daniel d'une voix grave mais joviale.

Il se pencha, m'embrassa sur la joue.

– Comment s'est passé le voyage ?

Il sourit tendrement, son regard tourné vers Tricia.

– Pas mal. Voir ma princesse vaut au moins ça.

– Papy, je veux te montrer quelque chose.

Ses yeux vert pâle s'agrandirent d'excitation, et elle se libéra de son étreinte.

– Qu'est-ce que tu veux me montrer, ma douce ?

Elle prit sa grande main dans sa petite main et l'entraîna vers le sable. Il s'esclaffa, et elle commença à lui dresser la liste des coquillages et des débris qu'elle avait accumulés tout l'après-midi.

Blake avait les yeux fixés sur l'horizon, et je cherchais un moyen de briser la tension toujours présente entre eux.

– Tu as faim, papa ?

La nourriture était probablement la panacée universelle.

– Je mangerais bien dans un petit moment, mais rien ne presse.

– Je vais aller nous préparer quelque chose, m'empressai-je de dire.

Blake se leva et chassa le sable de son short.

– Je viens t'aider. (Il adressa à Daniel un regard interrogateur, les yeux froids et la mâchoire serrée.) Ça va aller, avec elle ?

– On se débrouille, répondit-il d'un ton léger sans croiser son regard. N'est-ce pas, ma douce ?

Sa voix s'était adoucie pour parler à Tricia.

Délicatement, il écarta une mèche de cheveux de son visage plein de sable.

Tricia commença à enterrer les pieds maintenant nus de son grand-père dans le sable, et à les décorer de coquillages. Apparemment content de la laisser aux soins de Daniel, Blake me prit par la main, et on repartit vers la maison de bord de mer.

– Tu devrais essayer d'être plus gentil avec lui, Blake, le réprimandai-je doucement.

– Je suis très gentil, maugréa-t-il, l'expression placide de son visage révélant combien il lui en coûtait.

Nous nous étions fait tant de souvenirs ici, à Martha's Vineyard. Je savais que Blake ne pardonnerait jamais à Daniel ce qu'il avait fait. Quand bien même m'être autorisée à lui pardonner m'avait permis d'apprécier les souvenirs que Tricia partageait avec lui maintenant.

Elle aurait toujours les parents de Blake qui, affectueusement et régulièrement, les gâtaient, elle et ses cousins. Alli et Heath avaient maintenant deux petits garçons d'âge proche, et je n'aurais pu demander plus que l'amour qu'ils apportaient tous à notre petite famille.

Marie, lancée depuis plus d'un an dans une nouvelle histoire d'amour prometteuse, n'était jamais très loin, et toujours prête à chouchouter Tricia.

Égoïstement, ma mère disparue et Elliot si loin, permettre à Tricia de connaître une petite partie de ma famille signifiait beaucoup plus pour moi que Blake ne le mesurait.

Daniel n'était pas le père que j'avais si souvent imaginé. Il avait d'immenses défauts, mais il avait fait un long chemin depuis notre première rencontre. Beaucoup disaient dans son dos qu'il était tombé en disgrâce, mais je savais qu'il en allait tout autrement. Sa situation était meilleure qu'elle ne l'avait jamais été.

Peu après l'annulation de son élection, il avait également perdu Margot. La mort de son fils, combinée à l'humiliation de la perte de son siège de gouverneur, avaient été de trop pour elle. Ils avaient divorcé l'année suivante. Et la controverse autour de l'implication supposée de Daniel dans l'élection truquée avait pesé sur le grand cabinet d'avocats qu'il dirigeait. À regret, il avait dû se résoudre à une retraite anticipée.

Tous ses rêves de gloire et son ambitieux projet s'étaient réduits à une existence simple dans une petite ville côtière du Maine, où il passait désormais le plus clair de son temps. Toute la machine politique qui constituait sa vie avait été stoppée net, et cet échec apparent lui avait permis de vivre comme il n'avait jamais pu le faire auparavant. En fin de compte, il était libéré de cette existence qui avait pris toutes les décisions pour lui depuis l'époque où il avait mon âge. Le succès n'était qu'un mot, et perdait de son sens quand on le comparait à la promesse d'un bonheur simple. Maintenant, il avait au moins une chance de vivre ça.

Tricia semblait le rendre heureux, plus heureux que je ne l'avais jamais vu. Ses yeux s'éclairaient à sa vue, ou brillaient d'émotion quand elle venait se blottir contre lui, épuisée par son énergie sans retenue.

Je jetai un coup d'œil par-dessus mon épaule. Sa silhouette et celle de Tricia étaient lointaines, maintenant. Peut-être qu'il ne la méritait pas, qu'il ne nous méritait pas. Peut-être que ses transgressions étaient trop graves, mais je ne pouvais m'empêcher de croire qu'il pouvait mériter le pardon, mériter une seconde chance.

On passa le coin de la terrasse, Blake et moi. Il ouvrit le robinet de la douche d'extérieur, qui déversa sur lui une cascade d'eau fraîche. J'observai, appréciant les ruissellements sur son corps splendide. Cinq années ne l'avaient changé en rien. Il était toujours alléchant, beau à couper le souffle.

Il s'interrompit, croisa mon regard. Me tendit la main. Je la pris, et il m'attira sous le jet avec lui. J'inspirai d'un coup au contact de l'eau froide. Mais aussitôt les lèvres de Blake furent sur moi, fondant nos bouches en un lent baiser passionné. Je me dressai sur la pointe des pieds pour m'y abandonner.

Il gronda, une vibration qui se transmit à mes lèvres.

– Rentrons.

Ce que suggérait le ton de sa voix était clair, tout comme son érection contre moi. Je me tendis, d'une hésitation qui ne me serait jamais venue avant d'être mère.

– Et Tricia ?

– Elle va l'occuper là-bas encore pour un moment.

– Pour un moment ?

Je regardai vers la plage, alors même qu'ils étaient hors de vue depuis l'endroit où on se trouvait.

Un léger contact ramena mon attention sur Blake, sur la malice et la concupiscence qui brillaient dans ses yeux.

– Un moment suffisant pour te dévorer de la tête aux pieds.

Je réprimai un sourire.

– C'est tentant.

Il haussa les sourcils, faisant semblant d'être choqué.

– Tentant ? C'est tout ?

– Arrête.

Je ris et poussai des poings contre sa poitrine.

Il ne bougea pas d'un pouce, son bras fermement enroulé autour de ma taille.

– N'importe quoi. On a au moins vingt minutes, et rien ne m'empêchera de te faire mienne.

– Ce n'est pas bien long, le titillai-je.

Il fit glisser sa langue sur ma lèvre inférieure.

– Je peux aller vite.

Je hoquetai quand il saisit le bas de ma petite robe de plage de lin blanc maintenant trempée. Il la fit passer par-dessus ma tête, révélant le Bikini moins modeste que je portais en dessous. Il la jeta par terre, le tissu humide heurtant le bois de la terrasse avec un bruit mat. Ses mains coururent sur ma peau mouillée de mes flancs jusqu'à mes hanches.

– Mon Dieu, que tu es belle ! Pourquoi tu portes ce truc ?

– Je ne sais pas, mentis-je.

Je baissai les yeux, fis glisser mes doigts le long des deux colonnes dures de ses abdos.

Entre les cicatrices et la grossesse, mon corps n'était plus celui d'avant, contrairement à celui de Blake. Pour un œil extérieur, dans ma petite robe de plage, j'étais la même fille avec le même corps. En privé, les cicatrices étaient devenues des souvenirs de ce que j'avais vécu. Du traumatisme qui avait menacé de détruire mes rêves – mes possibilités de grossesse, la grâce qui nous avait été accordée avec notre fille. J'aurais dû porter ces cicatrices avec fierté, mais je n'y arrivais pas.

Cette enfant était un don, mais nous ne l'avions reçu qu'une fois. On avait réessayé sans succès. Elle était notre miracle. L'astre qui illuminait tous les ciels sombres. Une image belle et parfaite de l'amour pour lequel on s'était tant battus.

Après avoir passé ses doigts sur ma joue, il me releva le menton.

– Ne te couvre pas, ma belle. J'aime ton corps. Je ne veux pas te voir le cacher.

– J'essaierai, promis-je.

Il caressa mes bras, ma poitrine, s'attarda au bord du maillot qui couvrait mes seins.

– D'un autre côté, je ne suis pas sûr de pouvoir me contrôler si je te vois comme ça tout l'été. Je manque déjà de volonté comme ça.

Une seconde plus tard, il avait écarté le haut de mon Bikini. Mon sein était lourd et tendu dans sa main.

– Blake.

Son nom m'échappa comme un faible avertissement. De l'anxiété, mêlée au frisson de désir qui courait sous ma peau.

Il me fit signe de me taire, effaça mon objection d'un nouveau baiser profond. Je passai mes bras autour de son cou tandis qu'il nous entraînait hors du jet de la douche, contre le mur de la maison. J'étais clouée par son corps ferme, ma cuisse levée haut au-dessus de sa hanche pour m'ouvrir à lui. Ses caresses obsédantes parcoururent mon corps, mon ventre, plus bas. Je hoquetai quand il glissa la main sous le bas de mon Bikini, me prenant comme dans une coupe. Sa bouche abandonna la mienne pour trouver un sein. Le suçant et le léchant, il en aiguillonna la pointe tendue tandis que ses doigts faisaient monter l'excitation entre mes cuisses.

Je me pinçai la lèvre, retenant un gémissement.

– Je veux t'entendre, chuchota-t-il entre deux rapides inspirations, me suçant plus fort, mordillant mes tendres mamelons jusqu'à que je ne puisse plus me retenir.

M'arquant avec un gémissement, j'enfonçai mes doigts dans ses cheveux mouillés. Je me retins à lui, m'accrochai tandis que des vagues de plaisir me secouaient, gagnant chaque fois en intensité malgré leur régularité, comme une marée montante. Peu à peu, je n'eus plus conscience de la réalité. Les bruits de la plage s'estompèrent et Blake s'empara de mes sens, jouant sur mon corps un air qu'il connaissait par cœur, qu'il n'avait jamais oublié.

– Oh, mon Dieu !

Le cri balbutiant s'échappa de mes lèvres alors que je frissonnais violemment sous ses caresses expertes.

– Enfin ! murmura-t-il.

Ma tête retomba en arrière tandis que je reprenais mon souffle, le cœur battant dans ma poitrine. Je diminuai mon emprise sur ses épaules. Mes ongles avaient laissé des marques blanches puis rouges sur sa peau bronzée.

– Maintenant, soufflai-je entre deux halètements.

L'air chaud et salé emplit mes poumons et couvrit ma peau humide. Chaque sensation vibrait en moi. Le frottement de ses jambes contre les miennes, ses paumes incurvées derrière mon corps, nous rapprochant. Nos hanches s'agitant au même rythme, ses lèvres douces sur mon cou. Quand il se recula, son regard émeraude était plein de désir et de quelque chose d'autre, quelque chose de plus profond qui ne manquait jamais de me couper le souffle. Une forme d'amour étourdissante qu'il n'était capable de partager qu'avec moi.

– Blake… je t'aime tant.

Les mots coulèrent de ma bouche, une proclamation aisée, qui ne perdait rien de sa valeur malgré le passage du temps. Ces mots n'avaient pas moins de sens que la première fois que nous les avions prononcés. Ils en avaient même plus chaque fois.

– Je t'aime, moi aussi, dit-il en me parcourant du regard. Et je ne me lasserai jamais d'amener cette expression sur ton visage. J'adore te voir comme ça, empourprée et vidée, avec des étoiles dans les yeux quand tu t'abandonnes. Ça me donne l'impression d'être le centre du monde, même si ce n'est que pour une minute.

D'une main tremblante, je parcourus l'aile noire de son sourcil, son nez parfait, ses lèvres pleines. L'œuvre d'art avec laquelle je partageais ma vie… L'œuvre d'art dont je ne me lasserais jamais, que je refusais de tenir pour acquise.

– Si c'est le cas, notre amour est le centre de mon monde, Blake. Chaque joie, chaque beauté de la vie, je les dois à cet amour.

Il ferma les yeux, m'attira vers lui jusqu'à que nos fronts se touchent. Puis il me capta dans un regard qui révélait toute son âme.

– Cet amour, tu l'auras toujours.

SCÈNE BONUS

Revenons là où tout a commencé… Pour avoir cette fois la chance de savoir exactement ce que pensait Blake quand Erica pénétra pour la première fois dans la salle de conférences d'Angelcom.

BLAKE

Appuyé à la paroi de l'ascenseur, je regardais défiler les étages tandis que j'approchais du dernier palier des bureaux d'Angelcom. Je fermai les yeux, regrettant de ne pas avoir eu quelques heures de plus à les garder clos.

La porte s'ouvrit en sonnant. À quelques pas de là, Greta était assise derrière le grand bureau de réception qui portait le nom et le logo d'Angelcom. Dans ce bureau, débutaient certains de mes meilleurs projets ; c'était mon deuxième chez-moi.

Greta sourit chaleureusement à mon approche.

– Bonjour, monsieur Landon. Les investisseurs se sont réunis dans la salle de conférences B, ce matin.

J'acquiesçai et regardai ma montre. J'avais cinq minutes de retard. Ma satisfaction était déjà, au minimum, de savoir qu'on rencontrait une des recrues de Max ce matin. Et de plus, il devait déjà avoir les boules à cause de mon retard.

– Vous avez l'air épuisé. Je peux vous apporter quelque chose ? demanda Greta en fronçant les sourcils.

– Non merci. Ça va.

Je passai une main dans mes cheveux. J'avais passé la moitié de la nuit à contrer une cyber-attaque contre une plateforme qu'on avait lancée quelques jours plus tôt seulement. Celui qui l'avait ciblée était sacrément persistant, mais il n'avait pas réussi à nous mettre hors ligne. Je bus une autre gorgée de mon café glacé géant et me dirigeai vers la salle de conférences au bout du couloir.

Les autres investisseurs étaient déjà installés, tous assis autour d'une grande table qui faisait face aux gratte-ciel de Boston. Je me laissai tomber dans le siège vide à côté de Max et scrutai la magnifique blonde assise en face de moi.

– Voici Blake Landon, lui dit Max. Blake, Erica Hathaway. Elle est venue présenter son réseau social de mode, Clozpin.

– Un bon nom. C'est toi qui l'as amenée ? lui demandai-je sans détourner les yeux de la jeune femme.

– Oui, nous avons un ami commun à Harvard, répondit-il.

J'acquiesçai lentement. Avant cette réunion, j'avais déjà eu le plaisir d'une rencontre plus physique avec cette fille, qui ressemblait maintenant beaucoup plus à une femme dans son ensemble et son chemisier bleus assortis à ses yeux ensorcelants. Des yeux auxquels je ne pouvais m'arracher. Quelque chose, dans l'instant où je l'avais reconnue, avait fait passer cette trop longue nuit et ce matin difficile au second plan.

Erica Hathaway.

Je m'humectai les lèvres et la regardai suivre mon mouvement des yeux. Elle rosit légèrement de la poitrine aux joues. Cela faisait deux fois de suite que je me ravissais de ses réponses physiques à ma personne.

Mais c'était vrai dans les deux sens, et je m'étais quasiment maudit pour n'avoir pas donné suite à mon attraction. En réponse à son regard troublé, quand elle avait trébuché et que je l'avais rattrapée dans mes bras au restaurant l'autre soir, j'aurais dû l'inviter à prendre un verre ; cela aurait pu nous mener à autre chose. Mais Michael était en ville, et je ne pouvais pas annuler un dîner avec lui juste pour aller tirer un coup.

Au moins, à présent, j'avais une seconde chance.

Elle pétrit sa veste, évita mon regard et reprit maladroitement sa présentation.

Pendant ce temps je laissai mon esprit divaguer sur toutes les façons dont cette soirée aurait pu se terminer. Puis je redirigeai mes pensées vagabondes vers le présent et toutes les façons dont je pourrais rattraper cette opportunité manquée, en l'allongeant sur la table plutôt solide qui nous séparait. Je passai ma langue sur ma lèvre, me demandant quel goût elle pourrait avoir. Le souvenir de son corps serré contre moi, chaud dans la paume de mes mains, se fit un peu plus insistant.

Je ne pouvais m'empêcher de sourire quand nos regards se croisaient et que les mots lui manquaient. Elle était mal à l'aise, visiblement nerveuse. Rien d'inhabituel pour une première présentation, ou n'importe quelle présentation, d'ailleurs. J'aurais dû vouloir la mettre plus à l'aise, mais je ne pensais qu'à découvrir comment elle réagissait à la pression. Je l'interrompis au milieu de sa phrase et la mitraillai de questions sur son modèle économique, auxquelles elle répondit avec plus de grâce que je ne l'avais escompté.

Donc, Erica n'était pas juste une jolie fille. Elle était maligne, et le fait qu'elle ait réussi à arriver jusqu'à cette salle de conférences signifiait qu'elle était également déterminée.

Satisfait, je lui fis signe de poursuivre.

Pendant qu'elle parlait, je m'interrogeai sur ce que je désirais le plus : une part de sa société, ou son corps sous le mien hurlant mon nom.

Malheureusement, je préférais la simplicité. L'absence de complications. Sinon, j'aurais pu avoir les deux. Mais je ne cherchais pas à briser les cœurs, et mélanger amour et affaires était l'assurance d'y parvenir.

Mon téléphone s'éclaira d'un texto, interrompant ma concentration. Sophia, mon ex, serait en ville dans quelques jours. Les émoticônes qui ornaient son message annonçaient clairement qu'elle voulait plus que me voir. Je souris intérieurement de sa persistance. J'aurais dû vouloir tout ce qu'elle avait à m'offrir, mais je ne pouvais me résoudre à recoucher avec elle. Après tout ce qu'on avait vécu, il valait mieux qu'on soit seulement amis.

Et encore plus quand j'avais devant moi un morceau de choix comme Erica Hathaway.

J'envoyai un texto à Sophia, lui annonçant que je serais à Las Vegas et que j'allais manquer sa venue. Je reposai mon téléphone sur la table alors qu'Erica achevait son propos. Difficile d'ignorer le mélange de soulagement et de peur dans son regard. De la vulnérabilité, avec une trace de feu intérieur.

Lorsqu'elle conclut, je lui demandai :

– Vous sortez avec quelqu'un ?

Je sus que cette question allait me damner à l'instant même où je prononçai ces mots. L'empourprement des joues d'Erica me le confirma.

– Pardon ? demanda-t-elle d'une voix incertaine.

– Les relations peuvent être perturbantes. Si vous deviez obtenir de ce groupe le financement dont vous avez besoin, ce pourrait être un facteur susceptible d'affecter votre potentiel de croissance.

J'aurais pu obtenir un diplôme de connerie, si j'avais trouvé une fac valable pour ça. Sauf qu'elle ne se laissait pas faire. Toute sa vulnérabilité avait disparu. Maintenant, elle n'était que feu, une réalité qui provoqua un gonflement dans mon bas-ventre. Malheureusement pour elle, ou peut-être heureusement, la promesse de la mettre dans mon lit était en train de l'emporter.

– Je peux vous garantir, monsieur Landon, que je m'implique à cent pour cent dans ce projet. (Ses yeux se plissèrent, tandis qu'elle plongeait son regard dans le mien. Elle inclina légèrement la tête.) Avez-vous d'autres questions sur ma vie privée qui participeraient à votre décision ce jour ?

Je me posais justement énormément de questions sur sa vie privée, et j'avais bien l'intention d'en trouver les réponses dès que cette présentation serait terminée.

– Non, je ne crois pas. Max ?

Je me tournai vers Max, qui demanda promptement aux autres investisseurs de se prononcer sur leur intérêt pour ce projet. Erica prit une difficile inspiration et serra ses mains devant elle, si fort que ses phalanges blanchirent.

Un par un, ils se prononcèrent négativement.

Elle déglutit, et je sentis qu'elle se préparait à la possibilité bien réelle de quitter cette pièce rejetée de tous. Ce qu'Erica ne savait pas, c'était que Max avait rempli la pièce d'hommes qui investissaient très rarement dans les start-up liées à l'Internet. Ce simple fait m'indiquait déjà qu'il la voulait pour lui seul.

Puis tous les yeux se tournèrent vers moi, et le silence se fit. Je regardai droit dans la direction d'Erica.

– Sans moi, dis-je.

REMERCIEMENTS

Ce livre est pour mes trois petits rase-moquette, S., A., et E. qui, même si je me refuse à l'accepter, ne seront pas toujours aussi petits. Même si cela ne vous paraît pas encore évident, je vous promets que chaque jour de notre vie follement agitée sera pour moi une source de fierté, d'émerveillement, et de plus d'amour pour vous que je ne saurais l'exprimer par des mots. Merci d'avoir partagé votre maman avec ses personnages et ses lecteurs, et d'avoir accepté tous les sacrifices que nous avons dû faire. Merci de vous être passionnés pour chaque pas de notre odyssée, d'avoir été les premiers à me réconforter quand j'en avais le plus besoin, et de me rappeler chaque jour ce qui est réellement le plus important.

Je voudrais remercier mes lecteurs et mon équipe de lecture pour leur incroyable soutien. Votre amour pour cette histoire a inspiré l'aventure de Blake et d'Erica plus que vous ne pourriez jamais l'imaginer. Je vous suis définitivement redevable pour avoir pris une part aussi considérable dans la réalisation de mon rêve.

J'ai le bonheur de pouvoir enfin rendre un hommage formel à mon agent, Kimberly Brower, et au soutien de l'agence littéraire Rebecca Friedman. Kimberly, merci de m'avoir découverte, d'avoir lu et aimé mes livres et d'avoir accepté de te joindre à la folle aventure de ma carrière d'écrivain.

Ma gratitude va également aux équipes de Hachette Book Group, Grand Central Publishing et Forever Romance, qui ont aidé avec tant de dévouement et d'efficacité à faire connaître la série « Hacker » à mes lecteurs. Merci, Leah Hultenschmidt et Jamie Raab, d'avoir discerné le potentiel de la série et d'avoir consacré une telle énergie à sa publication et à sa distribution. Merci également aux nombreux éditeurs étrangers et à ces dames de l'agence littéraire Bookcase, qui ont partagé notre enthousiasme et présenté l'histoire de Blake et d'Erica au reste du monde.

Comme toujours, j'adresse mes plus chaleureux compliments à ma talentueuse directrice de collection, Helen Hardt. C'est folie que de se dire qu'il s'est écoulé deux ans depuis que je t'ai envoyé le premier jet du premier volume, et qu'on en est là maintenant, six livres plus tard ! Je sais que je t'ai promis à chaque date de livraison que ce serait la dernière fois que ça se passerait dans la panique, mais je crois que tu me connais mieux, maintenant. Merci une fois encore pour ta flexibilité et tes corrections toujours judicieuses.

Je n'aurais pu naviguer en toute confiance dans le système judiciaire de mon monde imaginaire sans l'expertise juridique de Me Anthony Canata et de mon consultant, Michael Gove. Michael, je suis heureuse de t'avoir eu à mon côté durant certaines des périodes charnières de ma vie. Merci pour ton amitié toujours renouvelée et tes conseils toujours judicieux.

Une grande partie du génie naturel et de l'expertise technique de Blake m'a été inspirée par Luc Vachon, mon vrai Sid, ami brillant et ancien collègue, qui met ses pouvoirs au service du bien. Merci, Luc, pour ton cerveau incroyable qui stimule les gens autour de toi et leur permet de mieux évaluer l'étendue des possibles. Et après les années que j'ai passées à te harceler à ce sujet, vois en ces remerciements mon acceptation tardive de ton incapacité à venir travailler avant midi.

Je remercie mon équipe de Waterhouse Press d'avoir fait tourner la machine pendant que je disparaissais durant des semaines pour être écrivain plutôt que chef d'entreprise. David Grishman, merci d'avoir pris les rênes et de m'avoir permis de ne plus être la patronne. Kurt Vachon, il est difficile d'imaginer mener à bien un projet important sans le flot régulier de vidéos de petits animaux mignons que tu proposes, en sus de ton soutien technique indéfectible qui fait tout fonctionner dans les coulisses sans encombre. Shayla Fereshetian, tu sais mettre en ordre mon monde chaotique avec passion et philosophie. Mille mercis ! Et un avertissement sans frais : si quiconque essaie de t'arracher à moi, je mords.

Mia Michelle, ma douce ! Merci d'avoir été mon accoucheuse littéraire, merci pour ton soutien sans faille, et pour être cette belle âme dont je suis si fière de dire qu'elle est mon amie. Chelle Bliss, ton éthique professionnelle me fascine et a été une véritable inspiration pour la procrastinatrice qui sommeille en moi. Merci pour tes appels réguliers, tes contributions et ta présence bien réelle.

Merci à toi, Remi Ibraheem, pour ton amitié et ta considérable capacité de conseil. Merci aux nombreux amis que je me suis faits en chemin, et à ceux qui m'ont accompagnée dans cette folle expérience avec complicité et optimisme.

Comme toujours, merci maman pour ton écoute et pour m'avoir aidée à croire que les choses qui semblent parfois impossibles sont toujours à portée de main. Je n'aurais pas survécu à cette aventure sans ton soutien et ton amour.

Par-dessus tout, je veux remercier mon époux, Jonathan, sauf que les mots ne pourront jamais suffire. Je n'aurais jamais imaginé écrire l'histoire de deux personnages aussi profondément amoureux sans avoir connu ce genre d'amour fou moi-même. Merci d'être mon héros, mon meilleur ami, et l'amour de ma vie.

Mise en pages
PRESS·PROD

Imprimé en Espagne
Dépôt légal : septembre 2016
ISBN : 978-2-7499-2899-9
LAF 2185